죽음을 부르는 소녀

김 성 종
장편추리소설

이 책은 1990년 도서출판 수목에서
최초 발행되었습니다.

죽음을 부르는 소녀

김 성 종
장편추리소설

바른책

죽음을 부르는 소녀

―차 례―

녹색 등산모 7

죽음의 혼 22

죽음의 의혹 38

막연한 기대 54

피리 소리 71

지리산 호랑이 88

지리산 포수 104

숙명의 싸움 119

제 3의 그림자 136

첫 번째 만남 150

죽음을 부르는 소녀

—차 례—

야성의 사나이 …………………… 165

포효하는 밤 ……………………… 179

늙은 사냥꾼의 죽음 ……………… 194

하산(下山)하다 ………………… 211

빨치산 거물 ……………………… 228

지리산 땅꾼 ……………………… 245

월례의 죽음 ……………………… 260

왕 우(王羽) ……………………… 274

야수와 소녀(少女) ……………… 288

이 별 ……………………………… 302

작가의 말 ………………………… 324

녹색 등산모

　머리를 가운데로 묶은 세 명의 여자애들과 얼굴에 아직도 여드름이 남아 있고 조금 솟아난 콧수염을 자랑스럽게 깎지 않은 세 명의 남자애들이 등에 배낭을 메고 산을 오르고 있었다.

　목적지는 지리산의 주봉인 천왕봉이었다. 지리산 밑에 살고 있으면서도 아직 정상에 올라 보지 못했다는 사실을 새삼 화제로 삼았던 그들은 일종의 영웅 심리 같은 것이 작용하여 당장 산에 도전하게 된 것이다. 3월의 마지막 주말을 이용해서 1박 2일 예정으로 정상을 정복하기로 의견을 모으고 그들은 출발했다. 등산로는 사람들이 많이 다니지 않는 험로를 택했다. 젊은이들은 모험을 해야 한다는 논리에서 나온 선택이었다.

　여자애들이 따라나선 것은 단순한 호기심 때문이었다. 대도시나 타지방에서 몰려오는 등산객들이 으레 여자를 달고 다니는 것을 흔히 보아 온 그들은 자신들도 짝을 지어 가는 것이 당연하다고 생각했다.

등산 경험이 거의 없는 17세 내외의 젊은이들이 가장 길고 먼 코스를 이용해서 1,915미터의 고지를 단 이틀 만에 다녀온다는 것은 도저히 불가능한 일이었다. 최고의 주파력을 지닌 특전 부대 용사들도 정상까지 오르는데 이틀이 걸린다. 그것도 체력의 극한까지 몰고 가는 유격 훈련이기 때문에 가능한 것이다. 보통 사람이 그 코스로 천왕봉에 오르려면 최소한 3박 4일은 걸린다고 보아야 옳다. 그런데도 그들은 그런 것을 알아보지도 않고, 아니 아예 무시하고 도전에 나선 것이다.

여섯 명이 함께 의기투합해서 행동한다는 사실이 그들의 자만심을 부채질했는지도 모른다. 남자애들은 여자애들에게 전쟁터에라도 나가는 듯 큰소리를 쳐 댔다. 자기들만 믿고 따라오라고. 가벼운 차림으로 들떠서 출발한 뒤, 두 시간쯤 지나자 산길이 험해지고 경사가 급해졌다. 등산을 거의 해보지 않은 그들의 발길은 차츰 그 속도가 떨어졌다. 일행들의 간격이 점점 길어지고 숨소리도 차츰 거칠어지기 시작했다. 땀이 비 오듯 흐르기 시작했다. 특히 여자들은 주저앉을 것처럼 허덕거렸다.

산 속엔 그들 외에 아무도 없었다. 아직 이른 봄인데다 날씨가 좋지 않을 것이라는 일기예보 그리고 험로인 탓인지 주말인데도 등산객의 그림자는 전혀 찾아볼 수 없었다.

맑은 날씨가 어느새 흐려지더니 습기 찬 바람이 불기 시작했다. 곧 비가 쏟아질 것 같았다. 그들은 걸음을 빨리했다. 숲이 우거진 경사를 올라 능선에 올라서서 반시간 쯤 가면 산장이 있다는 말을 들었다. 산장에만 도달하면 비를 피할 수 있을 것이다. 그러나 능선에 오르기도 전에 마침내 비가 쏟아지기 시작했다. 그들 사이에 동요가 일었다.

"어떡하지?"

리더 격인 키다리가 얼굴을 찌푸리며 물었다. 모두 비에 젖어 옷들이 후줄근했다.

"비가 오면 갈 수 없어. 내려가자구."

뚱뚱보가 코를 훌쩍이며 말했다.

"맞아. 내려가기는 쉬우니까 절까지만 가자구. 한 시간이면 될 거야."

안경의 주장이었다. 심한 근시인 그는 비를 맞으면서도 안경을 벗지 않고 있었다.

한동안 아무 말 없이 서로 바라보았다. 지친 표정으로 눈치만 살피고 있었다. 누군가 먼저 돌아서서 내려가기 시작하면 모두 뒤를 따를 것인데 선뜻 나서는 자가 없었다. 이럴 땐 먼저 나서는 자가 못난이, 겁쟁이가 되기 때문이었다.

남녀 공학인 농업고등학교 학생들인데 남자애들은 3학년, 여자애들은 그보다 한 학년 아래인 2학년생들이었다.

여학생들 앞에서 약점을 보인다는 게 싫어 남학생들은 단안을 내리지 못하고 서로들 눈치만 살폈다.

"이까짓 비가 뭐 어때요? 비 맞고 가는 게 얼마나 멋있다고요. 산장만 찾아가면 되잖아요?"

여학생들 가운데서 불쑥 당돌한 말이 톡 튀어나왔다. 모두가 놀란 눈으로 그녀를 바라보았다. 키다리의 짝으로 정해져 있는 오현미(吳賢美)라는 여학생이었다. 그녀는 조숙한 몸매에 눈빛이 유난히도 투명해 보였다. 그녀의 눈빛에 부딪힌 남학생들은 시선을 슬슬 돌렸다. 가슴이 울렁거려 차마 마주 바라볼 수가 없었던 것이다. 남학생들의 눈에 비친 그녀는 침범할 수 없는 여왕이었다.

그녀의 한 마디는 뜻밖에 위력이 있었다. 머뭇거리던 남학생들은 차마 더는 돌아가자는 말을 못하고 리더의 지시를 기다렸다. 다른 여학생들은 현미의 주장에 자신을 얻은 듯 머뭇거리는 남자들을 비웃는 듯 한 표정으로 쏘아보았다. 키다리는 히죽 웃더니 소리쳤다.

"짜아식들, 자, 출발해!"

돌아간다는 것은 어렵게 되었다. 그들은 비를 고스란히 맞으며 걸어갔다.

어느새 안개가 시야를 가로막고 있었다. 그러나 그들은 안개를 뚫고 앞으로 나갔다. 전진해서는 안 된다는 것을 알면서도 앞으로 나갔다.

모두가 물에 빠진 생쥐 꼴이었다. 사태가 악화하여 가고 있었으므로 아무도 입을 열어 말하는 사람이 없었다. 모두가 허덕거리며 묵묵히 움직였다.

3월 하순이라고 하지만 비까지 내리고 있는 산 속은 추웠다. 올라갈수록 기온이 급강하하고 있었다. 여섯 명의 얼굴들이 하나같이 새파랗게 질려 웅크리고 걸어갔다. 움직이지 않으면 턱이 덜덜 떨려 왔다.

먼저 여자애들이 뒤로 쳐지기 시작했다. 마침내 한 여학생이 훌쩍훌쩍 울기 시작했다. 제일 키가 작고 허약한 채봉순이라는 학생이었다.

"흑흑…… 추워 죽겠어. 흑흑…… 배도 고프고 다리도 아파. 이젠 더는 못 가겠어."

봉순의 파트너인 뚱뚱보가 봉순을 달랬다.

"조금만 더 가 봐. 곧 산장이 나올 거야."

"아니야. 산장은 안 나와. 나오려면 벌써 나왔지. 길을 잃은 것 같아. 흑흑……."

"야, 가지 말고 이리들 모여 봐!"

뚱뚱보가 소리치자 모두 뒤돌아보았다.

"에이 빌어먹을 놈의 날씨, 웬 놈의 비가 이렇게 쉬지 않고 많이 오나."

안경이 수건으로 얼굴에 흐르는 빗물을 훔치고 나서 군용 모자를 꽉 눌러 주며 투덜거렸다.

대열이 정지하고 다시 대책 회의가 열렸다. 그러나 너무 산 속으로 깊이 들어와 버렸기 때문에 이제 와서 돌아간다는 것도 쉬운 일이 아니었다.

"물이 불어서 돌아갈 수 없어. 한 시간 전에 겨우 건너왔는데 지금은 물이 더 불어서 건널 수 없을 거야."

현미가 아까 건너온 계곡 쪽을 가리키며 말했다. 투명한 눈이 지금은 무엇을 찾으려는 듯 빛나고 있었다.

"그래도 난 돌아갈 거야. 못 가겠어. 더는 못 가겠어. 흑흑 난 죽고 싶지 않아!"

봉순이는 앙탈하듯 몸을 흔들며 엉엉 소리 내서 울었다.

모두가 어쩔 줄 모르며 불안한 눈으로 그녀를 바라보았다. 그들도 울고 싶은 심정이었다.

그러나 현미만은 달랐다. 그녀는 흡사 무슨 물건을 바라보듯 무표정하게 봉순이를 보고 나서 휙 돌아섰다.

"여기서 이러고 있다간 모두 큰일 날 거예요. 가다 보면 안전한 곳이 있을 거라구요."

그 말에 힘을 얻은 듯 모두가 봉순이를 설득했다. 봉순이는 울음을 그치고 하는 수 없이 일행을 따라붙었다.

아까와는 달리 남학생이 각자 여학생 한 명씩을 호위하듯 데리고 갔다. 여학생들은 떨어질세라 남학생들의 손을 꼭 잡고 허둥지둥 따라갔다.

숲 속은 사람의 발길이 한 번도 닿지 않은 처녀림인 듯 침엽수와 활엽수들이 꽉 차 있어서 저녁나절처럼 어두웠다.

마침내 숲 속을 벗어나자 나무 하나 없는 초원이 나타났다. 초원은 밋밋한 경사를 이루면서 질펀하게 뻗어 있었는데, 저쪽 끝은 안개에 싸여 보이지 않았다.

리더인 키다리와 현미가 맨 앞에서 걸어가고 있었다.

"아이구, 이제 좀 살겠다."

안경이 뚱뚱보를 바라보았다.

"그래, 조금만 가면 노고단 산장이 보일 거야. 그런데 왜 이렇게 앞이 안 보이지?"

"그러게 말이야. 산장엔 누가 있을까?"

"원 씨 아저씨가 있을 거야. 그 양반은 산을 사랑해 산에 미친 사람이니까."

"나도 그 아저씨 얘긴 들었어. 학교 선생 하다가 산으로 들어갔다며?"

"그래. 가족도 버려두고 산장에서 혼자 산대."

산장지기 털보 원 씨는 지리산을 무척 아끼는 사람이다. 자기 가족, 자기 친구들보다 더 산을 사랑한다. 그래서 다니던 직장과 모든 걸 팽개치고 노고단에 산장을 만들어 등산객들을 돌봐 주는 사람이다.

"아이구, 힘들어. 민호는 잘도 가네."

"현미가 더 잘 가는데……."

여자들도 조금 힘이 났는지 잘 걸어갔다. 봉순이는 더는 울지 않았다. 곧 산장을 찾을 수 있으리라는 기대감에 부풀어 그들은 앞으로 나아갔다.

키다리 김민호(金玟鎬)는 전교생을 휘어잡는 주먹이다. 얼굴이 온통 여드름투성이인 그는 운동 외에는 아무것도 할 줄을 모르는 문제아다.

그의 아버지는 양조업으로 재산을 모아 K군에서는 갑부로 소문난 사람이다.

갑부라면 으레 유지 행세를 하기 마련이다. 그는 학교에도 영향력을 발휘해 외아들이 낙제하는 것을 막았다. 그러니까 민호는 아버지 덕에 겨우 낙제만은 면한 채 3학년에 진급한 것이다. 돈 많은 아버지에게는 외아들이 별 사고 없이 자라 주는 것만도 다행이었는지 모른다.

그런데 이 여드름투성이의 학생이 작년부터 갑자기 첫사랑에 말려들었다. 현미에게 눈독을 들이고 일단 접근에 성공한 그는 하루아침 사이에 사랑의 포로가 되어 버리고 말았다.

남학생들 위에 폭군으로 군림하던 그가 한 학년 아래인 가냘픈 여학생 앞에서 머슴처럼 설설 기게 된 것은 우습고 이상한 일이었다.

그녀의 어떤 매력이 과연 그를 그토록 옭아매어 버렸는지 아무도 모를 일이었다.

현미는 개교 이래 처음이라고 할 정도로 1학년 평균 성적이 1백 점 만점이었다. 만점이란 있을 수 없는 일인데도 그녀는 교사들이 모두 혀를 내두를 정도로 만점을 따냈다. 이러한 그녀에 대해 언제부터인가 "신이 들린 듯 한 이상한 소녀" 라는 소문이 교내에 나돌기 시작했다.

두뇌의 천재성 못지않게 용모 또한 빼어나 어느 구석에 앉아 있어도 빛이 났다. 18세 소녀 같지 않게 몸이 조숙해서 그녀가 사복을 입고 거리에 나서면 읍 거리의 건달 청년들이 으레 따라붙어 집적거리곤 했다.

그런데 집안은 찢어지게 가난했다. 그녀의 어머니는 무당이었다. 젊었을 때 어느 놈팡이와 눈이 맞아 일 년 남짓 동거 생활을 한 적이 있는데, 그 결과로 낳은 자식이 현미였다. 현미가 태어나기도 전에 그 놈팡이는 떠나가 버렸고, 그래서 현미는 아버지의 얼굴도 모른 채 불우한 어린 시절을 보냈다. 그녀의 어머니는 자신의 성(姓)을 따서 딸을 호적에 올렸다.

애비 없는 자식을 키운다는 것은 여자로서는 실로 고통스러운 일이었다. 그래서 그녀의 어머니는 가끔 집적거리는 사내들과 관계를 맺긴 했지만 더는 자식을 갖는 것만은 한사코 피했다. 최근에 와서는 시골구석도 교육 수준이 높아지면서부터 무당을 찾는 사람이 점차 줄어들었다.

자연 생활이 궁핍해질 수밖에 없었다. 그런 처지에 딸을 고등학교까지 보낸다는 것은 엄두도 못 낼 일이었다. 그러나 딸은 너무 공부를 잘해 돈 한 푼 들이지 않고 학교에 다녔다. 어머니로서는 천만다행한 일이었다.

집안이 가난한데도 불구하고 현미에게서는 가난한 집 학생들에게서 흔히 볼 수 있는 어두운 그림자나 궁색한 기미 같은 것이 전혀 보이지 않았다. 언제나 환한 얼굴은 무당집 딸 같지 않게 기품이 있어 보였다. 많은 학생 사이에 끼어 있으면 군계일학처럼 더욱 돋보였다. 자연 따르는 친구들이 많았고, 반대로 시기하고 질투하는 학생들도 상당수 있었다.

초원을 줄달음쳐 건너간 그들은 우뚝 걸음을 멈추었다.

초원이 끝나는 곳에 산장은 보이지 않고 낭떠러지가 앞을 가로막고 있었다. 낭떠러지 아래는 안개가 가려 아무것도 보이지 않았고, 거센 물소리만 들려오고 있을 뿐이었다. 오싹 소름이 돋을 정도로 무서운 낭떠러지였다.

모두가 리더를 바라보았다. 그가 제대로 길을 인도하지 못하고 있다는 그런 표정들이었다.

"잘못 온 게 아니야?"

"그럴 리가 없는데…… 아까 이쪽으로 가라는 화살표가 그려진 표지판을 봤어."

민호는 변명하면서 지도를 꺼내 들었다. 그러나 안개 속에서 어설픈 지도를 가지고 길을 찾는다는 것은 쓸데없는 짓이었다. 그가 들고 있는 지도에는 등산로 같은 것은 하나도 표시되어 있지 않았다.

"할 수 없어. 저쪽으로 돌아갈 수밖에 없겠어."

길을 잃었다는 말은 아직 하지 않고 있었다.

일행은 초원을 되돌아가기 위해 몸을 돌렸다. 그때 갑자기 돌

풍이 불어 닥쳤다. 모두가 몸을 움츠리고 앞으로 걸어가는데

"어머, 내 모자!"

하는 소리가 들려왔다.

바람에 누군가의 모자가 날아간 모양이었다.

날아간 것은 현미의 녹색 등산모였다. 챙이 달린 동그란 모자였는데, 민호가 사 준 것이었다.

바람에 날아간 모자는 아슬아슬하게도 벼랑 위 나뭇가지 사이에 매달려 있었다. 벼랑 끝에는 몇 그루의 소나무가 벼랑 저쪽으로 기우뚱하게 자라고 있었는데, 충분한 토양을 받지 못한 탓인지 별로 크지도 않은 채 뒤틀려 자라고 있었다. 바람을 탄 가지가 윙윙 소리를 내며 흔들릴 때마다 모자도 떨어질 듯 말 듯 흔들리고 있었다. 차라리 그것이 나뭇가지 사이에서 빠져 벼랑 밑으로 사라져 버렸다면 미련 없이 돌아설 수가 있었을 것이다. 그러나 모자는 떨어지지 않고 그대로 거기에 달라붙어 있었다.

모두가 나무 밑으로 모여들었다. 현미는 아쉬운 듯 모자를 올려다보다가 민호 쪽으로 시선을 돌렸다. 그 시선은 무엇인가를 강하게 암시하고 있었다. 그러나 잠깐 스쳐간 것에 불과했다. 그런데도 효과가 나타났다.

현미가 시선을 거두기가 무섭게 민호는 배낭을 벗어던지고 소나무 앞으로 다가섰다.

"무슨 짓이야!! 위험해!"

"그만둬! 그만두라구!"

"걱정 마! 별것 아니야!"

친구들이 극구 말렸지만 민호는 자신만만한 웃음을 보이며 어깨를 으쓱했다. 겁이 안 나는 것이 아니었지만 이 기회에 그는 현미 앞에서 자신의 남자다움을 과시해 보이고 싶었다. 더구나 모자는 그가 사 준 것이다. 현미의 안타까워하는 시선이 그를 자극했다. 위험을 무릅쓰고 모자를 찾아 준다는 것이야말로 얼마나 남자다운 사랑의 표시인가. 머뭇거려서는 안 된다. 여유 있게 천천히 올라가야만 한다.

마침내 그는 소나무에 몸을 밀착시킨 다음 팔에 힘을 주었다. 소나무는 비에 젖어 미끈거렸다. 그때 잠자코 보고 있던 현미가 소리쳤다.

"아, 안돼요! 내려와요!"

아까의 아쉬워하던 표정과는 달리 불안한 그림자가 그녀의 얼굴에 나타나 있었다.

"괜찮아. 조금만 기다려."

민호는 고개를 돌려 약간 웃어 보이더니 소나무 가지를 붙들고 몸을 위로 끌어올렸다.

"제발 내려와요! 안돼요! 내려와요!"

창백하게 질린 얼굴 위로 빗물이 흘러내리고 있었다.

민호는 들은 척도 하지 않고 계속 올라갔다. 그의 몸이 벼랑 저쪽 허공 위에 떴을 때 그는 아래를 내려다보았다.

천 길 낭떠러지 밑에서 우레 같은 물소리가 들려왔다. 안개가 자욱이 피어오르는 것 외에는 아무것도 보이지 않았다. 공포로 손발이 마비되는 것을 느끼면서 그는 개구리처럼 납작 엎드려 나무줄기를 부둥켜안았다. 등줄기로 식은땀이 흘러내렸다. 민호는 올라온 것을 후회했다. 쓸데없이 객기를 부린 것이다. 그러나 이미 늦은 일이었다.

조금만 더 올라가 손을 뻗으면 모자를 잡을 수 있다. 그것을 포기하고 도로 내려간다면 두고두고 웃음거리가 될 것이다. 그래서는 안 된다. 어떻게 해서든지 모자를 찾아 주어야 한다.

밑에 있는 다섯 명은 손에 땀을 쥐고 민호의 움직임을 주시하고 있었다. 이제는 아무도 그에게 내려오라는 말을 하지 않고 있었다. 위험하기 짝이 없는 아슬아슬한 곡예에 정신이 팔려 모두가 바보처럼 입을 벌린 채 구경만 하고 있었다.

민호는 이를 악물고 몸을 위로 끌어올렸다. 입에서 울음 같은 신음 소리가 흘러나왔다. 눈앞이 침침해지면서 아무것도 보이지 않았다. 왼손으로 나뭇가지를 단단히 움켜쥐고 오른손을 뻗었다. 모자가 손끝에 닿았다.

"됐어! 조금만 더 뻗어!"

아래서 누군가가 외쳤다.

"그래요, 그러나 조심해요!"

현미가 걱정스럽게 말했다.

나무에 밀착했던 몸을 오른쪽으로 조금 밀어내면서 오른손을 최대한으로 뻗었다. 녹색 등산모를 꽉 움켜쥐자 밑에서 함성이 터져 나왔다.

"야아, 성공이다! 됐다! 됐어!"

"내려와! 역시 민호가 최고야!"

민호는 모자를 꽉 쥔 채 약간 흔들어 보이더니 몸을 다시 아까처럼 나무줄기에 밀착시키고 내려가려고 했다. 그 순간 갑자기 돌풍이 휘익 불어 닥쳤다. 함성이 멎고, 소나무 가지가 미친 듯 흔들거리기 시작했다.

나뭇가지를 버티고 있던 민호의 오른발이 미끄러졌다. 그 순간 두 손이 헤엄치듯 허공을 휘저었다. 얼결에 왼손 하나로 나뭇가지를 붙잡았지만 그것은 몸을 매달기에는 너무 약했다. 우두둑 하고 나뭇가지 부러지는 소리와 함께 짐승 같은 울부짖음이 높이 허공을 울렸다.

"아아— 악—!"

그토록 처절한 비명을 들어보기는 모두가 처음이었다. 민호의 몸뚱이는 순식간에 벼랑 밑으로 사라져 버렸다. 녹색 등산모도 그와 함께 사라져 버렸다.

민호의 몸이 안개 속으로 사라진 뒤에도 그의 비명은 산울림이 되어 허공 속에 남아 있었다.

"민호 씨!"

"민호야!"

모두 민호의 이름을 부르며 울부짖었다. 민호의 이름만 부를 뿐 더는 아무 소리도 나오지 않았다.

아무도 현실을 믿으려 하지 않았다. 마치 환상을 본 것처럼 멍하니 벼랑 밑을 바라보고 있을 뿐이었다.

하늘이 캄캄해지더니 비가 더욱 사납게 쏟아지기 시작했다. 번개가 치고 뇌성이 울었다. 그제야 다섯 명의 남녀 학생들은 꿈에서 깨어난 듯 서로를 바라보았다.

그런 경우에 어떻게 행동해야 하는지 판단을 내린다는 것은 어려운 일이다.

단지 막연한 움직임만이 있을 뿐이다.

현미가 울면서 초원을 뛰어가자 모두가 그 뒤를 따라갔다. 어디로 간다는 방향도 없이 무작정 뛰어갔다. 그들의 뒤에서 거대한 산의 울음소리가 들려왔다.

우르릉!

우르릉!

우르릉!

그들의 주위에서 모든 것이 미쳐 날뛰고 있었다. 그들도 미쳐 버린 것 같았다.

숲 속으로, 안개 속으로, 비바람 속으로, 미지의 세계 속으로 다섯 명의 학생들은 사라져 갔다. 마치 먼저 간 친구를 따라가기라도 하듯.

죽음의 혼

    산에 오른 학생들은 사흘이 지나도록 아무도 집에 돌아오지 않았다. 토요일 오후에 출발한 그들은 일요일에는 돌아오게 되어 있었다. 그런데 일요일이 지나고 다시 월요일이 지나도 그들은 돌아오지 않았다.

    뒤늦게 남녀 학생들이 어울려 등산하게 된 것을 알게 된 학교 측에서는 소동이 일었다. 지도 주임교사는 그들이 돌아오기만 하면 교칙에 따라 엄하게 처벌하겠다고 으름장을 놓았다. 그러나 그 말에 귀를 기울이는 사람은 아무도 없었다. 학생들을 처벌하는 것이 문제가 아니었다.

    부모들과 학교 측은 숙의 끝에 혹시 모르니 하루만 더 기다려 보기로 했다. 비가 많이 왔으므로 무슨 변을 당했을지도 모르니 빨리 경찰에 신고하자고 주장한 사람은 민호의 아버지인 양조장 주인이었다.

그러나 대부분의 부모는 비가 많이 왔으니까 안전한 곳에 숨어 있다가 어슬렁거리며 내려올지도 모르니 시끄럽게 굴지 말고 좀 더 기다려 보자고 주장했다.

그러나 화요일 오후가 되어도 학생들은 내려오지 않았다. 부모들은 마침내 경찰에 신고했다. 양조장 주인은 자기 주장에 따르지 않아 아이들 생명이 더욱 위태로워졌다고 다른 부모들에게 화풀이했다.

그런 다음 경찰들을 재촉했다. 읍내 유지로 행세하는 그의 재촉에 못 이겨 경찰은 곧 수색에 착수하기로 했다.

경찰은 이번 사건을 조난 사고로 보고 즉시 구조반을 편성해서 수색 작업에 들어간 것이다. 구조반은 경찰 기동 대원 30명과 등산 전문가 5명으로 편성되었다. 그들은 두 코스로 갈라져 산으로 올라갔다.

날씨는 맑았다. 골짜기마다 봄기운이 완연했다. 따뜻한 곳에 누워 낮잠이라도 자면 좋을 것 같았다. 양지바른 곳에 널려 있는 꽃나무에서는 꽃망울이 맺혀 터지려 하고 있었다.

두 코스로 갈라져 수색에 들어간 구조반은 하루해가 다 지나도록 아무것도 발견하지 못했다. 산장 쪽으로 간 수색대는 산장 주인인 원 씨로부터 그런 학생들은 보지도 못했다는 말만 듣고 크게 실망했다. 그들은 산장에서 하룻밤을 지낸 다음, 정상을 향해 다시 출발했다.

이튿날 저녁나절, 두 팀의 구조반은 지리산 정상인 천왕봉에서 만났는데, 양쪽 모두 소득이 없었다. 이틀 동안의 수색에 허탕을 친 그들은 정상 부근에서 다시 하룻밤을 지낸 뒤 다음날 아침 다시 두 팀으로 나뉘어 하산하기 시작했다.

정오 가까이 되었을 때 구조반은 약초 캐는 중년 사나이를 만났다. 얼굴이 검고 주름살이 많은 사람이었는데, 구조반을 보자 사람이 죽어 있다고 신고했다. 낙담해 있던 구조반은 잠에서 깨어난 듯 중년 사나이를 바라보았다.

"어, 어디서 봤다는 거요?"

"저 언덕 너머 골짜기에 누워 있는 것을 봤는디요."

사나이는 자신이 넘어온 언덕을 가리켰다.

"죽은 사람이 어떻게 생겼습디까?"

"글쎄요…… 깊은 골짜기에 떨어져 있어서 가까이 볼 수는 없었는디요."

"수고스럽지만 좀 안내해 주시오."

"여기서 너무 멀어서 지는 곤란한디요. 저는 갈 길이 바빠 놔서……."

"이거 봐요, 등산하던 읍내 학생 여섯 명이 행방불명이 되었소. 그런데도 모른 척할 거요!"

반장이 화난 얼굴로 사내를 윽박질렀다.

사내는 놀란 표정을 지었다.

"아이구, 여섯 명이나요? 언제 올라왔단 가요?"

"닷새 되었소. 지난 토요일이니까."

사내는 고개를 흔들었다.

"아 그럼 큰일인디…… 비가 워낙 많이 와 놔서…… 춥기도 무척 추웠지라."

"아무튼, 빨리 좀 갑시다. 시체를 봤다는 곳으로."

반장이 퉁명스럽게 재촉했다.

사내는 할 수 없다는 듯 돌아섰다.

"바쁘기는 허지만 할 수 없구만요. 사람이 여섯 명이나 그렇게 사라졌는디……."

마다하는 약초꾼을 설득해서 앞장세우고 구조반은 언덕을 넘어 골짜기로 향했다.

한 시간 가까이 걸어가자 약초꾼이 손가락질을 해 보였다. 그들 앞에 깊은 골짜기가 가로막고 있었다. 물 흐르는 소리가 웅장한 것이 아주 깊은 골짜기임을 알 수가 있었다. 울창한 나뭇가지 사이로 거대한 폭포가 보였다. 처음 보는 폭포였다. 폭포 양쪽으로는 수백 길은 됨직한 낭떠러지가 병풍처럼 나란히 골짜기를 타고 내려가고 있었다.

"처음 보는 폭폰데……."

등산 전문가 한 사람이 이렇게 중얼거리자 약초꾼이 고개를 끄덕거렸다.

"이쪽으로는 사람이 다니지 않기 때문에 모를 수밖에 없지요. 산에서 먹고 사는 사람들이나 알지요."

약초꾼은 벼랑을 끼고 조금 더 밑으로 내려가다가 한 곳을 가리켰다.

"바로 저깁니다."

맞은편 낭떠러지 아래 큰 바위 옆에 시체는 처박혀 있었다. 경찰이 망원경으로 보니, 시체는 등산복 차림이었고 물속에 반쯤 잠겨 있었다. 젊은 남자 같았다. 실종된 학생들 가운데 한 명이 분명한 것 같았다.

구조반은 즉시 작업에 들어갔다. 먼저 벼랑 밑으로 밧줄을 내린 다음 네 사람이 줄을 타고 골짜기로 내려갔다.

겨우 골짜기를 가로질러 시체가 누워 있는 곳에까지 다다른 그들은 잠시 숙연한 모습으로 시체를 내려다보았다.

머리가 심하게 깨져 있는 것으로 보아 벼랑에서 추락사한 것 같았다. 얼굴은 하늘로 향해 누워 있었는데, 그늘진 곳인 데다 물이 차가와 별로 부패하지 않은 모습이었다. 시체는 오른손에 녹색 등산모 하나를 꽉 움켜쥐고 있었다.

여자용 등산모였는데, 절대 놓치지 않겠다는 듯 꽉 움켜쥐고 있는 시체의 모습이 보는 사람들로 하여금 눈시울을 붉히게 했다. 죽지 않으려고 아무거나 움켜잡는 인간의 본능을 보는 것 같았기 때문이다.

사흘간에 걸친 수색 끝에 구조반이 시체 하나만을 들것에 싣고 내려오자 다시 한 번 소동이 일었다. 시체는 김민호 군으로 밝혀졌다. 양조장 주인인 민호의 아버지는 체면 불고하고 외아들의 시체를 껴안고 엉엉 울었다. 부인은 땅에 털썩 주저앉아 몸부림치다가 기절해 버렸다.

나머지 학생들의 부모들도 몸부림치며 울부짖었다. 아직 자식들의 생사가 밝혀지지는 않았지만, 모두가 자식들이 죽었을 것이라고 믿었다. 그들 중 유난히 비통하게 울어대는 여인이 있었다. 현미의 어머니인 무당이었다.

"애비도 없이…… 에비도 없이…… 내가 그것을 어떻게 키웠는데…… 아이고, 불쌍허다…… 불쌍허다…… 현미야…… 우리 현미야……."

무당은 땅을 치며 울어댔다. 그녀가 그렇게 시끄럽게 운 것은 딸이 쓰고 간 녹색 등산모를 보고서였다. 그때까지 그것은 민호의 손에 움켜쥐어져 있었다. 등산모가 죽은 놈 손에 쥐어져 있는 것으로 보아 그녀의 딸도 죽은 것이 분명한 것 같았다. 그 모자는 등산 가기 전날 집에 오면서 사 가지고 온 것이었다.

"이거 우리 딸 것이여! 이리 내!"

울다 말고 그녀는 발딱 일어나 등산모를 잠시 노려보더니 홱 낚아챘다. 그러나 등산모는 민호의 손에서 떨어지지 않았다. 그녀가 등산모를 다시 낚아채려고 하자 양조장 주인의 손이 그녀를 거칠게 밀어 버렸다.

"저리 가, 이 잡것아! 어디다 손을 대는 것이여! 귀한 내 자식 몸에 왜 손을 대!"

무당녀는 한 바퀴 굴러 저만큼 나가떨어졌다. 그녀는 이내 뽀

르르 일어나 달려들었다.

"왜 밀어, 왜? 내 새끼 모자 내가 가져가겠다는 디 왜 밀어? 당신네는 시체라도 찾았응게 됐지만 나는 시체도 못 찾았어. 시체가 없응게 내 새끼 모자라도 가져 가야것어! 내 말이 틀렸는가? 사람들아 내 말이 틀렸소?"

경찰서 마당 한 가운데서 무당녀와 양조장 주인이 밀고 당기고 하면서 한바탕 싸움을 벌였다.

"이 무당년이 지랄이야! 죽여 버릴까 부다!"

"죽여라 죽여! 왜 얌전한 우리 딸을 꼬셔 가지고 데리고 가 죽였냐?"

"아니 이년이! 네 딸년이 꼬리를 치니까 그랬지. 내 새끼 죽은 것도 네 딸년 탓이야!"

양조장 주인이 주먹을 들어 무당녀를 치려는데, 그때까지 어리둥절해 있던 경찰관들이 그들 사이에 끼어들어 그들을 서로 떼어 놓았다.

"죽은 사람 앞에서 이게 무슨 짓들이오!"

금테 두른 모자를 쓴 서장이 점잖게 나무랐다. 두 사람은 씩씩거리며 상대를 노려보았다.

"이 모자…… 분명히 댁의 따님 모자인가요?"

서장이 위엄을 갖추며 물었다.

"틀림없구만요. 그 애가 산에 갈 때 내가 머리에 직접 씌워줬구만요!"

"그렇다면⋯⋯."

서장은 양조장 주인 김 씨를 바라보았다.

"그 모자를 부인한테 돌려줍시다. 부인의 따님 모자라고 하니까⋯⋯."

김 씨는 굳이 반대할 이유가 없었다. 그까짓 모자가 무슨 상관인가. 아들의 유물도 아니지 않은가. 다만 아까는 무당녀가 모자를 빼내느라고 아들의 시체를 함부로 다루었기 때문에 화가 난 것이었다.

김 씨는 무당녀를 흘겨본 다음 허리를 굽혀 등산모를 잡아당겼다. 그러나 그것은 아들의 손에서 좀처럼 빠지지가 않았다. 시체가 경직될 대로 경직되어 버린 탓이었다. 아니, 그것보다는 등산모를 결코 놓쳐서는 안 된다는 잠재적인 의지가 죽음의 순간에 손가락 끝에 온힘을 쏟아 넣게 했는지도 모를 일이었다. 녹색 등산모, 그것이 벼랑에서 떨어져 죽은 청년의 첫사랑의 증표일 줄이야 거기 모인 어른들이 알 리가 없었다.

김 씨는 갈퀴처럼 구부러져 있는 아들의 손가락을 펴려고 해 보았다. 그러나 손가락뼈를 부러뜨리기 전에는 결코 펴질 것 같지가 않았다.

"왜 여학생 등산모를 저렇게 꼭 쥐고 죽었을까? 거참, 이상한데⋯⋯."

사복 차림의 형사 하나가 혼잣말처럼 중얼거렸다. 서장의 눈이 힐끗 형사를 바라보았다. K경찰서로 전근해 온지 얼마 안 된 젊은 형사였다.

"그 여학생과 가까운 사이였나 보지요?"

이번에는 모두가 들으라는 듯 좀 큰소리로 형사가 말했다. 모두가 그를 바라보았다. 김 씨가 화난 얼굴로 형사를 노려보았다. 경찰이 아니면 멱살을 잡아 패대기를 쳐버리고 싶었다. 젊은 형사는 고개를 갸우뚱하면서 저쪽으로 가 버렸다.

그러자 서장이 좋은 생각이 났다는 듯 김 씨를 바라보며 이렇게 말했다.

"떨어지지 않는 거, 억지로 그럴 게 아니라…… 그 모자도 함께 묻어 주는 게 어떨까요? 두 학생이 생전에 친했다면 좋은 일 아닙니까? 저승에서 나마 함께……."

양조장 주인과 무당녀의 시선이 부딪쳤다. 서로가 기묘한 표정을 짓고 있었다. 아까처럼 적의에 찬 표정들이 아니었다. 무당녀의 표정이 먼저 허물어졌다. 그녀는 털썩 주저앉으면서 다시 목 놓아 울었다. 김 씨와 그의 부인도 고개를 돌리고는 더는 아무 말하지 않았다.

시체가 가족들에게 인도되어 경찰서 마당을 떠나갈 때 그녀는 마치 딸을 시집보내기나 하는 듯 녹색 등산모를 하염없는 눈길로 바라보았다.

그날 밤 그녀는 주막에 들러 술을 퍼마시고 달빛이 하얗게 깔린 밤길을 울면서 집으로 돌아갔다.

"현미야…… 우리 현미야…… 어느 골짜기에 누웠는고…….

아이고, 신령님…… 산신령님…… 어찌 그리 무정합네까…….
그 어린 것을 어쩌자고 산 속에 잡아뒀습네까……. 제가 뭘 잘못
했다고 제 딸을 잡아뒀는기요……. 하늘이 울고 짐승이 울부짖
어…… 우리 현미 무서워 밤새 떨고 있습네다……. 아이고, 신령
님, 산신령님…… 부탁이옵네다……. 지발 우리 현미…… 시신
만이라도 돌려주시오면 감읍하겠나이다…….”

집에 돌아온 무당녀는 밤이 새도록 굿을 했다. 둥둥 징을 치며
몸부림치고 흐느끼면서 굿을 했다.

그로부터 닷새가 지났다. K군 일대는 산 속에서 실종된 학생
들에 관한 이야기로 떠들썩했다.

그 사이 민호 군의 장례식이 있었다. 외아들을 잃은 양조장 주
인 부부의 슬픔은 이만저만 큰 것이 아니었다. 고생고생해서 돈
을 좀 모아 살만하니까 자식을 빼앗아 가 버린 하늘이 원망스러
웠다.

미성년이라 상여도 못 탄 그의 시체는 그냥 관에 담겨 친구들
이 들고 장지로 갔다. 그의 시체는 그 이상한 녹색 등산모와 함께
양지바른 곳에 묻혔다.

그런데 학생들 사이에 이상한 소문이 나돌기 시작했다. 민호
가 죽은 것은 현미 때문이라는 소문이었다. 민호가 움켜쥐고 죽
은 현미의 녹색 등산모가 그것을 증명해 주고 있다는 것이었다.
평소 현미에 대해서는 ‘신이 들린 듯 한 이상한 처녀’ 라는 소문

이 있었다.

그 소문이 민호의 죽음과 관련되어 더욱 이상하게 발전했다. 즉, 현미와 가까이 지내는 사람은 반드시 죽게 될 거라는 소문이 그것이었다.

민호도 현미와 가까이 지내다 결국은 죽음의 혼에 씌워 죽었다는 것이었다. 소문은 한 술 더 떠, 이번에 현미와 함께 실종된 학생들도 모두 죽었을 거라는 것이었다. 그러나 현미가 죽었다는 소문은 없었다. 그녀만은 '신이 들린 듯 한 이상한 처녀'이기 때문에 쉽게 죽었을 리가 없다는 것이었다.

이러한 소문들이 사실이기라도 하 듯 엿새째 되는 날 구조반은 여학생 시체를 하나 발견했다. 그동안 구조반은 많은 인력을 투입하여 대규모 수색 작전을 벌여 왔지만 계속 허탕만 치다가 닷새째 되는 날 마침내 민호에 이어 실종된 여자의 시체 하나를 다시 발견하게 된 것이다.

죽은 여학생은 채봉순이라고 하는 조그마한 소녀였다. 시체를 검진한 의사는 다음과 같이 진단을 내렸다.

"심하게 다친 데라곤 하나도 없습니다. 나뭇가지에 긁힌 가벼운 상처 정도뿐입니다. 추위와 굶주림 그리고 정신적인 충격으로 사망한 것 같습니다."

위에서는 풀뿌리 같은 것이 소화되지 않은 채 나왔다. 먹을 것이 떨어져 먹은 풀뿌리일 것이다. 시체는 죽은 지 얼마 안 된 듯 부패해 있지 않았다.

"망할 년, 잘 죽었다. 공부는 안하고 머슴아들만 따라다니드니 잘 죽었어."

봉순의 어머니는 눈물도 흘리지 않고 말썽만 피우다가 죽은 딸의 시체에 대고 욕을 퍼부었다. 딸이 넷이나 되는 딸 부자인 때문인지 아깝지도 않다는 표정이었다.

"시끄러! 죽은 애한테 무슨 소리야! 죄 받어, 몹쓸 소리하믄 죄 받어!"

남편이 그녀를 나무라자 그녀는 코를 한번 킁 하니 풀더니 밖으로 나가 버렸다. 의사와 간호사 그리고 경찰관들이 놀란 눈으로 그녀가 나간 문쪽을 바라보았다.

시체가 발견된 지점은 민호가 발견된 곳으로부터 거의 한나절이나 걸릴 정도로 멀리 떨어진 곳이었다. 구조반은 수색 범위에 한계를 그을 수 없다는 것을 깨달았다. 시체가 서로 멀리 떨어진 지점에서 하나씩 발견된 것으로 보아 실종된 학생들은 단체행동을 하지 않고 뿔뿔이 흩어진 것이 분명했다.

광범위한 수색이 다시 벌어졌다. 몹시 고된 일이었지만 경찰로서는 그만둘 수 없는 노릇이었다. 각 면에서는 수색을 돕기 위해 마을 청년들을 동원했다. K 농고 교사들과 학생들도 뒤늦게 수색에 참가했다. 그러나 그들의 활동은 형식적이었다. 전문가도 아니고 경찰도 아닌 그들은 소란만 떨었을 뿐 아무 단서도 얻어내지 못했다.

소문은 K군 내에서만 맴돌기에는 너무 컸다. 충분한 뉴스 감이었으므로 지방 주재 기자들이 냄새를 맡고 달려들어 취재를 벌였다.

이러한 소동의 뒷전에 서서 수색의 결과를 조용히 지켜보는 사람이 있었다. K서에 전근해 온 지 얼마 안 된 젊은 형사였다.

"체력의 한계가 일주일쯤 되겠지. 일주일 동안 굶주림과 추위를 참아 냈겠지. 그렇지만 이제부터는 돌아다니지도 움직이지도 앉지도 못하고 드러누워 있을 수밖에 없을 것이다."

그는 혼자서 이렇게 중얼거렸다. 움직일 기력도 없이 누워 있는 다는 것은 곧 죽음을 의미한다. 채봉순이라는 여학생은 일주일 동안 버티다 결국 죽었을 것이다.

위 속에서 풀뿌리가 나온 것으로 보아 굶주림이 얼마나 극심했는가는 충분히 짐작할 수 있는 일이다. 세 번째 시체가 곧 발견되겠지. 모두가 차례차례로 죽어 가겠지. 체력이 강한 학생이 맨 마지막까지 버틸 수 있을 것이다. 요행히 수색대에 빨리 발견되면 목숨만은 건질 수 있을 텐데…….

조준기(趙俊基) 형사는 중키에 평범한 모습의 노총각이었다. 34세의 그는 형사 같지가 않고 평범한 일반 월급쟁이 같은 모습을 하고 있었다. 경찰에 투신한 지는 5년 되었다. 별로 이렇다 하게 두각을 나타내지 못한 채 상부의 지시에 따라 이곳저곳으로 흘러다니고 있었다.

경찰 인사 카드에는 그의 학력이 고졸(高卒)로 되어 있었지만, 사실은 그렇지가 않았다. 대학에서 그는 미술을 전공했다. 화가가 되기 위해서 열심히 그림을 그렸으나 뜻대로 되진 않았다. 그러다가 미술에 대해 회의를 느끼기 시작했다. 세상이 이렇게 시끄러운데 잘 되지도 않는 그림을 그려선 뭐하느냐, 다른 것을 하자. 그러나 막상 아무것도 할 수 없다는 것을 알게 된 그는 학교에 다니는 것이 싫어져 졸업을 앞두고 군에 입대했다. 군에서는 가장 배겨나기 어려운 특수부대에 지원해서 근무했다. 제대를 1년 앞두고는 베트남으로 건너가 정글 속에서 한 해를 보냈다.

죽을 고비를 여러 번 넘기며 정글 속에서 헤매다가 귀국하여 군복을 벗었을 때 그는 그전과는 달리 좀 변해 있었다. 적극적인 면이 없어지고 사람들을 피해 혼자 있기를 좋아했다. 학교에 복학하려고도 하지 않았다. 그렇다고 사회생활에 뛰어드는 것도 아니었다.

소외자가 되어 하는 일 없이 3년 동안 놀고먹기만 했다. 홀어머니가 아들 때문에 속을 썩이다가 앓아눕게 되어 급기야 돌아가게 되자 그는 형제간들로부터 욕까지 먹게 되었다. 그러다가 갑자기 경찰 채용시험을 치르고 경찰이 된 것이다. 그를 아는 사람들은 그를 이해할 수 없는 사람이라고 말하곤 했지만, 그는 그런 것에 신경을 쓰는 것 같지가 않았다.

일주일 동안 산 속에서 버티다가 시체로 발견된 여학생을 보고 그는 문득 베트남의 정글에서 겪었던 일이 생각났다. 특수부대 출신인 만큼 그에게는 항상 위험하고 힘든 일이 부여되었다.

그가 받은 특수 훈련이란 쉽게 말해서 게릴라 훈련이었다. 그것은 소수 인원으로 적지에 잠입해서 적을 혼란에 빠뜨리는 것이 목적이었다. 그밖에 필요에 따라서 특수부대원은 결사대(決死隊)로도 활약해야 했다.

우기(雨期)에 접어든 어느 날, 그는 다섯 명의 부하들을 이끌고 특수 임무에 나섰다. 베트콩 지휘관 한 명이 마을에 잠입해 있다는 정보를 받고 사실을 확인하기 위해 마을에 잠입하는 일이었다. 모두가 민간인처럼 사복 차림으로 출발했다. 사실이 확인되면 베트콩 지휘관을 사살하거나 체포해야 했다.

정보는 사실이었다. 잠들어 있는 베트콩을 체포해서 마을을 빠져나오려고 할 때 사방에서 총소리가 들려왔다. 포위된 것을 안 그는 체포한 베트콩을 사살하고 부하들과 함께 도망치기 시작했다. 수가 적은 것을 안 베트콩 들은 떼를 지어 끈질기게 추격해 왔다. 수 시간에 걸친 도망 끝에 겨우 추격을 벗어난 그는 정글 속에서 방향 감각을 잃었다. 부하들은 두 명 죽고 세 명만 남아 있었다. 한 명은 총에 맞아 죽고 다른 한 명은 지뢰를 밟아 죽었다. 자칫 했으면 몇 명 더 죽을 뻔했다.

정글 속을 헤매기 시작한 지 하루도 못 가 굶주림이 찾아왔다. 가도 가도 끝이 없는 정글의 바닷속에서 그들이 먹을 수 있는 것은 나무 열매 정도가 고작이었다. 특수 훈련을 받은 그는 그래도 강인하게 버텨냈다. 그러나 부하들은 달랐다. 굶어 본 적이 없는 부하들은 사흘째부터는 비틀거리기 시작했다. 그는 부하들을 관찰하면서 일지(日誌)에 이렇게 적었다.

　사흘째,— 비틀거리기 시작. 물만 마시다.

　나흘째,— 앉는 횟수가 빈번함. 먹을 만한 것이면 아무것이나
먹다.

　닷새째,— 앉아서 지내다. 기어 다니며 먹을 것 찾다.

　엿새째,— 겨우 기어 다님. 목소리 작아지다.

　이레째,— 드러누워 하늘만 쳐다봄. 드러누운 채 배설하다.

　여드레째,— 모두 혼수상태에 빠지다.

　살아남은 것은 그 혼자뿐이었다. 특수 훈련으로 단련된 그는
그때까지도 비틀비틀 걸을 수가 있었다. 걸을 수 있는데 부하들
과 함께 아사할 수는 없었다. 그는 부하들을 남겨 두고 혼자 정글
을 헤쳐나갔다.

　다행히 아군에게 발견되어 귀대한 그는 사실대로 보고한 다
음 부하들을 버린 책임을 지고 군법회의에 넘겨졌다. 그런데 군
법회의에서는 그때의 상황이 어쩔 수 없었음을 참작, 그에게 기
소 유예 판결을 내렸다. 그러나 그는 거기에 상관하지 않고 혼자
살아온 데 대한 심리적 갈등을 격심하게 겪어야 했다.

죽음의 의혹

채봉순의 시체가 발견된 다음다음 날, 이번에는 두 구의 시체가 동시에 발견되었다. 남학생과 여학생이었는데 정사라도 한 듯 서로 꼭 껴안고 죽어 있었다. 엄창환(嚴昌煥)이라는 남학생과 유명숙(柳明淑)이라는 여학생이었다.

한꺼번에 두 구의 시체가 발견되자 K군 일대는 다시 한 번 들끓었다. 어디 가나 그 이야기로 물 끓 듯했다. 지리산으로 등산 간 젊은이들이 차례로 시체로 발견되어 떠메어져 오니 소란이 일어날 만도 했다.

조준기 형사는 자신의 예상이 그대로 적중하는 것을 보고 기분이 우울했다. 고등학생들이 죽어 가는 것을 그대로 보고 있자니 기분이 우울할 수밖에 없었다.

이제 남은 사람은 두 명뿐이었다. 오현미(吳賢美)라는 여학생과 이기욱(李起旭)이라는 남학생이었다. 그들 역시 시체로 발견될 것이 뻔했다.

그런데 학생들 사이에 이번에는 좀 다른 소문이 나돌았다. 오현미와 이기욱이 동굴 속에서 함께 원시생활을 시작했을 거라는 소문이었다. 그것도 현미의 유혹에 빠져 그런 생활을 시작했을 거라는 이야기였다. 어느 것 하나 믿을 만한 것이 못 되었지만 순진한 학생들은 그러한 소문들을 버리려고 들지를 않았다. 소문은 또다시 날개를 단 듯 확대되어 퍼져 나갔다.

그러나 그러한 소문들도 이틀 뒤에는 물거품처럼 사라지고 말았다. 마지막 남은 두 사람 중 남학생인 이기욱이 역시 시체로 발견되었기 때문이었다.

이로써 3월의 마지막 주말을 이용해서 지리산에 올랐던 여섯 명의 남녀 학생들 가운데 다섯 명이 고스란히 죽어서 돌아온 셈이 되었다.

매우 충격적이고 애통한 일이 아닐 수 없었다. 자연 사람들의 관심은 이제 마지막으로 남은 여학생에게 쏠리게 됐다. 그녀가 살아남았을 거라고 생각하는 사람은 아무도 없었다. 구조반도 생명을 구하겠다는 의도는 이미 버리고 있었다. 단지 야생 동물들에게 훼손되기 전에 시체나마 찾아야 한다는 생각에서 마지막 수색에 전력을 기울였다.

조난자의 시체가 발견될 때의 공통된 점은 사람들의 눈에 쉽게 뜨이는 곳에 누워 있다는 점이다. 자신이 얼마 가지 않아 죽게 된다는 것을 의식한 조난자는 죽음 직전에 자신의 육체를 눈에 잘 띄는 곳으로 옮겨다 놓는 것이다. 외롭게 산 속에 버려져 있기보다는 시체가 되어서라도 가족 곁으로 돌아가고 싶기 때문일 것이다.

그래서 수색대는 마지막 남은 오현미의 시체도 쉽게 발견될 것으로 생각했었다. 그러나 그게 아니었다. 마지막 한 명의 수색 작업이 벌어진 지 닷새가 지났지만, 그녀의 모습은 어디에서도 발견되지 않았다. 유물 같은 것도 발견되지 않았다. 영산(靈山)의 마력에 흡수되어 버렸는지, 아니면 짐승에게 먹혀 버렸는지 그녀의 종적은 묘연하기만 했다.

수색대는 연일 계속되는 강행군에 지칠 대로 지쳐 버렸다. 남은 사람 하나의 흔적은 어디에서도 발견되지 않았다. 어쩐지 쉽지 않으리라는 예상이 수색대 내의 분위기였다. 이제 낙관하는 사람은 아무도 없었다. 모두가 어두운 그림자를 안은 채 수색에서 손을 떼려고 했다.

언제까지고 귀중한 인력을 동원할 수도 없는 일이라 마침내 수색은 중지되고, 오현미 양은 실종으로 처리되었다.

그러자 학생들 사이에서는 처음의 소문이 되살아나 하나의 사실처럼 받아들여지기 시작했다. 그것은 즉, 다섯 명의 학생들이 모두 죽은 것은 현미 때문이라는 것이었다. 그러니까 '신이 들린 듯 한 이상한 처녀'에게 홀려 모두 죽게 되었다는 것이었다. 그리고 그녀는 신통력이 있기 때문에 절대 죽지 않았을 거라는 소문이었다.

그러나 이러한 소문과는 달리 현미의 어머니인 무당녀는 딸의 죽음을 슬퍼하면서 매일 울었다. 그녀는 딸의 죽음을 믿어 의심치 않았다. 점괘에 그렇게 나온다고 본 것 같았다. 실성한 사람처럼 밤낮을 울며불며하다가 딸의 영혼을 위로하기 위해 큰 굿을 벌일 준비를 했다.

어느새 4월 중순이었다.

조준기 형사는 토요일을 이용해서 그동안 가슴 속에서 피어오르고 있던 호기심의 일단을 밖으로 끌어냈다.

시골이라서 이렇다 할 사건도 일어나지 않아 비교적 한가한 편이었다. 벽시계가 오후 1시를 치는 것을 듣고 그는 읽던 책을 덮었다. '죽음의 미학'이라는 일본 작가가 쓴 책이었다. 주위를 둘러보니 직원 두 명은 바둑을 두고 있었고, 과장은 끄덕끄덕 졸고 있었다. 책을 들고 조용히 밖으로 빠져나온 그는 눈부신 햇살에 잠시 얼굴을 찡그리며 서 있었다.

경찰서 앞은 광장이었다. 광장을 중심으로 길이 사방으로 트여 있어서 그곳은 로터리 구실을 하고 있었다.

이윽고 그는 광장을 가로질러 서산(西山) 쪽으로 천천히 걸어갔다. 그쪽은 농업고등학교로 가는 길이었다. 젊은 형사가 오른손에 '죽음의 미학'이라는 책을 든 채 한가롭게 걸어가고 있다는 것은 누가 봐도 묘한 모습이 아닐 수 없었다.

100미터쯤 걸어 내려왔을 때 그 앞을 여학생 세 명이 막 지나쳐갔다. 책가방을 들고 덩치가 큰 것으로 보아, 여고생들 같았다.

"실례합니다, 학생들……."

조 형사는 학생들을 불러 세웠다. 젊은 남자의 부름에 여학생들은 이성에 대한 민감한 반응부터 보여 왔다. 사춘기 여성 특유의 싱싱한 수줍음을 보이며 여학생 하나가,

"왜 그러세요?"

하고 물었다.

"K 농고 학생들인가요?"

"네……."

"마침 잘 됐군. 하교하는 길인가요?"

"그런데요."

여학생들은 약간 경계심을 보이며 조 형사를 자세히 훑어보았다. 경찰인지 사기꾼인지 알 수 없었기 때문이다. 하도 험악한 세상인지라 언제 무슨 일을 당할지 알 수 없었다.

"몇 학년이죠?"

"2학년이에요. 왜 그러세요?"

까만 눈동자들이 반짝거리며 조 형사를 바라보고 있었다. 노총각인 그는 가슴이 약간 설레이는 것을 느끼고는 헛기침을 했다. 화장은 하지 않았지만 세 명 모두 예쁜 편이었다. 특히 안경을 낀 여학생은 말은 없었지만, 상당히 예뻤다. 이 고장 여자들은 대체로 예쁘다. 산수가 좋아 그런지 미인이 많다.

"바쁘지 않으면 나하고 이야기 좀 할까 해서 그런데…… 어떻습니까?"

여학생들은 미소를 지으며 서로 얼굴을 쳐다보았다. 그 중 한 학생이 갑자기 새침한 표정을 지으며

"우리, 가야 해요."

하고 차갑게 말했다.

"아, 그래? 그렇다면 할 수 없지."

조 형사는 고개를 끄덕하고 돌아서려고 했다. 그러자 귀엽게 생긴 통통한 여학생이 앞으로 나섰다.

"아저씨, 그런데 왜 그러세요?"

"아, 아무것도 아니오. 뭘 좀 물어보려고 그랬는데 바쁘다면 할 수 없지."

"뭘 물어보시려고요?"

"오현미라는 학생 알지요? 실종된 학생 말이오."

"네네, 알아요."

여학생들의 눈이 동그래졌다. 조 형사는 그들 앞으로 한발 다가섰다.

"그 학생에 대해서 이상한 소문이 나돌던데…… 좀 알아볼까 해서 그럽니다."

조 형사는 여학생들의 비위를 건드리지 않으려고 계속 공대를 했다.

"아저씨는 누구세요?"

여학생들은 하나같이 표정이 굳어지면서 더욱 경계의 빛을
보였다.

"아, 난 경찰서에 있는 사람이오."

조 형사의 대답에 학생들은 놀란 얼굴을 했다.

"그럼 형사 아저씨세요?"

"그런 셈이지요."

"어머……."

경계의 빛이 사라지는 대신 이번에는 두려운 빛이 나타났다.
조 형사는 그들을 안심시키기 위해 부드럽게 미소했다.

"뭐 내가 강요한다고 생각하지는 말아요. 난 다만 사건 해결
에 도움이 될까 해서 학생들한테 몇 마디 물어보고 싶은 것뿐이
니까. 바쁘면 가도 좋아요."

"아니에요. 바쁘지 않아요."

여드름이 송송 돋아난 여학생이 앞으로 나서며 말했다. 다른
여학생들도 따라나설 뜻을 비쳤다.

"그렇다면 잠시 얘기 좀 할까요?"

"네, 좋아요."

이번에도 여드름 난 학생이 대꾸했다.

예쁜 여학생은 여전히 아무 말 없이 친구들 의향만을 따르고
있었다.

"그럼 여긴 뭐 하니까……, 다방으로 가서 커피라도 마시면
서……."

"제과점으로 가요. 우린 배가 고프걸랑요. 사주실 수 있죠, 형사 아저씨?"

여드름이 약간 애교 띤 어조로 말했다. 다른 여학생들은 까르르하고 웃어댔다. 조 형사의 얼굴은 약간 붉어졌다. 이렇게 싱싱한 처녀애들과 제과점에 들어가 본 게 언제였던가. 그는 약간의 부끄러움을 느끼면서 눈에 띄는 조그만 제과점으로 앞장을 서서 들어갔다. 시골 읍에 있는 제과점이라 보잘것이 없었고, 손님도 거의 없었다.

다른 처녀들을 앞에 대하고 앉으니 조 형사는 왠지 쑥스러운 느낌이 들었다. 소년같이 부끄럼을 타는 것 같아 스스로 우스운 생각이 들었다. 상당량의 빵과 음료수를 시켜 놓은 다음 조 형사는 조용히 입을 열었다.

"그…… 오현미라는 학생에 대해서는 잘 알고 있겠죠?"

"네, 잘 알고 있어요. 같은 반이니까요."

"아, 그래요."

마침 잘 됐다는 생각이 들었다. 조 형사가 먼저 빵을 하나 집자 그제야 학생들도 빵을 먹기 시작했다.

먹으면서도 학생들은 끊임없이 그를 관찰하고 있었다. 탁자한 쪽에 놓여 있는 책을 흘끔흘끔 내려다보기도 하면서 그로부터 줄곧 호기심 어린 시선을 거두지 않았다.

"현미란 학생, 공부는 잘했나요?"

"이거에요."

여드름이 엄지손가락을 내밀었다. 그때까지 몸을 도사리고 있던 여학생들이 긴장을 풀면서 까르르하고 웃었다. 갑자기 분위기가 부드러워진 듯했다. 별로 우습지도 않은데 일부러 소리 내어 웃는 것이 좀 어색하긴 했지만 딱딱한 분위기를 누그러뜨리려는 기미가 역력했으므로 조 형사도 따라 웃었다.

"그렇게 공부를 잘했나요?"

"개교 이래 처음 나타난 수재래요."

"다른 것도 잘하나요?"

"네, 문학에 취미가 많은가 봐요."

"글도 잘 쓰나요?"

"네, 작년도 도내 백일장에 학교 대표로 나가 산문부 장원을 했어요."

"그래요? 대단하군요."

"시도 잘 써요."

"그렇군요. 공부만 잘하는 게 아니라 글도 잘 쓴단 말이죠? 시도 잘 쓰고 산문도 잘 쓰고?"

"글뿐만이 아녜요. 춤도 아주 잘 추고, 무용 말예요. 그림도 잘 그려요."

여드름은 입에 침이 마르도록 현미를 칭찬했다. 그만큼 자신이 공부를 못하는 탓일까, 아니면 동창으로서 자부심을 느꼈기 때문일까. 이런 시골 농고에도 공부 잘하는 여학생이 있다는 것을 알려주고 싶은 탓인지도 모른다.

"용모는 어떤가요?"

"아주 예뻐요. 눈이 제일 예뻐요."

통통한 여학생의 말에 예쁜 안경이 입을 씰룩했다. 예쁘다는 말이 듣기 싫은 것 같았다.

"아버지가 안 계신가 보던데……?"

"엄마하고 두 식군데…… 엄마는 무당이래요."

안경이 그의 시선을 피하며 말했다. 그녀가 처음으로 입을 연 것이다. 조 형사는 고개를 끄덕였다. 현미 엄마가 무당이란 것을 알고 있었던 터라 더 묻지는 않았다. 콜라 잔을 반쯤 비운 다음 담배를 피워 물었다.

"그런데 그 이상한 소문은 어떻게 해서 나온 거지?"

"우리도 몰라요."

자기들이 그런 소문을 퍼뜨린 장본인이 아님을 강조하려는 듯 모두가 정색했다.

"그 소문을 믿나요?"

"……."

이 질문에는 아무도 대답하지 않는다. 시인도 부인도 하지 않은 채 침묵만 지켰다.

"학생들이 죽은 건 현미 때문이라고들 하던데 어디서 그런 근거가 나왔지요?"

"……."

"누가 목격한 사람이 있나요?"

"……."

"뭐 어쩌자는 게 아니고 단지 알아보고 싶어서 그러는 거니까 기탄없이 말해 봐요."

안경이 콜라 잔을 내려놓고 그를 흘끔 쳐다보았다. 그리고 꽤 논리적으로 말했다.

"어떤 과학적인 근거가 있어서 그런 게 아니고…… 단순히 떠도는 이야기라고 생각하시면 될 거예요."

"그래도 어떤 근거가 있기 때문에 그런 소문이 나돈 게 아닐까요?"

"아마 머리가 매우 좋고…… 또 그 애 엄마가 무당이고 하니까…… 그런 소문이 났을 거예요. 무당에겐 신통력이란 것이 있다고 하잖아요."

그녀는 현미를 은근히 싫어하는 눈치였다. 자기보다 더 예쁘다는 말이 듣기 싫어서일 것이다.

"그래서 현미한테 귀신이 씌웠다는 건가?"

"……."

"말해 봐요. 그렇게 생각하지?"

"잘 모르겠어요."

안경은 조 형사의 눈을 피하면서 어물거렸다.

확실한 대답을 피하는 것으로 보아 어느 정도 소문을 믿고 있는 것 같았다. 조 형사는 답답한 기분이 들었다.

"현미는 신통력이 있어서 죽지 않았을 거라는 소문도 있던데

학생들은 어떻게 생각하죠?"

"글쎄요."

"우린 잘 모르겠어요."

모두가 대답하기 거북하다는 듯이 몸을 틀었다. 그때 통통한 여학생이 조심스럽게 입을 열었다.

"우리 엄마가 그러는데 신들린 사람은 남보다 열 곱절 이상 힘을 낼 수 있대요."

"물론 살아 있기를 나도 바래요. 그렇지만 그런 소문은 너무 이상하군요. 터무니없는 미신이 아닐까요?"

"아니에요, 물론 미신이랄 수도 있지만, 경우에 따라선 그렇지 않을 때도 있대요. 현미가 그런 경우라고들 해요……."

그것은 소문에 대한 긍정적인 반응이라고 할 수 있어서 조 형사를 어리둥절하게 만들었다. 이번에는 여드름도 한 마디 들고 나왔다.

"민호하고 현미는 서로 좋아하는 사이였어요. 그런데 죽은 민호의 손에 현미의 모자가 들려 있었지 않아요? 민호는 절벽 밑에 떨어져 있었구요. 그러니까 민호는 현미 모자를 주우려다가 죽었을 거예요. 현미가 죽인 게 분명해요."

"음, 일리 있는 말이군. 그럴 수도 있겠지. 그러나 뭐니 뭐니 해도 날씨가 나빴기 때문일 거요."

"수색에 참가했던 체육 선생님께서 그러시는데, 그 절벽 위에 있는 소나무 가지 하나가 부러져 있었대요."

형사님도 한 번 상상해 보라는 듯 여드름이 말끝에 여운을 달았다.

"체육 선생이? 아니, 그 양반은 학생들에게 쓸데없는 소리나 하고 있군."

"뭐…… 그저 그렇다는 말이죠."

"그래서 현미하고 가까이 지내는 사람은 다 죽는다는 소문이 나돌고 있군?"

"아, 아녜요. 저도 애들한테 들은 말이에요."

여드름이 황당한 표정으로 말을 어물거렸다.

"과학적 근거야 어떻든……."

안경이 또 조리 있게 말했다.

"소문대로 사실이 되어 다 드러났지 않아요? 현미만 빼놓고 모두 죽었으니까요. 죽은 애들, 너무너무 가여워요. 겁도 없이 그렇게 산에 오르다니…… 뭐에 씌워도 단단히 씌웠어요."

그 한 마디에 모두가 갑자기 숙연해졌다. 토실토실한 여학생이 눈물을 글썽이자 나머지 학생들도 손으로 눈을 가렸다. 손수건을 꺼내 눈물을 찍어내는 학생도 있었다.

조 형사는 난처했다. 피우던 담배를 비벼 끄고 기침을 했다. 컬컬한 막걸리라도 한 잔 마시고 싶었다.

"바쁜데 시간을 내줘서 고마워요. 많은 도움이 됐어요. 자, 이제 가볼까?"

학생들은 눈물을 훔치고 서둘러 일어났다.

여학생들과 헤어진 조 형사는 기분이 별로 좋지가 않았다. 감수성이 예민한 학생들이 허황한 소문에 말려들고 있는 것만 같아 우울하기까지 했다.

그와 함께 오현미라는 여학생에 대해 강력한 호기심이 이는 것을 어쩌지 못했다. 공부도 잘하고 예쁘고 무당의 딸이고 무엇보다도 신통력이 있다는 것 등이 지루하기만 한 시골 경찰서에 근무하는 형사의 관심을 끌었다.

내친 김에 현미의 신상 카드를 대강 훑어보니, 학생들이 말한 대로 어머니와 단 두 식구뿐이었다. 그녀의 어머니인 오월례(吳月禮)씨는 44세. 주거지는 읍에서 10리쯤 떨어진 곳에 있는 잣골이라는 마을이었다.

밖으로 나온 그는 잣골 부근을 통과하는 정기 버스를 탔다.

마침 장날이라 버스는 집에 돌아가는 사람들로 만원이었다. 포장이 되지 않은 울퉁불퉁한 길을 폐차나 다름없는 버스가 우당탕거리며 달리는 동안 차 속은 삶에 찌든 시골 농부들과 아낙들의 흙바람 같은 소리로 가득했다.

조 형사는 포근한 햇볕과 차창을 통해 불어 들어오는 흙냄새를 즐기며 녹색으로 물들어 가고 있는 산과 들을 하염없이 바라보고 있었다.

출발한 지 20분쯤 되어 그는 버스에서 내렸다. 워낙 굼벵이처럼 달리는 데다 아무데서나 사람을 내리고 태워 주고 해서 10리밖에 안 된 거리를 달려오는데 20분이나 걸린 것이다.

잣골은 3백여 호가 모여 사는 꽤 큰 마을이었다. 마을 뒤로 야산이 감싸듯이 둘러 서 있었고, 마을 앞으로는 조그마한 냇물이 흐르고 있었다.

냇물 위에 놓아진 콘크리트로 된 조그만 다리를 건너자 바로 마을이 시작되고 있었다. 지나는 젊은 아낙을 붙들고 무당집을 물으니

"아, 월례네 말이군요. 이쪽으로 가면 돼요."

하면서 친절히 가르쳐 주었다.

가르쳐준 대로 더듬어 가보니, 동네에서 조금 벗어난 대밭 근처에 무당의 집이 나타났다. 무당 월례네 집을 보고 조 형사는 적지 않게 놀랐다. 집이 보기 드물 정도로 초라하고 을씨년스러웠기 때문이다.

그 집은 그야말로 다 쓰러져 가는 오막살이로 얼핏 보기에 폐가 같았다. 초가지붕은 몇 년 동안 새 이엉을 덮지도 않았는지 썩을 대로 썩어 여기저기가 움푹 꺼져 있었고, 흙벽은 헐대로 헐어 대쪽이 들쑥날쑥하고 있었다. 돌담은 무너져가고 사립 문짝은 한켠으로 나동그라져 있었다. 거기다가 집 뒤에 병풍처럼 서 있는 대밭이 온통 병들어 누렇게 죽어 가고 있는 바람에 집 분위기가 한층 삭막하고 음산해 보였다.

조 형사는 그냥 돌아설까 하다가 이왕 온 김에 무당을 한번 만나 봐야겠다고 생각하고 마당 안으로 조심스럽게 들어섰다. 방한 칸에 부엌 한 칸뿐인 오두막이었다. 아마 누가 버린 집인 것 같

았다. 마당은 오랫동안 빗자루를 대지 않은 듯 쓰레기가 널려 있었고 잡초 또한 무성했다.

집 앞으로 다가서서 방안의 기척을 살폈다. 때에 절은 흰 고무신짝이 마루 밑에 뒹굴고 있는 것 같은데 아무런 기척도 느껴지지 않는다. 문에는 구멍이 숭숭 뚫려 있었다. 여자들만 사는 집인데 손질이 엉망이었다.

이런 집에서 현미 같은 아름다운 학생이 살고 있었다는 것이 어쩐지 믿어지지 않았다.

"계십니까?"

조심스럽게 주인을 불러 보았다. 그러나 방안에서는 기척이 없다.

"계십니까?"

조금 큰 소리로 다시 불렀다. 역시 조용했다. 마루 위에 뒹굴고 있는 4홉들이 소주병 두 개가 눈에 들어왔다. 누가 마신 술병일까. 딸이 나타나지 않아 속이 상해서 무당이 마셨을까. 앞으로 바싹 다가가서 손을 뻗어 문을 두드렸다.

여전히 반응이 없다. 문을 열려고 문고리를 잡으려 하는데 문이 벌컥 열렸다.

막연한 기대

열린 문 사이로 여자의 얼굴이 나타났다. 40대 초반으로 보이는 여자였다. 산발한 머리칼 사이로 붉게 충혈된 눈이 이쪽을 쏘아보고 있었다. 옷고름이 풀어져 헤쳐진 사이로 젖가슴이 늘어져 있는 것이 보였다. 여인은 그것을 가리려고도 하지 않은 채 계속 조 형사를 주시하고 있었다.

메마른 얼굴이었다. 균형이 잡힌 미인형의 얼굴이었지만 그것을 잘 가꾸지 못한 채 세파에 시달려 온 탓인지 황량한 빛이 감돌고 있었다.

여인이 묻지도 않고 잠자코 바라보기만 하자 조 형사가 먼저 입을 열었다.

"실례지만…… 오월례 씨 되십니까?"

"내가 월례요. 뉘시오?"

도발적이고 퉁명스러운 목소리였다.

"경찰서에서 왔습니다."

"우리 현미 소식 가지고 왔소?"

월례가 앉은 걸음으로 마루 위로 나왔다. 어느새 눈에 물기가 번져 있다. 조 형사는 딱했다.

"죄송합니다. 좋은 소식을 가지고 오지 못해서……."

"그럼 뭣 헐라고 왔소?"

힐난하듯 묻는다.

"미안합니다. 그냥 와서……."

"참말로 염치도 없구만……."

조 형사는 마루 끝에 조심스럽게 걸터앉았다.

"많이 상심이 되실 것 같아서 한번 들러 봤습니다. 어떻게 사시는지 궁금하기도 하고……."

"보시다시피 이렇게 살고 있소."

한숨을 푹 내쉬면서 담배꽁초를 집어 든다. 조 형사가 얼른 담배를 꺼내 그녀에게 권했다. 무당은 꽁초를 버리고 담배를 뽑아 들었다. 술 냄새가 확 풍겨 온다. 어지간히 마신 모양이다. 조 형사는 라이터를 꺼내 불을 붙여 주었다.

"혼자 사십니까?"

"이젠 혼자가 됐구만요. 딸애하고 둘이 살았는데…… 그 애마저 떠났으니 이젠 혈혈단신이지요. 내가 죽으면 시신을 거두어 줄 사람도 없구만요."

월례는 또 한숨을 내쉬었다. 그 암담하고 절망적인 표정에 조 형사는 뭐라고 말을 해야 그녀를 위로할 수 있을지 도무지 알 수가 없었다.

"아직 따님이 죽은 것이란 확증은 없는데…… 낙심하지는 마십시오."

"벌써 보름이 넘었는디, 그 깊은 산중에서 어떻게 살아 있당가요? 틀림없이 그년이 나보다 먼저 갔을 거구만요. 산신령이 데려갔을 거구만요."

무당은 담배 연기를 길게 내뿜으며 한숨을 내쉬었다.

"마음을 굳게 잡수셔야 합니다. 그렇지 않으면……."

"이젠 지쳤구만요. 혼자서 무슨 재미로 살겠는 가요. 고년 커 가는 것 보는 재미로 살았는디……."

눈이 허공을 맴돈다. 고개를 숙이자 눈물방울이 후두두 떨어진다. 월례는 소맷자락으로 눈물을 훔치고 나서, 이번에는 치맛자락을 걷어쥐더니 거기에다 '킁' 하고 코를 풀었다.

"너무 그런 쪽으로만 생각지 마십시오. 혹시 또 모르는 것이니까요……."

"모르다니요? 그럼 우리 현미가 살아 있을지도 모른다 이 말인가요?"

월례의 눈이 번뜩인다. 사람 놀리지 말라는 듯 화난 표정이다. 조 형사는 가만히 고개를 끄덕였다.

"아직 그 어느 쪽도 단정을 내릴 수는 없습니다. 단정을 내려서도 안 되고요."

월례는 듣기 싫으니 쓸데없는 소리 말라는 듯 고개를 설레설
레 저었다.

"다른 애들도 모두 죽었는디…… 그 애라고 별수 있나요. 남
자라면 또 몰라도……."

"그래도 그렇지 않습니다."

조 형사는 계속 현미의 죽음에 대해 의문을 제시하며 무당을
달랬다.

무당을 달래 놔야 이것저것 물어보기도 쉬울 것 같아서였다.
딸이 죽었다고 울고 짜기만 하다면 아무것도 물을 수 없을 것이
뻔했기 때문이다.

"그 어린 것이 산 속에서 얼마나 춥고 배가 고팠을까. 밤이면
밤마다 이 에미를 부르는 소리가 들려오는구만요. 빨리 지를 데
려가 달라구요. 그렇지만 있는 데를 알아야제……. 어디에 가 있
는지 알 수가 있어야제. 그래야 데려올 수 있을건디…… 안 그러
요? 선상님, 안 그러요?"

"맞습니다."

"그런디 왜 산신령님은 우리 현미 있는 디를 나헌테 안 알려
준다요?"

월례의 눈에서 걷잡을 수 없이 눈물이 흘러내린다. 이제는 눈
물을 닦으려고도 하지 않는다.

"조금만 기다려 보십시오."

"세상에…… 그것처럼 서럽게 큰 것도 없는디…… 선상님, 들어보시오. 지 태어나기도 전에 그 애 애비는 도망쳤제, 에미라고 기생보다 못한 무당이제, 그러니 그것이 남들처럼 제때에 밥이나 먹고 컸것소? 세상에 불쌍하게 큰 것인디, 산에서 죽다니 이게 웬 말이란 말이오. 지가 고등핵교라도 나와서 낭군 잘 만나 살문 나는 원이 없을 것 같았는디…… 이게 도대체 웬 날벼락이란 말인가요?"

월례는 주먹으로 마룻바닥을 쳤다. 그러면서 흐느껴 울었다. 울면서 가닥가닥 뽑아내는 말들이 온통 자신과 현미의 신세타령뿐이었다.

"내 죽어도 눈을 감을 수 있것소? 살아도 사는 것 같것소? 가슴이 맥혀 밥은 안 들어가고 이렇게 술만 마시니, 선상님, 이를 어쩌면 좋것소? 내 새끼라서가 아니라, 우리 현미는 애비 없이 자란 무당 딸이지만 다른 집 딸들보다 나으면 나았지 절대 못하지는 않았지요. 공부 잘 허것다, 그림 잘 그리고 글 잘 쓰것다, 미인이것다, 영특하것다, 효심 지극 허것다…… 정말이지 어딜 내놔도 그런 애는 보기 드물어요. 내가 세상을 무슨 재미로 살았것소. 오직 그것 하나 보고 살아왔는디 그것마저 가 버렸으니 난 이제 어쩌면 좋것소?"

조 형사는 그녀의 서글픈 타령에 가슴이 막혀 헛기침만 하면서 담배를 빨아들였다.

"힘을 내셔야 합니다. 그리고 아직은 뭐라고 단정을 내릴 수

가 없습니다. 따님은 다른 학생들과는 달리 매우 영리해서 의외
로 아무 탈 없이……."

무당은 담배를 다시 뽑아들었다.

"아이고, 모르시는 말씀…… 영리하다고 춥고 배고프지 않당
가요? 배고프고 춥기는 다 마찬가지제. 우리 현미라고 별 수 있겠
는가, 안 그러요?"

"하여튼 너무 그렇게 단정하지는 마십시오. 아직 발견되지도
않은 상태에서……."

"나는 이제 다 포기했소. 시신이나 거둬 왔으면 했는디 그것
도 힘들게 됐으니 이를 어쩌면 좋것소. 순경 아저씨들도 지쳐서
모두 돌아갔으니 우리 현미를 누가 찾아 줄까. 찾아 줄 사람도 없
으문 내라도 가서 찾아야제."

무당녀의 엉뚱한 소리에 조 형사는 당황했다.

"아주머니 혼자서는 안 됩니다. 불가능한 일입니다. 나서지
마십시오."

"왜 못 찾아요. 나도 산에 여러 번 올라가 봤는디…… 내 딸인
께 내가 찾아야 쓰것소."

"그래도 산은 아주 넓어서 혼자서는 도저히 불가능합니다. 그
리고 경찰이 못 들어가게 막고 있습니다."

월례가 자기 딸의 시체라도 찾으려고 산에 들어간다면 그것
또한 큰일이다. 산 속을 헤매다가 생명을 잃어버리기 십상일 것
이기 때문이다.

"이럴 때 지 애비라도 있으문 얼마나 좋을까? 아무래도 남들보다야 열심히 찾아나서것지. 벌써 찾아왔을지도 모르지. 망할 놈의 남정네……."

마침내 현미 아버지 얘기가 자연스럽게 나왔다.

"현미 아버지는 돌아가셨나요?"

"어디가……."

그녀는 머리를 세차게 저었다.

"그러면……?"

"죽기나 했으문 생각이나 안 하제. 세상 어디에 멀쩡히 두 눈 뜨고 돌아다니고 있을 거요. 찾을 수만 있으문 저 죽고 나 죽고 하는 건디……."

무당은 무섭게 허공을 응시하다가 한숨을 내쉰다.

"어디로 사라져 버렸군요? 따님이 태어난 것도 모르고…… 그것 참……."

"한 번 쯤 찾아올 줄 알았는디…… 20년이나 기다렸는디…… 아마 어디선가 죽었을지도 모르것구만요. 그러니까 한 번도 안 나타나지. 나를 잊어버렸드라도 돌아다니다 보면 이 근처에도 왔을 거구, 그러면 내 생각이 나서 얼굴을 디밀었을 건디…… 지 딸을 보았으믄 아마 그러지는 못할 거구만요."

"아주머니만 고생하시고……."

"고생이야 그놈의 인간이 있었어도 마찬가지겠지만…… 이놈의 무당 노릇이란 게 어디 그리 쉽당가요."

"그분은 어떻게 만나셨는가요?"

조 형사의 조용조용한 대꾸에 무당은 한숨을 폭 쉬고 나더니 주절주절 지난 20년 세월을 풀어놓기 시작했다.

거의 20년 가까이 되는 일이라고 했다.

남자의 이름은 김삼수(金三洙)라고 했다. 떠돌이 약장수였다. 알쏭달쏭한 약들을 가지고 시골구석을 찾아다니는 엉터리 약장수였다. 가지고 있는 것은 모두 만병통치약이라 했고, 팔고 나면 줄행랑을 쳤다.

김삼수가 잣골에 처음 나타난 것은 늦은 가을날이었다. 키가 크고 미남인데다가 말솜씨가 좋아 순식간에 마을의 젊은 여자들을 사로잡았다. 여자들은 다투어 그 만병통치약이라는 것을 샀다. 그때만 해도 월례는 아름다웠다.

원래 그녀의 어머니가 무당이었다. 어머니 밑에서 그녀는 무당 일을 배웠다. 그 어머니가 1년 전 세상을 떠나자 월례는 어머니의 자리를 물려받아 무당이 되었다.

삼수와 월례는 그날로 눈이 맞아 관계를 맺었다. 삼수는 다음 날부터 아예 월례의 서방 행세를 하며 집안에 들어앉았다.

동네 사람들이 수군거리며 손가락질을 했지만, 월례는 눈 하나 까딱하지 않고 삼수와 동거생활을 계속해 나갔다. 무당이 아니었다면 그녀는 마을에서 쫓겨났을 것이다. 그러나 무당이라 떠돌이와의 동거가 가능했다. 원래 그녀도 사생아였으니까.

삼수는 월례보다 서너 살이 위였다. 그 역시 혼자 떠돌아다니는 몸이라 별 부담을 느끼지 않고 서방 노릇을 해 나갔다.

서방 노릇이라야 월례가 해주는 세끼 밥을 꼬박꼬박 받아먹으면서 놀고 지내는 것이었다. 그것은 고생스럽게 약장사를 하지 않아도 되는 그야말로 뱃속 편한 생활이었다. 사나흘에 한 번씩 남자 노릇만 제대로 해주면 되었다.

월례는 그녀대로 삼수를 영원한 반려자로 생각하고 정성을 다해 그를 섬겼다. 삼수가 정을 붙이고 죽을 때까지 그녀와 있어주기를 바랐다. 돈 한 푼 안 벌어도 좋으니 같이 있어 주기만 하면 됐다. 먹고 사는 것은 무당 노릇으로 가능했으니까. 그러한 바람은 떠돌이 삼수가 언젠가는 자기 곁을 떠날지도 모른다는 불안 때문에 생겨난 것이었다.

삼수는 달 밝은 밤이면 마루에 나앉아 퉁소를 불곤 했다. 손때가 까맣게 묻은 그 퉁소는 그가 몹시 애지중지하는 것으로, 그는 거기에서 언제나 슬픈 가락을 뽑아내곤 했다. 월례는 깊은 경지에까지 다다른 그의 퉁소 솜씨에 처음에는 자못 감탄했지만, 나중에는 그 슬픈 가락이 싫었다. 그 슬픈 가락이 마치 이별을 암시해주는 것같이 생각되곤 했기 때문이다. 그래서 더는 불지 말라고 했지만 소용없었다.

그러는 사이 그녀는 삼수의 아이를 배었다. 그녀는 부풀어 오르는 배를 쓰다듬으면서 이제 아기를 낳으면 완전한 부부가 되는 것으로 생각했다.

그런 어느 날, 삼수가 마침내 달아나 버리는 불행한 사건이 발생했다. 미남인 삼수는 언제나 마을 여자들에게 호감을 안겨 주고 있었다.

삼수는 자기에게 호감을 느끼고 다가오는 여자 중 반반하게 생긴 여자가 있으면 마다치 않고 손을 내밀곤 했다. 동네의 누구누구 하고 정이 통했다느니 하는 소문이 그칠 줄 모르고 계속되고 있었지만, 월례는 그 소문을 믿으려 들지를 않았다. 그런데 그날만은 어쩔 수 없이 그런 소문들이 거짓이 아님을 두 눈으로 똑똑히 확인하게 되었다.

삼수를 상대한 여인은 젊은 과부댁이었다. 남편이 병으로 급사한 지 1년도 못 되는 그 청상과부는 상(喪)중인데도 불구하고 대낮에 삼수를 집안에 끌어들여 정을 통했다.

그 현장에 나들이 갔던 시어머니가 들이닥쳤다. 시어머니가 멀리 갔기 때문에 시간이 충분하다고 믿은 게 잘못이었다.

"아이구, 세상에, 이 무슨 일이 다 있당가. 세상천지 벌건 대낮에, 남편 죽은 지 1년도 안 된 년이 사내놈을 끌어들여! 에끼 이년! 이 더러운 년! 나는 니가 그럴 줄 몰랐다. 우리 집안에 너 같은 년은 일찍이 없었다. 세상 사람들! 이 연놈들 좀 보시오! 이 연놈들을 어떻게 하면 좋것소?"

노파는 소리소리 지르며 며느리의 머리채를 붙잡고 늘어졌다. 아직 옷을 모두 찾아 입지 못한 며느리의 허연 유방이 탐스럽게 흔들거렸다.

삼수는 얼른 옷을 꿰차고 도망치려고 했다. 그러나 노파가 그의 가랑이를 붙잡고 늘어지는 통에 도망갈 수가 없었다. 꼼짝없이 당하게 되었다.

"이놈! 이 더러운 놈! 이 도둑놈! 어디서 굴러 들어온 개새끼가 우리 며느리를 베레 놨냐? 이놈, 너를 죽여야것다! 작두로 네 놈의 가랑이를 잘라 놓아야겠다. 죽어라, 이놈!"

노파는 눈에 불을 켜고 손에 잡히는 낫을 휘두르려고 했다. 지나가던 마을 사람 몇이 들어왔다.

"아이구 시상에 저런 일이 다 있당가!"

"하늘이 놀랠 일이여. 아, 그렇게 얌전하던 색시가 남편 죽은 지 얼마나 됐다고……."

그때 마을 이장이 뛰어 들어왔다. 그는 노파에게서 삼수를 인계받더니 마당에 꿇어 앉혔다.

"너 이놈 오늘 잘 걸렸다. 너 오늘 한번 죽을 각오해라. 아짐씨 메누리는 아줌씨가 알아서 닦달 허시오. 이놈은 지가 알아서 할 테니까."

이장은 그렇지 않아도 삼수 때문에 나도는 불미스러운 소문들을 규명해서, 어디서 굴러 들어온 지도 모르는 그 놈팡이를 마을에서 추방할 생각을 품고 있던 터라 옳다 됐다 하고 삼수의 멱살을 움켜쥐고 마을 사람들을 불러 모아 몰매를 때렸다.

월레가 헐레벌떡 뛰어갔을 때 삼수는 피투성이가 되어 쓰러져 있었다. 삼수를 붙들고 울부짖는 그녀를 보고 마을 아낙들은 하나같이 입을 삐죽거렸다.

모두가 당해서 싸다는 듯 고소한 표정들이었다. 쓰러져 있는 그들 위로 이장의 불호령이 떨어졌다.

"너 이놈, 어디서 굴러 들어온 개뼈다귀인지는 모르지만, 이 마을에서 썩 나가! 내일까지 떠나지 않으문 가만두지 않을 테다! 월례, 너도 정신 차리고 네 서방 마을에서 쫓아내! 같이 살고 싶으문 너도 같이 이 마을을 떠나!"

월례는 이장을 붙들고 앞으로는 이런 일이 없도록 할 테니까 쫓아내지는 말아 달라고 호소했지만 들어줄 리 만무했다.

삼수는 그날 밤 어디론가 도망쳤다. 그녀가 깜박 잠이 든 사이에 도망쳐 버린 것이다.

함께 떠나자고 해 놓고 혼자 줄행랑을 쳐버린 것을 알자 월례는 목 놓아 울었다.

원망한들 소용없는 일이었다. 삼수가 남기고 간 것이란 오직하나, 손때 묻은 통소 하나뿐이었다. 그가 그렇게 애지중지하던 그 통소를 왜 놔두고 갔는지 알 수가 없었다. 월례와의 풋사랑의 증표로 남기고 간 것일까. 아니다. 그럴 리 없다. 경황 중에 잊어버리고 간 것일 게다.

월례는 그래도 이제나저제나 하면서 삼수로부터 소식이 오기를 기다렸다. 그렇게 다섯 달을 기다리다가 그녀는 아기를 낳았다. 딸이었다.

월례는 사생아를 기르면서 삼수에 대한 그리움으로 날마다 울어야 했다.

막연한 기대 · 65

그녀는 포기하지 않고 날마다 그를 기다렸다. 1년이 가고 2년이 갔지만, 삼수로부터는 소식이 없었다.

어미의 고민을 아는지 모르는지 아기는 무럭무럭 자랐다. 그러나 호적에 올릴 수도 없는 사생아였다. 아기는 커지면서 예뻐지고 영특해지기 시작했다.

아기가 자라 초등학교에 들어갈 때가 되자 월례는 비로소 딸의 출생신고를 하고 호적에 올려야 하는 현실적인 문제에 부딪히게 되었다.

지난 8년이란 세월은 자나 깨나 기다림 그것이었다. 그러나 이제는 그것을 포기해야 했다.

오월례는 마침내 김삼수를 잊기로 하고 하는 수없이 자신의 성을 따서 딸을 호적에 올렸다.

기다리고 그리워하고 원망하면서 딸과 함께 살아온 세월이 어느새 17년이 흘러갔다.

조 형사는 여인에게 다시 담배를 권했다. 월례는 사양하지 않고 그것을 받아 피우며 가슴 저 깊은 바닥에서 밀려 나오는 한숨을 푹푹 내쉬었다.

조 형사는 그 기구한 운명의 여인을 통해 실종된 오현미의 불행한 앞날을 내다보는 것만 같아 기분이 우울했다.

"그동안 현미 아버지한테서는 한 번도 소식이 없었습니까?"

"없었지요."

"세상을 떠났는지도 모르겠군요."

"아니요. 그럴 리가 없을 거구만요."

월례의 너무도 분명한 주장에 조 형사는 의아했다.

"그럴 리가 없다니…… 그럼 그분 소식이라도 듣고 있었단 말입니까?"

"아니요. 그게 아니라…… 점에 나타나지요. 점을 치면 훤히 나타납니다. 어디선가 돈 많은 계집년 만나 호의호식하고 있다고 나타납디다. 이 내 눈은 속이지 못해요. 선상님은 아직 총각이시지요?"

조 형사는 어리둥절했다. 그녀의 신통력에 놀랐다.

"아니…… 어떻게 그걸 다 아십니까?"

"다 아는 수가 있지요. 그런 건 점을 치지 않아도 알 수가 있구만요.

"그럼 현미가 어떻게 됐는지도 아실 거 아닙니까?"

"……"

월례는 입을 다문 채 그를 무섭게 쏘아봤다. 신들린 듯 광기 어린 그 눈초리에 조 형사는 섬뜩한 전율을 느꼈다.

"미안합니다. 쓸데없는 말을 해서……."

"미안할 것까지는 없소. 무당이라고 모든 것이 다 보이는 게 아니요. 보이는 것이 있고 보이지 않는 게 있어요. 우리 현미는…… 틀림없이 죽었어요. 내 눈에 시신은 보이지 않았지만, 그 애 혼이 날 부르는 소리를 나는 매일 밤 듣고 있어요. 어젯밤만 해도 이 문 앞에서 어찌나 애타게 부르던지…… 내 간장이 다 녹는 것 같았구만요."

"꿈은 반대로 나타나는 수도 있다던데요?"

"그건 보통 사람들이나 그렇지 나 같은 무당은 그렇지 않구만요. 틀림없이 우리 현미도 죽었을 거구만요."

조 형사는 월례의 말이 왠지 허황하게 들리지가 않았다. 그녀의 말은 마치 추적추적 내리는 봄비처럼 옷을 적시며 몸으로 스며드는 것 같았다.

"현미는 아버지의 얼굴도 모르겠군요?"

"알 리가 없지요."

"사진 같은 것도 없습니까?"

"없어요. 찍어 두질 못했지요."

"평소에 아버지 이야기를 많이 해주셨나요?"

무당은 고개를 저었다.

"어릴 때는 많이 해주었지만 커서는 해주지 않았어요. 괜히 마음만 아플 것 같아서……."

"혹시 현미 양 사진 있습니까?"

"네, 몇 장 있구만요."

"한 장 빌릴 수 없을까요?"

"뭐에 쓰실려구요?"

"필요해서 그럽니다. 혹시 제가 찾게 되면…… 얼굴을 알아야 하지 않겠습니까."

"알겠구만요. 잘 부탁하것소."

월례는 더 묻지 않고 방안으로 들어가더니 사진을 몇 장 들고 왔다. 그것들은 모두가 고등학교 교복을 입고 찍은 것들로, 조 형사는 그 중 명함판 하나를 집어 들었다.

그것을 보는 순간 조 형사는 입에서 절로 탄성이 흘러나왔다, 그렇게 눈에 확 뜨이게 아름다운 얼굴을 보기는 처음이었다. 갸름한 얼굴은 눈이 부실 정도로 환해 보였다. 동그란 눈은 유난히도 투명해 보였다. 눈썹의 선은 너무도 선명해서 일부러 그린 것 같았다.

조 형사가 자기 딸의 사진을 정신없이 들여다보고 있자 월례는,

"그 애는 커 갈수록 지 애비를 닮아가는구만요."

하고 말했다.

"현미 아버지가 그렇게 미남이었습니까?"

"미남이었지요. 그렇게 내가 반했제."

얼굴빛 하나 변하지 않고 그녀는 말했다. 조 형사는 현미의 사진을 안 호주머니에 집어넣었다.

"그 애는 지 애비처럼 통소도 잘 불었지요. 내가 불지 못하게 해도 듣지 않고 불어 댔으니까요."

"아버지가 놔두고 간 그 통소 말입니까?"

"네, 그걸 가지고 누가 가르쳐 준 것도 아닌데 어릴 때부터 불어 대더니만, 나중에는 지 애비 뺨치게 잘 불었어요. 타고난 핏줄

은 속일 수 없는 것인지······."

무당은 딸 솜씨를 자랑하는 듯 한 말투였다.

"부전자전이니까요. 그것 좀 볼 수 없을까요?"

"집에 없구만요. 그 애가 등산갈 때 가져간 모양인지 보이지 않네요."

산 속의 어둠, 그 깊은 어둠 속에 홀로 앉아 무서움에 떨며 통소를 불고 있는 현미의 모습이 마치 어두운 밤중에 대평원을 달리는 야간 기차에서 멀리 외롭게 보이는 하나의 불빛처럼 머릿속을 스쳐 지나갔다.

조 형사는 자리를 털고 일어섰다.

"이제 그만 가 봐야겠습니다. 현미 양을 찾는 대로 연락드리겠습니다."

"선상님 성함이나 알려주고 가시우."

월례가 허탈한 표정으로 그를 올려다보았다.

"본서에 있는 조준기 형사라고 합니다. 실례 많았습니다. 안녕히 계십시오."

위로의 말을 한들 얼어붙은 그녀의 가슴을 녹일 것 같지는 않았다. 빨리 사건을 해결해 주는 것만이 그녀를 도와주는 것이 될 것이다.

사립문을 벗어나면서 돌아보니 월례는 멍하니 허공을 바라보고 있었다. 하늘 어딘가에 떠돌아다닌다는 딸의 넋을 찾고 있는 것일까.

피리 소리

이튿날 조 형사는 직속상관인 수사과장에게 오현미를 찾기 위해 지리산에 들어가겠다고 말했다.

"뭐, 뭐라구? 이 사람이 정신이 나갔나?"

수사과장은 펄쩍 뛰었다. 상관이 놀라는 것도 무리는 아니었다. 그동안 많은 인원을 투입해서 지리산을 이 잡듯이 뒤졌는데도 오현미의 모습은 흔적도 찾을 수가 없었다. 필경 사람의 시야가 닿지 않는 깊은 골짜기나 밀림 속에 죽어 있을 것이라고 그들은 생각했다. 그리고 수색을 포기했다. 그런데 혼자서 찾아 나서겠다니 놀랄 수밖에 없다.

"자네 혹시 어떻게 된 거 아니야?"

과장은 어이없는 표정을 지으면서 머리를 손가락으로 가리켰다. 조 형사는 난처했다.

"무리인 줄은 압니다. 하지만 제 방법대로 한번 찾아보고 싶습니다. 별로 할 일도 없고 하니……."

과장은 손을 흔들었다.

"그런 생각은 절대 하지도 마. 다른 사람들이 들으면 모두 웃을 거야."

"웃음거리가 돼도 좋습니다. 보내 주십시오."

조 형사는 앞으로 다가서며 졸랐다.

"하하, 이 사람, 고집 부릴 게 따로 있지. 지리산을 그렇게 만만하게 보다가는 큰코다쳐. 자네에게 무슨 사고라도 생기면 누가 책임지지?"

"그런 염려는 안 하셔도 됩니다. 죽지도 않겠지만 혼자 몸이라 기다리는 사람도 없습니다."

"그래도 이 사람아, 걱정 안 할 수가 있나? 단순한 사건이 아니란 말일세."

과장은 아무래도 이해가 안 가는지 젊은 형사를 찬찬히 바라보았다. 전근해 온 지 얼마 안 된 그 젊은 형사는 별로 말이 없는 데다 모든 것이 평범해 보였다. 그래서 별로 신경을 쓸 만한 부하가 못 되었다. 근무 자세도 성실하고 명령도 잘 따랐다. 그랬는데 갑자기 엉뚱한 것을 들고 나온 것이다.

"이건 위험하고 무모한 짓이기 때문에 나 혼자 결정할 일도 못 돼. 서장님의 허락 없이는 안 돼. 말씀드려 봐야 들어줄 리도 없어."

과장은 서장 쪽으로 평계를 돌렸다.

"좀 말씀해 주십시오. 정 곤란하시다면 제가 직접 서장님께 말씀드리겠습니다."

"허어, 이 사람 보게, 살다 보니까 별사람 다 보겠네. 도대체 왜 위험한 짓을 자청하나? 가능성이라도 있다면 몰라. 실패하면 웃음거리가 돼. 책임도 져야 하고……."

"하여간 부탁합니다."

순순히 물러날 줄 알았던 젊은 형사는 끈질기게 눌어붙어 졸라댔다. 과장은 한숨을 푹 내쉬고 나서 천천히 책상을 두 손으로 짚더니 몸을 일으켰다.

"정 그렇다면 말씀드려 보지. 원, 별사람 다 보겠네. 보나 마나 반대하실 거야."

과장이 먼저 서장실 안으로 들어간 뒤 조금 후 조 형사는 서장과 대면했다. 서장은 항상 조용하던 조 형사가 앞장선 이유가 무엇인가 알고 싶다는 듯 한 동안 조 형사를 훑어보았다.

"위험한 일을 자청한 이유가 뭐지?"

서장은 많이 벗겨진 이마에 주름을 잡으며 의식적으로 퉁명스럽게 물었다.

"뚜렷한 이유는 없습니다. 그냥 덮어둘 수 없다고 생각했고…… 그리고……."

그가 말끝을 흐리자 서장은 고개를 약간 숙이고 있는 그를 뚫어지게 응시하다가 재촉했다.

"그리고 뭐야?"

"개인적으로 호기심을 느꼈습니다."

"호기심을 느낀 건 좋아. 그렇지만 보름 동안 연인원 5천 명이 지리산을 뒤졌어도 찾지 못했어. 예비군까지 동원했다는 걸 알고 있지?"

"알고 있습니다."

"그래도 가능성이 있다고 보는가?"

"지금으로서는 뭐라고 말씀드릴 수 없습니다. 저는 다만 제 방법대로 찾아보고 싶습니다."

"어떤 방법……?"

어느새 서장실에는 간부들이 모두 모여들었다. 모두가 어이 없다는 표정으로 젊은 형사를 바라보고 있었다.

조 형사는 이렇게 시작도 하기 전에 시끄러울 줄 알았다면 아예 말도 꺼내지 말았을 걸, 하고 후회했다. 그러나 이왕 말을 꺼낸 이상 자신의 요구를 관철하지 않을 수 없었다.

"특별한 방법은 아닙니다. 남들이 가기 싫어하는 곳까지 깊이 들어가 볼 생각입니다."

"혼자서?"

"네……."

"그러다가 조난당하면 어떡하지? 생각이야 좋지만 여간 위험한 일이 아닐 텐데……."

"그 정도는 각오하고 있습니다."

"자네 이력을 보니까 군에서 특수부대에 근무했더군. 베트남까지 다녀오고."

"네, 과거의 일입니다."

"정글 속에서 전투 해본 적도 있나?"

"네, 베트콩에게 며칠씩 쫓겨 다닌 적도 있습니다."

"하하, 한마디로 죽을 고비도 겪어봤단 말이군?"

"네, 그렇습니다."

서장은 노회한 인물이었다. 산전수전 다 겪고 이제 정년퇴직을 눈앞에 두고 있는 늙은 서장은 앞에 앉아 있는 젊은 형사가 여느 형사들과는 다른 데가 있다고 생각했다. 그것은 사람을 많이 겪어본 경험에서 나온 느낌이었지만 그렇다고 아직 뭐라고 단정할 수 있는 처지는 아니었다.

조 형사에 대한 호감 말고도 그로서는 사건을 마무리 지어야할 책임이 있었다. 그렇지 않아도 마지막 남은 여학생 하나를 찾아내지 못하고 수색을 포기한 데 대한 비난이 없지 않아 있었다. 그로서는 온 힘을 다해 수색했지만, 일반 사람들은 언제나 결과를 놓고 이야기한다는 것을 그는 잘 알고 있었다. 그렇다고 언제까지 수색을 벌일 수도 없는 처지였다. 이럴 수도 저럴 수도 없는 곤란한 입장에 놓여 있을 때 젊은 형사가 자청해서 나선 것이다. 특수부대 출신이라는 사실에 마음이 끌렸다. 그러나 혼자서 해낼 수 있을 것 같지는 않았다.

"정 그렇다면 혼자서 갈 게 아니라 몇 사람 묶어서 가는 게 어때? 혼자서는 무리야."

"혼자서 해보고 싶습니다."

"굳이 혼자 가야 할 이유라도 있나?"

"혼자 다니는 게 자유롭습니다. 여럿이 다니면 아무래도 의견이 엇갈리고…… 또 극도로 지치다 보면 충돌이 일어나기 마련입니다. 또 다 끝난 사건에 여러 사람이 투입되면 서에 부담도 될 것이고…… 책임지고 제가 마무리 짓고 싶습니다. 저를 한 번 믿어주십시오."

조 형사는 평소의 그답지 않게 자신 있게 말했다. 그것은 일종의 고집이었다.

"무섭지 않을까?"

서장은 아무래도 못 미더운 표정이었다.

"좀 무섭겠지만 참아야죠."

젊은 형사는 오랜만에 웃어 보였다. 서장은 책상 위에 놓인 담배를 권했다.

"좋아, 한번 해봐. 자네한테 사고라도 나면 내 책임이야. 무엇보다 안전이 제일이니까 조심해서 다녀와. 빈손으로 돌아와도 좋으니까……."

조 형사는 담배를 뽑아들고 고개를 깊이 숙여 인사했다.

"감사합니다."

그때까지 잠자코 지켜보고만 있던 간부들이 하나같이 반대하고 나섰다.

"안 됩니다. 무슨 일이라도 생기면 큰일입니다."

"요즈음 큰 사건도 없는데 몇 사람 같이 보내야 합니다. 혼자 보내면 안 됩니다."

"혼자 공을 세우려고 하는 것은 옳지 않습니다. 다른 직원들에게도 기회는 줘야 합니다."

그 말에 조 형사는 화가 났다.

"공을 세우려고 나서는 것은 아닙니다. 사건을 해결한다고 해도 저 혼자 한 것으로 하지 않겠습니다. 그리고 실종된 여자 하나 찾는 게 얼마나 큰 공이겠습니까?"

언쟁이 벌어질 것 같은 분위기에 늙은 서장은 손을 들어 그들을 막았다.

"젊은 사람이 한번 해보겠다는 데 굳이 막을 것까지는 없어. 정식 수사 명령을 내리도록 하겠으니 그리 알게. 기한은 얼마나 잡을 텐가?"

"2주일 정도로 해주시면 좋겠습니다."

"2주일? 좋아. 해봐."

조 형사는 천천히 일어나 서장에게 경례하고 나왔다. 간부들은 불만스런 얼굴로 조 형사를 노려보았다. 야수 같은 근성이 오랜 동면 끝에 기지개를 켜면서 꿈틀거리는 것을 그는 선명하게 느낄 수 있었다.

그날 하루를 그는 준비하는데 보냈다. 등산 장비는 따로 준비

할 필요가 없었다. 등산광인 그는 완벽할 정도의 장비를 갖추고 있었고, 어디로 전근하든 그것들을 가지고 다녔다. 그리고 쉬는 날이면 배낭을 지고 산에 오르는 것이 취미였다. 지리산에도 이미 몇 번 올라 본 적이 있었다.

열흘쯤 견딜 수 있는 식량과 장비를 넣자 배낭이 터 질듯이 꽉 채워졌다. 식량이 떨어지면 돌아오든가, 아니면 비상수단으로 견디어 낼 수밖에 없다.

군사용 지도와 망원경, 나침반, 트랜지스터라디오, 단도, 도끼, 텐트, 담요, 플래시…… 이런 것들을 하나하나 점검하면서 그는 문득 자신이 너무 멀리 떠나 버린 나머지 어쩌면 다시는 이곳에 못 돌아오게 될지도 모른다는 생각이 들었다. 마지막으로 45구경 피스톨과 탄알 몇 개를 배낭 옆 주머니에 표시 나지 않게 넣었다.

준비를 끝내고 일찍 잠자리에 들었다. 갑자기 현미 생각이 났다. 불을 켜고 그녀의 사진을 꺼내 들여다보았다. 볼수록 아름다운 처녀였다. 사랑하고 싶은 마음이 안개처럼 피어올랐다. 쑥스러워하면서 불을 끄고 눈을 감았다.

굳이 자신이 그 험한 일을 자청하고 나선 이유가 뭘까 하고 생각해 보았다. 아직 그 분명한 대답을 얻을 수가 없었다. 매우 아름다운 처녀가 산 속에 버려져 있다는 사실에 충격을 받았기 때문일까. 굳이 그것을 부인하고 싶지는 않다. 사진으로 밖에는 보지 못한 처녀에게 이렇게 마음이 쏠리는 것을 무엇이라고 설명해야 옳을까. 책임감 때문만은 아닌, 호기심이 작용했는지도 모른다.

　그에게는 한 처녀를 사랑했던 과거가 있었다. 베트남 처녀였
는데, 지금은 세상에 없다. 그 처녀를 잊으려고 그는 꽤 노력했지
만 마음대로 되지가 않았다.

　그 처녀는 대학을 중퇴하고 한국군 백마부대 베트남어 교육
대에서 베트남어를 가르치던 호아라는 여자였다. 베트남어 교육
대에서 2개월간 베트남어 교육을 받게 된 조준기 소위는 베트남
여인치고는 큰 키에 쌍꺼풀진 까만 두 눈이 빛나는 호아에게 호
감을 느꼈다. 그러나 그는 적극적이지 못했다. 멋있는 여자라고
관심을 갖고 바라보기만 할 뿐이었다.

　호아는 조준기 소위에 대해 관심이 없었다. 조 소위뿐만 아니
고 모두 비슷하게 보이는 한국군들에 대해 필요 이상의 관심을
주지 않았다.

　그런데 교육에 들어간 지 2주일 만에 그들은 서로에게 관심을
두게 되었다. 그들이 좋아하게 된 것은 일요일에 외출을 나간 조
준기가 우연히 길가에서 호아를 만나 그녀가 사는 집에 즉흥 초
대를 받아 따라간 이후였다. 홀어머니와 단둘이 사는 호아는 실
력이 제일 뛰어난 미남의 조 소위에게 약간은 관심이 있었다. 그
러다가 우연히 만난 그를 그녀는 우연 이상으로 올려서 생각하게
되었다.

　그날 대접을 잘 받은 조 소위는 시간 나는 대로 그녀를 찾았고

마침내 서로 사랑하는 사이가 되었다. 교육이 끝나 부대 배치를 받은 뒤에도 가끔 만난 그들은 결혼까지도 고려하게 되었다. 귀국하게 되면 그녀를 데리고 갈 생각마저 했다.

그러던 어느 날, 그들이 사귀기 시작한 지 4개월쯤 되었을 때였다. 교육대를 나오던 그녀는 다른 친구 두 명과 함께 잠복해 있던 베트콩의 총탄 세례를 받고 비참한 최후를 맞았다. 적군에게 봉사하는 인민의 배신자는 처형돼야 한다는 팸플릿이 현장에서 발견되었을 뿐이었다.

얼마 후 그는 소리 없이 잠속으로 빠져들었다.

이튿날 눈을 떴을 때는 아직 어둠이 채 가시지 않은 이른 새벽녘이었다.

날계란을 두 개 입속에 털어 넣은 다음 배낭을 메고 조용히 하숙집을 빠져나왔다. 새벽 공기가 상쾌했다.

지나가는 택시를 잡아타고 15분쯤 달려 등산로 입구에 도달했다. 유명한 고찰(古刹) 옆으로 올라가는 이름난 등산로가 아닌 한적한 곳이었다. 고찰 옆 코스로는 지난번 수색대가 올라갔었는데 아무 수확이 없었다. 그래서 이쪽으로 코스를 잡은 것이다. 이쪽 코스로는 사람들이 별로 많이 다니지 않았다.

택시를 내린 그는 곧장 산으로 올라갔다. 30분쯤 지나자 날이 뿌옇게 밝아 왔다. 숲 속으로 들어서자 여기저기서 새소리가 들려왔다. 코가 시릴 정도로 공기가 차갑고 맑았다.

한 시간도 못 돼 그의 몸은 땀으로 젖어 들었다. 그는 계곡에 앉아 빵과 커피로 가벼운 아침 식사를 했다. 오랜만에 기분 좋은 자유를 맛보는 것 같아 유쾌했다. 아무 부담 없이 등산했다면 얼마나 좋을까. 복잡한 속세를 떠나 홀로 돌아다닐 수 있다는 것은 정말 멋있는 일이다.

다시 한 시간쯤 올라갔지만, 그때까지도 해가 뜨지 않았다. 산 속으로 깊이 들어와 있으니 해 뜨는 시간이 늦어지는 것이다.

배낭의 무게가 어깨와 가슴을 압박해 오기 시작했다. 입에서는 거친 숨결이 흘러나왔다.

언덕 위에 올랐을 때 비로소 날이 흐린 것을 알았다. 앞을 보니 첩첩이 산이었다. 안개가 마치 산불 때 일어나는 연기처럼 골짜기를 휩쓸며 몰려오고 있었다.

그는 망설이다가 다음 봉우리를 향해 걸어갔다.

10분도 못 돼 안개와 부딪쳤다. 순식간에 시야가 가로막혀 버렸다. 그는 1미터 앞도 잘 볼 수가 없었다. 겨우 앞을 더듬어 나갔지만, 속도가 기어가는 것이나 다름없이 뚝 떨어졌다.

시간이 흐를수록 안개는 더욱 두껍게 시야를 가리기만 했다. 안개야말로 등산객에게는 가장 무서운 적이다. 안개 바다에 빠지게 되면 누구나 당황하게 되고, 그런 나머지 길을 잃고 조난당하기 마련이다.

안개란 놈은 사람을 홀리는 마술을 가지고 있는 것 같았다. 부드러운 손길로 사람을 어루만지는 듯 하다가는 일단 사람이 함정에 빠지면 광포하게 그를 후려친다.

안개의 마술에 홀리지 않기 위해 조 형사는 정신을 바짝 차리고 앞을 더듬어 나갔다. 어느새 부슬비가 내리고 있었다.

모자를 쓰고 우비를 꺼내 입었다. 우비는 배낭까지 덮게 되어 있었다.

아무리 걸어가도 안개 바다에서 헤어날 수가 없었다. 차츰 빗방울이 굵어지고 있었다.

비를 피할 수 있는 적당한 장소를 찾으며 계속 앞으로 나갔다. 얼마 후 큰 바위를 발견하고는 그쪽으로 다가갔다. 바위 밑이 움푹 패어 있어서 비를 피하기는 안성맞춤이었다.

바위 밑으로 들어가 다리를 뻗고 앉았다. 바위 밑엔 풀과 나뭇잎이 깔려 있어 푹신했다. 짐승들이 만들어 놓은 은신처 같았다. 조금 후 비스듬히 드러누워 담배를 피워 물었다. 담배 맛이 그렇게 좋을 수가 없었다.

떨어지는 빗방울 사이로 멀리 보이는 계곡 아래를 바라보며 누워 있자니 어느 사이에 졸음이 밀려왔다. 어젯밤 제대로 자지 못한 탓에 피곤해진 것이다. 잠이 들까 봐 그는 연방 담배를 피워 물었다.

비는 쉽게 그칠 것 같지가 않았다. 언제까지나 그러고 있을 수도 없어 코펠에 빗물을 받아 라면을 하나 끓여 먹고 나서 다시 출발했다.

시간은 이미 오후로 접어들고 있었다. 하늘을 온통 가린 숲 속으로 들어서자 주위가 밤처럼 캄캄했다. 으스스한 공기와 함께 공포가 엄습했다.

안으로 깊이 들어갈수록 더욱 어두워지는 것 같았다. 무서웠지만 뒤로 물러나고 싶지는 않았다. 숲을 빨리 벗어나야 한다는 생각에 정신없이 걸어갔다.

아무리 걸어가도 숲에서 벗어나지지가 않았다. 허덕거리며 주위를 살펴보니 길도 아닌 곳에 자신이 서 있었다. 길을 잃었다는 생각에 당황하기 시작했다.

그러나 그에게는 악조건에 부딪힐수록 반사적으로 솟아나는 야수의 근성이 있었다. 특수부대에서 익힌 공격과 방어 기술이 칼날같이 일어났다. 날카롭게 주위를 살피면서 후퇴하지 않고 앞으로만 향해 올라갔다. 길을 잃어도 일단 능선에만 올라서면 마음을 놓아도 된다.

도끼를 움켜쥐고 가다가 앞을 가로막는 나뭇가지가 있으면 사정없이 내려찍었다. 나뭇가지가 꺾어지는 소리가 요란스러웠다. 손바닥으로 얼굴에 흐르는 땀과 빗물을 훑어 냈다. 나뭇가지가 잘려 나가면 다시 앞으로 나갔다.

최초의 난관이었다. 그것을 풀고 나가지 못하면 그 자리에서 발길을 돌릴 수밖에 없다. 그는 기를 쓰고 계속해서 위로 올라가기만 했다.

도중에 여유를 가지려고 큰 바위 밑에서 다시 커피를 끓여 마셨다. 움직이지 않자 금방 한기가 느껴졌다. 떨면서 뜨거운 커피를 후룩후룩 마셨다. 꿀맛 같았다.

산 속을 탈출하려는 생각을 버리기로 했다. 그 대신 산의 품에 폭 안기려고 노력했다. 그런 마음가짐이 그에게 어느 정도 안정된 기분을 주었다.

그는 다시 앞으로 나아가기 시작했다. 아까처럼 굵은 나뭇가지가 길을 가로막지는 않았지만, 이번에는 잡목이 갈대와 섞여 발아래가 거추장스러웠다.

아마도 몇 시간은 걸린 것 같았다. 갑자기 앞이 밝아지면서 그는 숲 속에서 벗어났다. 산 능선이었는데 반대쪽은 질펀한 초원이었다. 무릎 위에도 올라오지 못하는 이름 모를 잡초와 돌멩이들이 잔뜩 깔려 있었다.

어느새 안개가 개이고 있었다. 비도 그쳤다. 초원은 맞은편 산등성이까지 계속되고 있었다. 안개구름에 가려 산봉우리들은 보이지 않았다. 오후 4시가 지난 시각이었다.

망원경으로 앞을 바라보았다. 첩첩이 산이었다. 조금 위쪽으로 잡초에 덮인 길이 희미하게 보였다.

점심 겸 저녁을 지어 먹었다. 쉬는 동안 끊임없이 망원경으로 시야를 살폈다. 볼수록 장대한 산이었다. 인간의 존재가 티끌보다 못해 보였다. 그런데 자신은 나이 어린 여자를 찾아 나선 것이다. 한 마디로 불가능한 일에 도전하고 나선 것이다. 이렇게 큰 산어느 구석에 그녀가 숨어 있을까.

산악 지도를 펴놓고 자신의 위치를 찾아보았다. 나침반으로 방향을 잡고 지도를 10여 분 동안 들여다보자 위치를 알 수 있을 것 같았다.

구름이 걷히면서 파아란 하늘이 나타났다. 그 사이로 눈부신 햇살이 쏟아져 내렸다. 그렇게 반가울 수가 없었다. 우비를 벗고 잠시 햇볕에 옷과 몸을 말렸다.

초원의 중간쯤 왔을 때 구름은 빠른 속도로 흩어지고 있었다. 어느새 햇볕이 목덜미에 따갑게 느껴지기 시작했다. 등에 땀이 배기 시작했다. 초원을 지나자 억새밭이 나왔다. 겨드랑이 아래까지 닿는 억새풀은 능선을 따라 끝없이 펼쳐져 있었다. 수십 리 길은 될 것 같았다.

해가 서산마루에 걸렸을 때까지도 그는 억새밭을 헤쳐 가고 있었다. 가끔 산토끼나 노루 같은 것도 두어 마리 보였으나 잡을 생각은 없었다. 갑자기 뱀을 발견했을 때는 섬뜩했으나 능구렁이들인지 고개를 쳐들고 덤벼들지는 않았다.

해가 떨어지자 금방 어둠이 찾아왔다. 마침 큰 바위 밑에서 물이 솟아 나오고 있어서 그는 물을 떠 마셨다. 그런 다음 배낭을 내리고 샘 근처에 즉시 텐트를 치기 시작했다.

억새풀을 베어서 밑에 깔고 그 위에 텐트를 견고하게 쳤다. 주위가 환하게 트여서 어디를 보나 전망이 좋았다.

텐트를 치고 나자 언제 떠올랐는지 달이 보였다. 둥근 보름달이었다.

"이런 데서 보름달을 혼자 보다니, 너무 아까운걸."

그는 억새밭에 앉아서 달을 쳐다보았다. 시야가 푸르스름해 보였다. 미풍에 억새풀 끝이 살랑거리고 있었다.

그는 다시 커피를 한 잔 끓여 마시고 나서 담배를 피워 물었다. 배가 약간 고팠으나 밥을 하기가 싫었다. 견디기 어려우면 빵이나 하나 꺼내 먹기로 작정했다.

그가 두 번째 담배를 꺼내 입에 물었을 때였다. 무슨 소리가 들려오는 듯했다. 아주 멀리서 들려오는 것 같았다. 신경을 곤두세우고 귀를 기울였다. 그것은 놀랍게도 끊어질 듯 끊어질 듯 들려오는 가냘픈 피리 소리였다.

그는 벌떡 일어났다. 다시 귀를 기울였지만 피리 소리는 어느새 그쳤다. 월례한테서 현미가 피리를 잘 분다는 말을 들은 그로서는 신경이 곤두서지 않을 수 없었다.

아무리 기다려도 피리 소리는 다시 들려오지 않았다.

잘못 들은 게 아닐까. 아니야. 분명히 피리 소리였다.

밤이 깊어지자 그는 텐트 속으로 기어들어 가 드러누웠다. 텐트 위로 달빛이 환하게 비쳐 들어, 피곤한데도 좀처럼 눈이 감기지 않았다.

가까스로 겨우 잠이 들었을 때, 다시 피리 소리가 들려왔다. 벌떡 일어나 앉은 그는 피리 소리가 분명한 것을 확인하고는 텐트 밖으로 뛰쳐나갔다.

그가 밖으로 나서는 것과 동시에 피리 소리는 서글픈 가락으로 길게 이어지면서 다시 멀리 사라져 버렸다. 그는 마치 귀신에게 홀린 기분이었다.

　피리 소리는 이쪽에서 들려온 것 같기도 했고 저쪽에서 들려
온 것 같기도 했다. 조 형사는 홀린 듯 주위를 두리번거리다가,

　"현미이―"

하고 불렀다. 자신도 모르게 울음이 섞인 목소리였다.

　"현미이―"

　산골짜기 여기저기서 메아리가 들려왔다.

지리산 호랑이

피리 소리에 한 번 홀린 뒤로 조 형사는 잠이 전혀 오지 않았다. 이리 뒤척 저리 뒤척 하며 현미 생각을 했다. 그 소리가 현미가 부는 피리 소리라면 그녀가 살아 있다는 것을 의미할지도 모른다는 생각을 했다.

피리 소리는 더는 들려오지 않았다. 너무도 이상한 느낌에 그는 환청이 아닌가 하고 생각하기까지 했다. 그러나 환청은 아닌 것 같았다. 자기 자신이 무엇에 홀릴 정도로 그렇게 나약하지는 않다고 생각했다.

문득 등잔만 한 불빛이 두 개 텐트를 뚫고 들어왔다. 흡사 플래시의 빛 같았다. 소스라치게 놀란 그는 반사적으로 피스톨을 집어 들고 밖을 내다보았다.

10여 미터쯤 떨어진 저쪽 바위 위에 시커먼 그림자 하나가 웅크리고 있는 것이 보였다. 두 개의 빛은 거기서 나오고 있었다. 푸르고 차갑게 느껴지는 강렬한 빛이었다. 소름이 쭉 끼치는 것을 느끼면서 그는 빛을 향해 피스톨을 겨누었다. 여차 하면 쏴 버릴 작정이었다.

호랑이라고 생각하자 식은땀이 흘렀다. 지리산 호랑이에 대해서는 많은 전설이 있다. 또 여러 사람으로부터 호랑이에 관한 이야기를 들은 바 있다.

그러나 지금은 호랑이가 한 마리도 없을 것이라는 말도 들었다. 공비 소탕 때 모두 죽거나 도망가 버려 지금은 멸종되었다는 것이었다. 그때는 별로 대수롭지 않게 들었다. 그런데 멸종되었다던 호랑이와 막상 이렇게 부딪치고 보니 공포로 온몸이 얼어붙는 것만 같았다.

만일 호랑이가 달려든다 해도 방아쇠를 당길 수 있을 것 같지가 않았다. 설령 쏜다고 해도 맞을 것 같지도 않았다. 호랑이에게 물려 가도 정신만 바짝 차리면 살 수 있다고 거듭 생각했지만 이미 혼이 반쯤 빠져나가 있었다.

바위 위의 빛이 움직였다. 검은 그림자가 바위에서 내려와 억새밭 속으로 내려서는 것이 보였다. 허리가 길고, 밑으로 처진 꼬리도 길었다. 엄청나게 큰 놈이었다. 송아지만큼 커 보였다. 호랑이가 분명했다.

가슴이 막혀 숨을 잘 쉴 수가 없었다. 억새밭 사이에서 빛이 곧장 이쪽으로 향하는 것 같더니 옆으로 방향을 틀었다. 조 형사는 그제야 텐트 밖으로 조심스럽게 기어 나갔다. 텐트 주위로 서서히 원을 그리며 빛이 움직이고 있었다. 억새풀을 헤치는 소리가 사각사각 들려왔다.

빛이 움직이는 방향에 따라 조 형사도 몸을 돌리면서 총구를 움직였다. 그러나 조준하려 해도 권총을 쥔 손이 떨려 잘 되지가 않았다.

호랑이는 텐트 주위를 멀리서 빙빙 돌고 있었다. 저놈이 어쩌자고 저러는 거지? 나를 홀리려고 저러는 것이겠지. 나를 홀린 다음 잡아먹으려고 그러겠지.

이쪽에서 먼저 방아쇠를 당길 생각은 없었다. 호랑이가 그대로 물러나 준다면 그도 피스톨을 거둘 생각이었다.

사각거리는 소리와 함께 찬바람이 일었다. 목덜미로 한기가 느껴졌다. 시야가 흔들리면서 정신이 자꾸만 흐릿해졌다. 더는 따라 움직이다가는 정신을 잃고 쓰러질 것 같았다. 정신을 잃으면 그땐 끝장일 것이다.

온몸이 식은땀으로 축축이 젖어 있는 것을 깨달았을 때 호랑이의 빛이 보이지 않았다. 호랑이는 갑자기 사라진 것 같았다. 아무래도 안 되겠다 싶어 사라진 것일까, 아니면 애초부터 잡아먹을 생각이 없었을까.

하긴 먼저 공격하지 않으면 산짐승들이 덤벼들지 않는다는 말을 들은 적이 있지만…….

그는 정말 넋이 빠진 채 달빛과 스산한 바람과 이슬 속에 멀거니 서 있었다. 한참 후 정신을 가다듬고 텐트 속으로 기어들어 와 드러누웠지만 잠이 올 리가 없었다.

이튿날 텐트를 거두면서 보니 주위에 손바닥만 한 짐승의 발자국이 무수히 찍혀 있었다. 그것을 보자 소름이 쭉 끼쳤다. 틀림없이 호랑이였다.

호랑이란 놈이 나를 잡아먹으려고 했구나. 총을 갖고 있었기 때문에 덤비지 못했을 것이다. 아니, 꼭 그렇게만 생각할 것이 아니다. 어쩌면 호랑이가 나를 밤새워 지켜 줬는지도 모른다. 멧돼지 같은 산짐승이나 혹시 있을지도 모를 산 도둑으로부터 나를 보호 해준 것은 아닐까.

그렇게 생각하자 가슴이 뭉클 젖어 왔다. 그렇지만 호랑이가 나를 보호 해줄 이유는 없다.

아침 식사를 간단히 지어 먹은 다음 커피를 한 잔하고 나서 그는 다시 출발했다. 갈대를 헤치고 한참을 걸어가자 구름 위로 해가 솟아올랐다.

조 형사는 쉴 때면 언제나 망원경으로 주위를 세밀히 관찰했다. 조그마한 것이라도 단서가 될지 모르기 때문에 함부로 보아 넘길 수가 없었다. 작은 신발, 하얀 손수건 하나라도 발견하면 도움이 될 것이다.

날씨는 청명했다. 걷기에 알맞은 날씨였다. 좀 부담스러운 것이 있다면 혼자라는 사실이었다. 이 깊은 산 속에서 혼자라는 사실, 그 혼자라는 사실은 자유스럽기도 하면서 한편으로는 고독이라는 짐을 안겨 준다.

그는 몹시 외로움을 느꼈다. 누구든 사람이 나타나면 반갑게 달려가 악수라도 하고 싶은 심정이었다. 그렇다고 혼자 출발한 것을 후회하지는 않았다.

한참 후 억새밭을 벗어났다. 거기서부터는 경사진 초원이 계속되고 있었다. 그런데 문득 저만치 앞에 무엇인가 햇빛을 받아 반짝이고 있는 것이 눈에 띄었다. 백 미터쯤 되는 거리였는데, 처음에는 유리 조각 같은 것이겠거니 하고 생각하면서 지나치려고 했다. 그러나 생각을 달리 먹고 그쪽으로 접근해 보았다. 뭔가 확인해야 좋을 것 같았다.

반짝거리는 것은 유리 조각이 아니라 총알이 빠져나가 버린 빈 탄피였다. 탄피의 길이는 검지 길이만 했다. 별로 녹이 슬지 않은 것이 발사된 지 얼마 안 된 것 같았다. 자세히 살펴보았지만, 눈에 익은 카빈총이나 M1, M16 소총 탄피가 아니었다. 무슨 탄피일까. 그리고 누가 쏘았을까.

이상한 생각에 탄피를 호주머니 속에 집어넣었다. 얼마 전까지 연인원 5백 명에 달하는 수색대가 산 속을 뒤졌다. 그들 중 누가 총을 쏘았을지도 모른다. 그러나 이런 탄피에 맞는 총을 가진 사람은 아무도 없다. 그들이 가진 무기라고는 카빈총이나 M1, M16 또는 피스톨이 전부다.

그렇다면 누가 무슨 총으로 쏜 것일까. 밀렵꾼이라면 특수 총을 사용하고 있을 가능성이 있다.

만일 밀렵꾼이 아니라면? 여기까지 생각이 미치자 그는 섬뜩한 느낌이 들었다. 수사관다운 경계 의식으로 그는 주위를 둘러보았다. 누군가 미지의 인물이 어딘가에 숨어서 자신을 노리고 있을지도 모른다는 생각이 든 것이다.

그는 다시 걸음을 옮기면서 탄피를 또 들여다보았다. 특수 총에 사용되는 탄피는 아닌 것 같았다. 카빈총보다는 조금 크고 M1보다는 조금 작은 탄피였다. 그는 탄피를 호주머니 속에 깊숙이 집어넣었다.

초원을 지나자 숲이 나타났다. 숲 속은 원시림처럼 울창해서 어두웠다. 한참 동안 정신없이 걸어가는데 저만치 앞에서 무엇인가 후다닥 뛰어갔다. 반사적으로 피스톨을 꺼내면서 보니 큼직한 노루 한 마리가 필사적으로 가파른 경사를 뛰어오르고 있었다. 뒤이어

"탕!"

하는 총소리가 들렸다.

조 형사는 바닥에 엎드리면서 나무 뒤로 몸을 숨겼다. 노루가 앞발을 들어 올리면서 허우적거리고 뒤로 나가떨어지는 것이 보였다. 뒤이어 숲 속에서 시커먼 그림자가 튀어나와 노루 쪽으로 재빨리 뛰어갔다. 무척 빠른 동작이었다.

조 형사는 피스톨을 움켜쥔 손바닥에 끈적끈적 땀이 배는 것을 느꼈다. 눈을 부릅뜨고 앞을 바라보는 그의 표정은 핏기 하나

없이 창백하게 굳어 있었다.

노루를 쫓아 달려간 검은 그림자는 사람이었다. 차림이 검은 옷이어서 검은 모습이었다. 덩치가 커 보였다. 왼손에는 총을 들고 있었다.

사내는 노루 앞에서 걸음을 멈추더니 허리에서 칼을 높이 쳐 들었다가 밑으로 내려찍었다. 참으로 놀랍고 무시무시한 광경이었다. 노루가 푸들푸들 경련을 일으키다가 멈추자 사내는 노루의 몸에 착 달라붙었다. 조 형사가 숨어서 보고 있는 것을 전혀 모르는 것 같았다.

어떻게 할까. 조 형사는 망설였다. 거리는 불과 1백 미터도 못 돼 보였다.

상대는 아직 이쪽을 발견하지 못한 것 같았다. 모른 체하고 그냥 지나쳐 버릴까. 그래서는 안 된다. 그런 식으로 수색을 벌인다면 수박 겉핥기처럼 되어 버릴 것이다. 밀렵꾼이라면 무엇인가 좋은 소식이 있을지도 모른다. 그러나 상대가 밀렵꾼인 만큼 조심하지 않으면 안 된다. 상대는 총을 가지고 있고, 더구나 밀렵 현장을 목격 당했다는 약점을 갖고 있다.

국립공원 안에서의 도벌이나 밀렵은 엄중히 금지되어 있다. 만일 어기면 꽤 무거운 체형이 가해진다. 그러니 현장을 발각당한 밀렵꾼이 가만있을 리가 없다. 총에 맞은 노루를 다시 칼로 찌른 것으로 보아 상대는 매우 잔인한 것 같다. 사람 하나쯤 가볍게 죽일 수 있을 것 같았다.

사람이 그리웠는데, 막상 밀렵꾼을 만나고 보니 사정이 달랐다. 오히려 두려운 기분이었다.

조 형사는 배낭을 그 자리에 두고 피스톨을 빼어 든 채 앞으로 살금살금 접근해 갔다. 소리도 내지 않고 몹시 조심해서 접근했다고 생각했는데, 인기척을 느꼈는지 갑자기 사내가 휙 뒤돌아보았다.

"누구야?"

우레 같은 목소리로 사내가 소리쳤다.

"꼼짝 마!"

조 형사는 앞으로 뛰쳐나가면서 소리쳤다. 사내가 총을 들어 올리다 말고 이쪽을 쏘아보았다.

"총을 그 자리에 놓고 두 손을 들어! 높이 들어! 오른쪽으로 세 걸음 옮겨!"

사내는 시키는 대로 했다. 그러나 끊임없이 이쪽의 빈틈을 노리고 있었다.

조 형사는 전 신경을 칼날같이 세우고 상대를 노려보았다. 개성이 드러나지 않은 평범하던 그의 얼굴이 전혀 다르게 변해 있었다. 얼굴은 표독스럽게 굳어 있었고, 부드럽던 두 눈은 살기를 띠고 있었다.

그러나 험상궂기로 말하면 밀렵꾼의 모습이 그보다 더했다. 한마디로 야수 같은 모습을 하고 있었다. 얼굴은 온통 구레나룻으로 덮여 있어서 나이는 종잡을 수 없었지만 대충 30대에서 40

대 사이로 보였다. 수세미처럼 뒤엉킨 머리는 이마 부분에서 칡 넝쿨로 감겨 있었다.

무엇보다도 그를 놀라게 한 것은 사내의 입에 시뻘겋게 묻어 있는 피였다. 공포 영화에 나오는 살인마를 본 것 같았다. 그는 앞 으로 다가가 숨이 끊어진 노루를 내려다보았다.

노르스름한 털이 빗질한 듯 곱게 덮인 노루는 목을 길게 뺀 채 허공을 바라보고 있었다. 총알은 옆구리를 관통한 것 같았다. 콩 알만 한 구멍에서 흘러나오고 있는 피가 배 부분을 검붉게 물들 이고 있었다. 길쭉하고 가냘픈 목에는 칼로 찌른 상처가 크게 입 을 벌리고 있었다.

밀렵꾼은 거기다 입을 대고 뜨거운 피를 마신 듯했다. 노루가 죽기 전 생피를 마시면 몸에 좋다는데, 아마도 그래서 사내는 야 수처럼 그런 짓을 한 것 같았다.

그러나 무엇보다도 조준기 형사를 분노케 하고 가슴 아프게 한 것은 죽은 노루가 새끼를 배고 있었다는 사실이었다. 배가 무 척 부른 것으로 보아 새끼 낳을 때가 가까워진 놈인 듯했다. 임신 한 노루를 죽이고 피까지 빨아먹다니.

"나쁜 인간 같으니!"

조 형사가 고개를 쳐들면서 중얼거리는 순간 사내의 몸이 밑 으로 굴렀다. 미처 피스톨을 발사할 틈도 없이 조 형사는 사내를 끌어안고 나뒹굴었다. 피스톨이 날아가고, 두 사람은 맨손으로 뒤엉켜 버렸다.

조금 후 두 사람은 일어서서 맹수처럼 서로 노려보았다. 조 형사는 자신이 형사라는 사실을 굳이 알리고 싶지 않았다. 사회적인 신분으로 자신을 방어하기 이전에 야수 같은 격렬한 공격 본능이 치솟았다. 자신의 밑바닥 깊숙한 곳에서 오랫동안 잠자고 있던 야수의 근성, 특수부대에서 갈고 닦았던 살인 기술이 오랜만에 칼날같이 일어났다. 그는 상대를 단번에 두 쪽으로 갈라놓을 것처럼 노리고 있었다.

상대도 만만치가 않아 보였다. 중키의 조 형사보다 훨씬 기골이 장대했고, 짐승을 쫓아 산 속을 주름잡고 다니는 밀렵꾼답게 강인하고 민첩한 기미가 엿보이고 있었다. 그는 어느새 단도를 빼 들고 있었다.

짙은 눈썹 밑에서 포악하게 빛나고 있는 조그만 두 눈을 노려보면서 조 형사는 공격에서 방어 자세로 바꾸었다. 두 사람은 일정한 간격을 둔 채 빙빙 돌아갔다.

조 형사는 일부러 빈틈을 보이면서 주춤했다. 그것을 노리고 사내가 달려들었다. 짐승 같은 신음을 내면서 덮쳐 오는 사내를 오른쪽으로 스치듯 비키면서 늑골을 올려쳤다. 연이어 오른발로 복부를 힘껏 걷어차자 사내의 육중한 몸이 비틀거렸다. 사내가 방어 태세를 갖출 여유를 주지 않고 이번에는 오른손을 칼날같이 세워 목덜미를 후려쳤다.

"으악!"

사내의 손에서 단도가 굴러떨어졌다. 마침내 사내의 무릎이 꺾어졌다. 조 형사가 재빨리 사내의 등 뒤로 돌아가 목을 휘어 감고 힘껏 조이자 사내가 몸부림쳤다. 조금만 힘을 더 가하면 목을 부러뜨릴 수 있다. 그러나 조 형사는 직감적으로 사내가 항복했다는 것을 느낄 수 있었다.

조 형사가 팔을 풀자 사내는 한동안 캑캑거렸다. 조 형사는 피스톨을 집어 들고 사내의 이마를 쿡 찔렀다. 사내가 엉거주춤 뒤로 물러앉았다.

"고개를 들어! 죽여 버릴 수도 있지만 살려준다! 허튼수작하지 마!"

조 형사를 바라보는 사내의 눈이 공포로 떨고 있었다. 사내는 주춤거리다 입을 열었다.

"다, 당신은 누군가요? 왜 나를 죽이려고 허는 가요! 뭘 잘못했는가요?"

조 형사는 엄한 표정으로 사내에게 겁을 주었다.

"잘못을 아는군. 난 당신을 잡으려고 온 사람이 아니야. 난 경찰이야."

"네에!"

조 형사의 말에 놀란 사내는 두 손을 마주 비비며 용서를 빌기 시작했다.

"아이구, 나리, 용서해 주십시오! 죽을 죄를 지었습니다. 아이구, 나리, 용서해 주십시오!"

야수 같던 사내의 모습은 간데없고, 그 대신 겁에 질린 순박한

모습만이 나타나 있었다. 그런 모습을 잠시 바라보던 조 형사는
사내의 약점을 지적했다.

"짐승을 죽이면 어떻게 된다는 거 잘 알고 있지?"

"아이고, 나리, 죽을죄를 지었습니다! 제발 한 번만 용서해 주
십시오!"

사내는 연신 고개를 굽실거리며 용서해 달라는 말만 하고 있
었다. 수갑이라도 채울까 봐 잔뜩 겁을 집어먹고 있었다. 조 형사
는 사내의 등을 두드렸다.

"자, 일어나요. 당신 이름이 뭐지?"

"억구(憶九)라고 합니다."

"성은?"

"장(張)갑니다."

"장억구 씨, 일어나요!"

"아이고, 나리, 용서해 주십시오! 저를 잡아 가문 늙으신 우리
아부지를 돌볼 사람이 없습니다."

조 형사는 그를 겨누던 피스톨을 거두면서 굳었던 표정을 풀
었다.

"잡아가지는 않을 테니 걱정하지 않아도 돼요."

"아이구, 나리, 용서해 주시는 겁니까?"

사내가 드디어 일어섰다. 여전히 공포가 가시지 않은 표정이
었다. 상대가 상상외로 강하다는 것을 알고는 완전히 주눅이 든
것 같았다.

"용서하고 안 하고는 당신의 협조 여부에 달려 있으니까 그리 알아요."

"무, 무슨 협조 말씀인가요?"

"그건 차차 말하겠으니 그리 알고. 저기 가서 내 짐이나 좀 갖다 줘요."

조 형사는 발치에 굴러 있는 사내의 총을 집어 들었다. 엽총이었는데 개머리판 부분이 헝겊으로 칭칭 동여매어져 있었다. 매우 오래된 것으로 성능이 제대로 발휘될 것 같지 않아 보였다. 호주머니에서 탄피를 꺼내 총구에 끼워 보니 쑥 들어갔다. 엽총에서 발사된 것은 아니었다.

억구는 시키는 대로 순순히 아래로 내려가 배낭을 가져왔다. 충분히 도망칠 수 있는데도 그대로 돌아온 것을 보면, 단단히 혼이 났던가 아니면 엽총을 버리고 갈 수가 없었던가 둘 중의 하나인 것 같았다.

"자, 싸움은 그만하고 앉아서 좀 쉽시다. 자, 앉아요. 이 총도 받아요. 함부로 쏠 생각 말고."

총을 돌려주자 사내는 감지덕지해서 몇 번이고 머리를 숙여 인사했다.

조 형사는 커피를 끓였다. 그때까지 두려운 빛을 드러내고 있던 사내는 비로소 조금 안심하는 표정을 지으면서 불을 내뿜고 있는 석유 버너를 신기한 듯 바라보았다.

"참 편리 허네요. 불이 세고요."

"그렇소. 더 좋은 것들도 있소."

조금 후 물이 끓자 조 형사는 커피와 설탕을 붓고 휘저었다. 반으로 나누어 억구에게 주자 처음에는 사양하다가 두 손으로 조심스럽게 컵을 받아 들었다.

"냄새가 좋은디요."

"쓰면 설탕을 더 타시오."

설탕 그릇을 밀어주자 억구는 스푼으로 설탕을 가득 떠서 커피 속에 들어부었다. 그 바람에 설탕이 상당량 줄어 버렸다. 커피를 홀쩍홀쩍 마신 사내는 더 마시고 싶은 듯 입맛을 쩍쩍 다셨다. 조 형사도 천천히 커피를 마시며 사내를 훑어보았다.

조 형사는 살해된 노루를 가리켰다.

"저렇게 임신한 놈을 죽이다니, 당신은 천당에 가기는 그른 것 같소."

"새끼를 밴 줄은 몰랐구먼요. 어찌나 빨리 달리는지 알 수가 있어야죠."

억구는 두 눈을 끔벅거렸다.

"입에 묻은 피나 닦으시오, 억구 씨. 그러고 있으니까 꼭 낮도깨비 같소."

억구는 황급히 소맷자락으로 입을 닦았다. 그제야 부끄럽고 미안한 마음이 치솟았다.

"아무리 도둑 사냥이라고 하지만, 임신한 짐승을 이렇게 무자비하게 죽이는 법이 어디 있소? 어떻게 화가 나던지 당신을 죽일 뻔했어."

"주, 죽을죄를 지었습니다! 지가 그만 눈이 뒤집혀서 새끼 밴 놈인 줄 몰랐구먼요. 잘 봤으믄 알았을텐디…… 오랜만에 노루를 봤더니 총알이 먼저 나가드만요. 요새는 노루 보기도 상당히 힘들구만요. 참 그리고…… 우리 아부지가 아시문 화를 내실 거구만요."

"왜 화를 낸단 말이오?"

"우리 아부지도 새끼 밴 짐승은 죽이지 말라고 했으니까요. 죄를 짓는 거라고 하셨지요."

"당신 아버지도 사냥꾼이오?"

"네, 사냥에는 도가 통한 분이지요. 그런데 지금은 사냥 못해요. 다리를 다쳐서……."

"하여간 앞으로는 새끼 밴 짐승은 죽이지 마시오. 죽어서 천당에 가려면……."

"네, 알았습니다요."

"난 도둑 사냥꾼을 잡으러 온 게 아니니까 안심하시오. 겁먹지 않아도 좋소."

"가, 감사합니다."

조 형사는 품에서 현미의 사진을 불쑥 꺼내 보였다.

"이런 아가씨 본 적 있소?"

사진을 한참 들여다보던 억구는 고개를 설레설레 저으면서 사진을 돌려주었다.

"못봤는디요. 참, 이쁜 색시구먼요."

탐욕스런 웃음을 흘리는 억구를 조 형사는 뚫어지게 응시했
다. 남자란 누구나 같은 것일까. 산짐승이나 잡아먹는 저 사람도
예쁜 여자라는 점부터 보니······.

지리산 포수

사내는 조 형사의 양해를 구한 다음 노루 뱃속에 든 새끼와 내장을 능란한 솜씨로 긁어내 버린 뒤, 칡넝쿨로 노루를 묶었다.

사내가 일을 처리하자 그들은 출발했다. 노루를 멘 사내가 앞장을 섰다. 능선을 따라 한참 가다가 사내가 멈춰 섰다. 골짜기로 들어가는 소로가 보였다.

"인자 이 골짜기로 내려가야것구만요."

사내가 골짜기를 가리켰다. 조 형사는 고개를 앞으로 빼고 골짜기를 내려다보았다. 그리고 적이 놀랐다.

"달궁(達宮)이란 곳입죠."

"달궁……."

조 형사는 낮게 중얼거렸다.

그 골짜기는 거의 90도 각도로 처박혀 있었다. 골짜기 주위로는 칼날 같은 봉우리가 여러 개 솟아 있었다.

골짜기는 너무 깊어서 어둑어둑했고 그래서 바닥이 잘 보이지 않았다. 저런 곳에 마을이 있다는 것이 도무지 믿어지지가 않았다. 골짜기로부터는 계속 싸늘한 바람이 불어 올라오고 있었다. 그는 마치 땅의 끝을 보는 듯했다. 골짜기는 너무 깊어서 하루의 일조 시간도 극히 짧을 것 같았다.

"해가 거의 안 들겠군요?"

"네, 하루에 대여섯 시간 비치면 잘 드는 곳이지요."

"몇 가구나 살고 있나요?"

"전에는 대여섯 집 살고 있었는디…… 지금은 우리 집밖에 없구만요."

"왜 저런 데서 살고 있나요? 몹시 불편할 텐데…… 마을에 내려가서 사시지 않고."

"글씨요…… 그저 살다봉게 그렇게 됐구만요. 아부지가 나갈 생각을 않으시니……."

사내는 어깨에 메고 있던 노루를 내려놓고 그 위에 턱 걸터앉더니 쌈지를 꺼내 담배를 말기 시작했다.

"한 대 마실랑가요?"

"아, 여기 담배 있어요. 이것 피워 보시오."

담배를 꺼내 주자 억구는 말던 담배를 집어넣고 황송한 듯 두 손으로 담배를 받았다.

"사연이 있어서 저런 곳에 마을이 생겼겠지요? 달궁에서 태어나 자라셨어요?"

"네, 저그서 태어나 자랐지요. 옛적에 세상이 싫어서 선비 하나가 색시를 데리고 들어와 살았답니다. 아주 옛날 일이라 지는 듣기만 했습니다만……."

"어느 때 선비요?"

"글쎄, 저는 무식해서 그게 언제인지는 모르겠지만 몇 백 년은 됐다고 허드구만요."

"그렇다면 이조 때인 모양인데…… 아마 정변을 피해 숨어든 선비인 모양이군."

조 형사는 혼잣말처럼 중얼거렸다. 억구는 무슨 말인지 모르겠다는 듯 조 형사를 바라보았다.

아까까지도 청명하던 하늘이 어느새 어두워져 있었다. 먹구름이 산 위로부터 흘러내리고 있었다.

"아이구, 비가 오겠네."

억구는 하늘을 올려다보면서 중얼거렸다.

"그럴 것 같군요. 어제도 오더니."

"요새는 거의 매일 오는구만요. 원래 봄 날씨는 변덕이 아주 심해서……."

비가 올 것 같은데도 그들은 일어설 생각을 하지 않았다. 조 형사는 그 사내에 대해 호기심이 이는 것을 어쩌지 못했다. 아니 그보다는 그의 아버지라는 사람이 더욱 궁금했다.

"식구는 몇이나 되나요?"

"아부지하고 둘이 사는구먼요."

"단 두 식구뿐이란 말이오?"

"네, 그렇구만요."

사내는 부끄럽다는 듯 뒤통수를 긁적거렸다.

"실례지만…… 지금 몇이시오?"

"마흔쯤 됐구만요."

"아직 결혼도 안 했나요?"

"네, 그저……."

사내는 쑥스럽다는 듯이 멋쩍게 웃었다.

한참 멀거니 허공을 바라보다가 그는 묻지도 않은 말을 느릿 느릿 토해 내기 시작했다.

일찍이 그에게도 아내가 있기는 있었다. 멀리 밖으로 나가 가난한 집 처녀를 사 오다시피 데려왔었다. 사냥으로 한푼 두푼 모은 돈이었지만 색시를 맞이하는데 이르러서는 아까운 줄을 몰랐다. 처녀는 하루에 대여섯 시간밖에 햇빛이 들지 않는 습기 찬 골짜기로 보자기 하나만을 가슴에 끌어안고 따라오면서 내내 눈물을 흘렸다. 그때 그녀의 나이 열일곱이었고, 그는 그녀보다 곱이나 많은 서른 몇 살이었다.

어린 아내는 처음 얼마 동안은 눈물로 지새다시피 했는데, 그럭저럭 세월이 흐르자 그런대로 체념하고 사는 듯했다. 늦장가에 어린 색시를 맞은 그는 아내를 끔찍이도 사랑해 주었다. 그가 제일 우려한 것은 아내가 산 속 생활을 견디지 못하고 혹시 도망쳐 버리지나 않을까 하는 것이었다. 사실 외부와 단절된 채 그늘진 골짜기에서 고립된 생활을 한다는 것은 보통 사람으로서는 견디기 어려운 일이었다.

그런대로 한 해가 지나고, 어린 아내는 떡두꺼비 같은 아들을 쑥 낳았다. 아들은 그를 닮아 아주 건강했다. 아들이 태어남으로써 갑자기 생활은 활기를 띠기 시작했고, 집안에는 행복이 넘쳐 흐르는 듯했다.

그러나 호사다마라고 그들의 행복은 그렇게 오래가지 못했다. 아들이 두 돌을 넘기고 맨발로 집 안팎을 아장거리며 돌아다니게 되었을 때 불행은 찾아왔다. 대낮에 귀여운 아들이 없어진 것이다. 집 둘레에는 어른 손바닥만 한 짐승 발자국들이 어지럽게 찍혀 있었다. 호랑이 발자국이 틀림없었다. 그와 그의 아버지는 며칠 밤낮을 꼬박 아들과 호랑이를 찾아 나섰지만 찾을 길이 없었다. 흔적도 보이지 않았다.

어린 아내는 당신이 죄 없는 짐승들을 마구 잡아 죽인 바람에 산신령이 노해서 아들을 데려간 것이라고 단정했다. 그렇게 말하는 그녀의 표정에는 저주의 빛이 가득 담겨 있었다. 결국, 실성한 모습으로 며칠 밤낮을 슬피 울던 그녀는 아무 말 없이 사라져 버렸다. 그의 곁을 떠난 것이다.

"굳이 뭐 찾아 나서지도 않았습니다. 데려온들 뭐합니까? 또 도망칠 텐데……."

사내는 고개를 숙이고 집어넣었던 자신의 담배를 꺼내 말기 시작했다.

"아이를 잃은 것은 언제였습니까?"

"그렇께…… 이태 전이지요."

듣고 보니 별로 기분이 좋지 않았다.

"호랑이가 물어 간 게 틀림없나요?"

"네, 틀림없구만요."

사내는 자신 있게 말했다.

"이 산 속에 호랑이가 있단 말이오?"

"네, 있구만요."

조 형사는 망설이다가 말했다.

"사실은 어젯밤에 호랑이를 봤어요."

그 말을 듣는 순간 사내의 얼굴이 벌겋게 달아올랐다. 담배를 끼고 있는 손가락 끝이 가늘게 떨리고 있었다.

"정말 보셨는가요?"

"밤이라 색깔 같은 것은 구별할 수 없었지만, 달빛을 받고 있는 모습이 분명히 호랑이였어요. 허리가 길게 뻗어 있고 꼬리가 늘어져 있었지요. 눈에서는 푸른빛이 나고…… 어찌나 무서운지 얼이 빠졌지요."

조 형사는 무엇에 홀린 듯이 호랑이의 모습을 묘사해 나갔다. 이야기를 모두 듣고 난 억구는 몸을 부르르 떨었다.

"틀림없이 호랑이를 만나셨구만요."

"아침에 일어나 보니 텐트 주위에 발자국이 찍혀 있더군요.

커다란 개 발자국 같았어요. 그놈이 왜 나를 잡아먹지 않았는지 좀 이상한 생각이 듭니다. 한편, 생각하면 그놈이 나를 보호해 준 것 같기도 하고…….”

사내는 고개를 끄덕였다.

“그놈이 선상님을 지켜 준 겁니다.”

“그럴까요? 왜 지켜 주죠?”

“그놈은 가끔 엉뚱한 짓을 하는구만요. 놀리기도 하고 겁을 주기도 하고…… 얼을 빼놓기도 하고…… 선상님처럼 점잖은 분은 지켜 주기도 하고…….”

이번에는 조 형사가 놀란 표정이 되었다.

“어떻게 그렇게 단정할 수 있죠?”

“그 호랑이는…… 영특한 놈이구만요. 내 아들을 물어 간 걸 생각하면 나쁜 놈이지만, 하여튼 영특한 놈이구만요.”

“어떻게 그 호랑이 짓이라고 단정할 수 있죠? 다른 호랑이도 있을 텐데…….”

사내는 고개를 설레설레 저었다.

“우리 아부님 말씀에 따르면…… 이 지리산에는 지금 호랑이라고 남아 있는 것은 그놈 한 마리뿐이랍니다. 아주 나이 많은 늙은 호랑이지요.”

사내는 갑자기 가라앉은 목소리로 그 지리산 호랑이에 대해 이야기하기 시작했다. 조 형사는 숨을 죽이고 경청했다.

억구의 아버지 장재인(張齋仁)은 지리산 속에서 50년 가까이 사냥만을 생계로 삼아 온 이름난 사냥꾼이었다. 50년간을 산 속을 누비며 짐승을 쫓다 보니 그 넓은 지리산은 그의 손바닥 안에 훤히 들어오게 되었고, 짐승의 생태며 움직임까지도 세세히 알게 되었다. 그러니 산 속의 짐승들은 그가 나타나기만 해도 알아보고 벌벌 떨며 도망갔다.

밀렵꾼이라고 하지만 그 방면에 도가 통한 그인지라 살려야 할 짐승과 죽여야 할 짐승을 따로 분별할 줄을 알았다. 새끼 밴 어미나 아직 채 자라지 않은 짐승만은 절대 죽이지 않았다. 암수 한 쌍이 짝을 지어 사는 경우에도 총을 겨누지 않았다. 그는 그와 같은 불문율을 결코 어기는 법 없이 사냥질을 해 왔다.

그런데 그것을 어긴 적이 딱 한 번 있었다. 호랑이를 죽인 것이다. 그것도 새끼 밴 암놈을 죽인 것이다. 그로서는 돌이킬 수 없는 큰 실수였다.

오래전부터 지리산에는 호랑이 한 쌍이 살고 있었다. 매우 금슬이 좋은 한 쌍이었다. 재인은 그 호랑이 부부를 가능한 한 피해 왔다. 건드리고 싶지 않았기 때문이다.

호랑이 부부는 결코 사람을 해치는 법이 없었다. 따라서 굳이 이쪽에서 싸움을 걸 필요가 없었던 것이다.

그런데 하루는 외지에서 그의 명성을 들은 낯선 사람이 찾아와 지리산 호랑이를 한 마리 잡아 주면 많은 돈을 주겠노라고 제의해 왔다. 그것은 막대한 돈이었다. 마음이 흔들리지 않을 수 없었다. 그 돈만 가지면 사냥질도 집어치우고 밖에 나가 편안하게 여생을 보낼 수 있을 것 같았다. 며칠 동안 생각한 끝에 재인은 그 제의를 수락했다.

그로부터 한 달쯤 지나 산 속을 돌아다니던 그는 혼자 있는 호랑이 암놈을 쏘아 죽였다. 죽이고 보니 새끼를 배고 있었다. 그는 크게 뉘우쳤다. 화가 나서 울부짖을 수호랑이를 그려보며 그는 치를 떨었다. 돈에 눈이 멀었던 자신을 질책하면서 약속을 파기하고 손님을 내쫓았다.

그때부터 재인은 사냥 다니기를 두려워했다. 언제 어디서 수호랑이의 습격을 받을지 몰랐기 때문이다. 짝을 잃은 수호랑이는 처음 몇 달 동안은 밤마다 슬피 울었다. 그가 울 때면 지리산의 풀과 나무와 온갖 짐승들이 숨을 죽이고 침묵했다. 그만큼 서글프고 분노에 찬 울음이었다.

재인은 갑자기 쇠약해지면서 밤이면 악몽을 꾸고 공포에 시달렸다. 일부러 공포를 극복하려고 호랑이 가죽을 깔고 누워 잠을 자곤 했지만 그럴수록 불면의 밤은 늘어나기만 했다. 억구가 걱정할 것 없다고 위로했지만 소용없었다.

수호랑이는 재인을 알아보고 있었다. 다른 사람에 대해서는 결코 해를 끼치지 않았지만 재인에게만은 원한을 품고 있었다. 그리고 끊임없이 그를 노리고 있었다.

그걸 알고 있는 재인은 밖에 나갈 때면 언제나 호랑이의 공격에 대비해서 만반의 준비를 하곤 했다. 어찌나 철저히 대비했는지 호랑이는 주위를 맴돌기만 할 뿐 재인에게 덤벼들지 않았다. 몇 년이 흘러도 호랑이와 재인의 줄다리기는 팽팽하기만 했고 결코 늦춰지는 법이 없었다.

호랑이도 늙었고 재인도 70 고개를 바라보는 신세가 되었다. 그러나 두 늙은 짐승과 사람은 한 시도 상대를 의식하지 않은 때가 없었다. 참으로 기이한 대결이었다. 그렇게 10여 년이 흘러갔다. 그동안 아들이 장가를 가고 손자가 태어났다. 재인은 호랑이를 서서히 잊어 갔다. 그놈은 나를 이길 수 없어, 하는 자만이 그를 방심하게 하였다.

그러던 중 뜻하지 않게 호랑이가 재인의 귀여운 손자를 물어가 버린 것이다. 재인은 자기가 받아야 할 보복을 손자가 대신 받았다고 생각했다. 자신이 빈틈을 허용하지 않자 호랑이는 궁리 끝에 어린 손자를 물어 가 버린 것이다.

재인의 마음이 달라졌다. 지금은 암놈을 죽인 죄의식에 사로잡혀 수호랑이를 피해 왔지만, 이제부터는 나머지 수호랑이마저 죽여야 한다고 생각했다. 그 늙은 호랑이를 죽여 손자의 원수를 갚고 후환을 없애리라. 그래야 두 다리를 쭉 뻗고 잘 수 있으리라. 이렇게 생각한 그는 호랑이를 찾아 나섰다.

여기서 역구는 입을 다물었다.
어느새 빗방울이 후드득 떨어지고 있었다.

"그만 갑시다. 비가 많이 올 것 같은데."

"그러지요."

조 형사는 비옷을 꺼내 입은 다음 배낭을 지고 일어섰다. 갑자기 먹구름이 덮이면서 번갯불이 치고 천둥이 '우르릉 쾅' 하고 울어대기 시작했다.

조 형사는 달리다시피 내려가는 억구의 뒤를 따라 뛰어가기 시작했다.

"그럼 아직도 싸움은 끝나지 않았군요?"

신비스런 이야기에 끌린 조 형사는 억구 뒤를 따르며 큰 소리로 물었다.

"그런 셈이지요."

"그런데 아까 아버님께서 다리를 다치셨다고 했는데…… 호랑이 사냥하다가 다치셨나요?"

"결국, 그런 셈이지요. 아부님은 이제 사냥은 못하시게 되었구만요."

"그렇게 크게 다치셨나요?"

"네, 많이 다치셨지라우."

골짜기로 내려가는 길은 급경사로 몹시 험했다. 그러나 억구는 다람쥐처럼 잘 내려갔다.

빗방울이 굵어지는가 싶더니 중간도 못 가 소나기가 퍼붓기 시작했다. 그와 함께 강풍이 몰아쳤다. 나뭇가지들이 윙윙 소리를 내며 미친 듯이 춤을 추었다. 불과 수 미터 앞이 보이지 않아

자칫하면 굴러 떨어질 것 같았다.

"조심하시라구요!"

밑에서 억구의 외침이 들려왔다.

비에 흠뻑 젖은 조 형사는 기다시피 하며 비탈을 내려갔다. 내려가도 끝이 보이지가 않았다.

달궁은 그렇게도 깊었다. 너무 깊어서 해면보다 깊을 것 같았고, 그래서 그곳은 사람의 눈에 도통 띄지 않을 것 같았다. 지도상으로는 그곳은 반야봉 부근이었다. 반야봉은 해발 1,751미터의 거봉이다.

흡사 욕실에서 샤워하는 것처럼 빗물을 흠뻑 뒤집어쓰고 있었지만, 몸에서는 진땀이 나오고 있었다. 깊은 바닷속에서 수압에 짓눌릴 때의 그 가슴 답답함이 전신에 퍼지고 있었다. 다리에서 힘이 빠지면서 무릎이 덜덜 떨려 왔다. 현기증이 일면서 눈앞이 어질해 왔다.

비틀거리며 쓰러질 것 같은 기분이 들었을 때 그를 기다리는 억구의 모습이 나타났다. 누런 이를 드러낸 채 웃고 있었다.

"다 왔구만요. 좀 쉬었다 갈랑가요?"

"그래요? 그냥 갑시다."

조 형사는 자신이 약해 보이는 것이 싫어 억구의 물음에 거절하고 그대로 내처 걸었다.

억구의 집은 조그만 초옥이었다. 지붕은 억새와 마른 풀로 덮여 있었다. 벽의 아랫부분은 돌을 흙으로 쌓아올렸고 윗부분은 거친 판자로 엮어져 있었다. 그런데 지붕이나 벽이 온통 푸른 이끼로 뒤덮여 있었다. 오랫동안 손질하지 않는데다 습기가 많아 그런 것 같았다.

집 주위는 수풀이었다. 너무 무성해서 집을 거의 가리다시피 하고 있었다.

집에서 조금 떨어진 계곡으로 물이 흐르고 있었다. 산에서 흘러내린 물이 급류를 이루면서 거칠게 흐르고 있었다. 그것을 보면 달궁이 땅의 끝은 아닌 것 같았다. 단지 높은 봉우리 사이에 폭삭 꺼져 있기 때문에 그렇게 깊어 보이는 것에 불과했다.

섬뜩한 냉기를 느끼면서 조 형사는 주위를 둘러보았다. 여기저기 흩어져 있는 폐옥들이 과거에 그곳이 사람들이 살던 마을이었음을 말해 주고 있었다. 지붕이 썩어서 꺼지고 벽이 무너져 내린 집들이었다. 지금은 사람이 살고 있지 않은 때문인지 모두가 유령의 집들 같았다.

시계를 보니 다섯 시가 채 못 된 시간이었다. 그런데도 어둠이 내려 덮이고 있었고, 억구의 집에서는 불빛이 가늘게 흘러나오고 있었다.

불이 켜진 방안에서 끊임없이 쿨룩쿨룩 기침 소리가 터져 나오고 있었다. 가래가 끓는 듯 한 기침 소리였다.

"아부지, 저 왔구만요."

"억구냐? 수고했다. 비 많이 맞았지야?"

"예."

"뭐 좀 잡았냐?"

"네, 노루 한 마리구만요. 그런디 손님이 읍에서 한 분 오셨구만요."

그렇게 말하고 나서 억구는 조 형사를 돌아보았다.

"손님이 오셨다구? 어떤 손님……?"

"경찰이구먼요."

잠시 침묵이 흘렀다.

"순경이……? 왜…… 무엇 땜시……?"

"모르겠구만요."

듣지 않으려 해도 안에서 흘러나오는 소리가 또렷이 귀를 후비고 들어왔다.

"들어오시라구 해라."

"네…….."

억구는 몸을 돌려 조 형사에게 조심스럽게 말했다.

"아부님이 보시자구 하시는구만요. 우선 제 방으로 들어가서 옷을 갈아입으시고 들어가시지요."

"그럽시다."

억구의 집에 온 이상 웃어른에게 인사 먼저 해야 하는 것은 당연했다.

억구의 방은 어두웠다. 그리고 고리타분한 냄새가 났다. 방문을 열어 둔 채 두 사람은 옷을 갈아입었다. 조 형사는 젖은 옷을 벗고 배낭 속에서 여분으로 가져온 옷을 꺼내 입었다. 억구도 벽에 걸린 옷으로 갈아입었다.

억구 아버지의 방문 앞에 서자 긴장으로 몸이 위축되는 것 같았다. 50년을 하루같이 짐승 사냥을 하며 살아온 사람, 외부 세계와 담을 쌓고 습기 찬 달궁에서 한평생을 보낸 고독한 사람, 바로 그런 인물을 보게 된다는 사실이 그의 가슴을 소년처럼 설레이게 해주고 있었다.

어떻게 생긴 사람일까. 어떻게 생긴 사람이기에 그와 같은 인생을 살아왔을까.

"들어가시지요."

억구가 문을 열었다. 그 순간 강풍이 휙 몰아치면서 불빛을 집어삼켰다. 방안은 캄캄한 어둠이었다.

어둠 속에서 쿨룩쿨룩 기침 소리가 흘러나왔다.

"불을 켜라. 어서 들어오시지요, 선상님."

쉰 목소리가 무겁게 허공을 울렸다.

"그럼 실례하겠습니다."

조 형사는 머리를 꾸벅해 보이고는 조심스럽게 방안으로 들어갔다. 퀴퀴하게 방이 썩는 냄새와 지린내 같은 노인 냄새가 심하게 났다. 자칫 토할 것 같은 기분을 누르며 조 형사는 방안을 얼른 한번 둘러보았다.

숙명의 싸움

조 형사의 눈에 먼저 보인 것은 눈처럼 빛나는 흰 머리였다. 너무 희어서 등잔불 밑에서도 눈이 부실 지경이었다.

장재인은 고수머리였다. 눈처럼 흰 고수머리에 눈썹까지 흰 빛이었다. 눈썹은 몹시 짙었고, 짙은 눈썹 밑에서 두 눈이 형형하게 빛나고 있었다. 광대뼈가 튀어나온 얼굴은 메마른 인상이었다. 메마른 얼굴을 흰 수염이 뒤덮고 있었다. 상상했던 것보다는 뜻밖에 체구가 왜소해 보였다. 그렇게 조그만 몸으로 호랑이를 상대했다는 것이 도무지 믿어지지가 않을 정도였다.

그는 아랫목에 똑바로 앉아서 조 형사를 맞았다. 얼핏 보니 자리에 깔고 앉아 있는 것은 호랑이 가죽이었다.

그것을 보는 순간 가슴이 찌르르해 왔다. 호랑이 가죽 위에 버티고 앉아 있는 노인이 문득 제왕처럼 보였다. 처음의 인상과는 달리 조그만 체구가 갑자기 거대한 바위 덩어리처럼 느껴졌다. 숨이 막히는 기분이었다.

"이렇게 외지고 누추한 데를 다 오시구…… 편안허게 앉으시지요."

노인의 목소리는 너무 쉬어서 듣기에 거북할 정도였다. 조 형사는 편한 자세를 취하면서 윗목에 앉은 다음 방안을 조심스럽게 둘러보았다.

조그만 방안에는 각종 짐승의 가죽과 뿔들이 잔뜩 쌓여 있었다. 잘라 놓은 사슴의 뿔만도 수십 개는 될 것 같았다. 그것들을 보고 있노라니 으스스 한기가 느껴졌다. 자기가 잡은 짐승들의 주검, 그 잔해 속에 앉아 있는 노인의 모습이 두려우면서도 한편으로는 신비스럽게 보였다. 만일 짐승들에게 혼이 있다면 노인은 짐승들의 원혼 속에 갇혀 있는 셈이다. 그는 혹시 그 원혼들의 울부짖음을 들으며 죽음을 기다리고 있는 게 아닐까.

그러나 죽음을 기다리고 있는 사람치고는 노인의 모습은 너무도 당당해 보였다.

"경찰에서 오셨다면서요?"

"네, 그렇습니다."

"달궁에 무슨 볼일이 있어서……?"

"달궁에 온 건 아닙니다. 여기에 사람이 살고 있는 줄도 몰랐습니다."

밀렵꾼이라면 당연히 경찰을 두려워해야 옳다. 그러나 노인에게는 전혀 그런 기색이 없었다.

비로소 조 형사는 노인의 오른쪽 바지 자락이 헐렁하게 비어 있는 것을 발견했다. 오른쪽 다리가 싹둑 잘려 나간 모양이었다.

"그럼 웬일로 이 산중에 동행도 없이 혼자 오셨는가요?"

"사람을 찾으러 왔습니다."

"사람이오?"

"네, 얼마 전에 여고생이 한 명 산에 올라왔다가 실종되었는데, 시신도 발견되지 않아서 살아 있지나 않나 하고 이렇게 찾아온 겁니다."

"우리 애는 어떻게 만나셨는가요?"

"총소리를 듣고 만났습니다. 총소리가 아니었으면 못 만났을 겁니다."

노인은 더 묻지 않고 고개를 끄덕거렸다. 조 형사는 화제를 돌렸다.

"이런 곳에서 이렇게 단 두 분이, 그것도 남자 분들만 사시면 외롭지 않으십니까?"

"외로운 건 마음에 달려 있는 거지요. 평생을 여기서 살아왔으닝께 다른 곳에서는 살 수가 없지요."

하긴 노인은 짐승들과 이야기하기도 바쁠 것이라고 그는 생각했다. 산 속의 짐승들, 산 속의 모든 것들과 친구처럼 항상 이야기하며 지낼 것이다.

"노인장께서는 평생을 사냥만 하시면서 살아오셨다고 들었습니다만…….”

“타고난 운명이지요. 다른 것은 아무것도 못허니까요. ”

노인은 겸손하게 대답했다. 조 형사는 담배를 내놓았다.

“담배 피우십시오.”

“안 피우는구만요. 전엔 많이 피웠는데 이젠 몸이 말을 안 듣는구만요.”

“술을 가져왔는데…… 한 잔 드시겠습니까?”

조 형사의 배낭 속에는 양주 한 병이 들어 있었다.

“술도 안 마십니다.”

단호하게 말하는 것이 금욕적인 생활을 해온 사람 같았다. 사냥하는 사람들이 대부분 금욕적이라는 글을 어디선가 읽은 기억이 떠올랐다.

“여기서 이렇게 외롭게 사실 게 아니라 밖에 나가서 여생을 보내시는 게 낫지 않을까요? 버릇없는 말 같습니다만…… 바깥 세상은 옛날 같지 않고 많이 변했습니다.”

“알고 있구만요. 허지만 나한테는 이 생활이 좋구만요. 꼭 해야만 할 일도 있고…… 자식한테는 권하고 싶지 않지만…… 나는 나가서는 못살 거요.”

“아드님은 밖에 나가면 일가를 이루어 사실 수 있을 겁니다. 그런데 왜…….”

“그럴 수 있것지요. 허지만 지가 마다해요. 몇 번 나가 살라고 했는데…… 허긴 벌어 논 돈도 없이…… 내가 살아 있는 한은 나가지 않을 거요. 내가 빨리 죽어야 할 텐데……."

노인의 눈이 멀리 허공을 더듬었다. 죽음을 의식하고 있는 눈빛이었다.

문이 열리고, 억구가 밥상을 들고 들어왔다.

조 형사의 밥그릇에는 흰 쌀밥이 담겨 있었고, 노인과 억구 자신의 밥그릇에는 거친 잡곡밥이 들어 있었다. 조 형사가 민망해하며 사양했지만, 노인과 아들은 괜찮으니 염려 말라고 하며 한사코 그에게 어서 들 것을 권했다.

조 형사는 무뚝뚝하기 짝이 없는 사냥꾼 부자에게서 처음으로 인간적인 정리를 느끼면서 밥을 먹기 시작했다. 반찬이라야 간장 하나와 산나물을 버무려 놓은 것 두어 가지였다. 산짐승 고기라도 있을 법한데 이상하다고 생각하면서 밥을 먹는데, 노인이 불쑥 이런 말을 했다.

"반찬이 없어서 미안 허네요. 우리는 고기를 전혀 먹지 않아서……."

"그러면 산에서 잡은 짐승들 고기는?"

"사러 오는 사람들에게 넘기지요. 그 사람들이 우리가 먹을 식량도 사다 주곤 합니다요. 어서 드시지요. 반찬에 양념도 못해서 맛이 없을 거구만요."

"별말씀을 다 하십니다. 이렇게 맛있는 산나물은 처음 먹어보는데요."

양념 하나 없이 무친 것이지만, 이름 모를 산나물 반찬들은 정말로 맛이 있었다. 거친 남자의 손으로 만든 찬이라 꺼림칙했지만 독특한 향기가 입맛을 돋우었다. 사냥꾼이 산짐승 고기를 먹지 않는다는 사실이 그를 또 한 번 놀라게 했다.

식사를 마치고 억구까지 한 자리에 있게 되었을 때 조 형사는 마침내 자신이 홀로 산 속에 들어오게 된 연유를 자세히 풀어놓고 도움을 청하기로 했다.

"두 분을 만나 뵙게 되어 정말 다행입니다. 사실 혼자 산 속에 들어오긴 했지만, 지리산이 이렇게 크고 무궁한 산인 줄은 몰랐습니다. 어디서 어떻게 찾아야 할지 갈피를 잡을 수 없는 판에 두 분을 만나게 되어 정말 반갑습니다. 많은 도움을 바랍니다. 부탁합니다."

"우리가 뭘 알아야지요. 짐승 쫓는 거라면 몰라도 어디로 사라진지도 모르는 사람을 찾는다는 것이……."

억구가 사양하는 투로 말하자 노인이 눈을 부릅떠 억구를 나무랐다.

"나쁜 짓만 해 온 처지에…… 경찰이 도움을 청하신다면 도와드려야지. 하찮은 것이래두……."

조 형사는 억구가 야단맞는 것이 자신의 말 때문이라 미안한 생각이 들었다.

"아까도 말했지만, 여학생 한 명을 찾고 있습니다. 한 20일쯤 전에 K 농고 남녀 학생 여섯 명이 등산을 갔는데 그만 조난을 당해서…… 경찰이 수색에 나섰습니다. 그 결과 다섯 명이 시체로 발견됐습니다."

"저런, 쯧쯧…… 그거 안됐군요."

노인이 혀를 끌끌 찼다.

"그래서 산 속을 뒤지느라고 법석이 났군요."

억구가 중얼거렸다. 조 형사는 억구 쪽으로 눈을 돌렸다.

"그 사건을 알고 계십니까?"

"사건은 모르지요. 사람들이 연일 산 속을 뒤지기에 이상타고 생각은 했었지요."

조 형사는 잠시 침묵하다가 다시 입을 열었다.

"문제는 나머지 여학생 하나가 아직 발견되지 않았다는 점입니다. 다른 학생들은 모두 시체라도 발견했는데, 그 여학생은 아직 생사도 모르고 있습니다. 더구나 남학생도 아닌 여학생이니까 문제가 더 큽니다."

"저런, 쯧쯧……."

노인은 혀를 찼다.

"전혀 흔적도 없습니다."

"다른 곳으로 해서 산을 내려간 것은 아닐까요?"

억구가 물었다.

"그렇다면 집에 돌아왔을 텐데……."

"허긴 그렇군요."

조 형사는 오현미의 사진을 노인 앞에 내놓았다.

"바로 이 여학생입니다. 오현미라고 합니다."

노인의 손이 현미의 사진을 집어 들었다. 그는 한참 동안 사진을 들여다보고 나서 다시 혀를 찼다.

"참 영리하게 생겼네요."

"네, 공부도 잘하는 처녀입니다."

조 형사도 맞장구를 쳤다. 노인은 쿨럭쿨럭 얕은 기침을 했다. 기침이 가라앉기를 기다려 그는 관심을 보이기 시작했다.

"그럼 형사님 혼자서 처녀를 찾아내겠다고 이 지리산에 들어오신 거유?"

"네, 그렇습니다."

"너무 무리한 일이구만요."

노인은 고개를 설레설레 저었고, 억구는 미안하다는 듯 입맛을 다셨다.

"무리한 일인 줄 압니다만, 경찰 입장으로 모른 체할 수는 없고 해서……."

"왜 혼자서 그런 일을 맡으셨는가요?"

"그동안 경찰은 많은 인원을 투입해서 학생을 찾았습니다. 그러나 언제까지 그럴 수도 없고 해서 사실상 수색을 포기했고, 그런 것을 제가 맡고 나선 겁니다."

"사서 고생하시는군요."

억구가 딱하다는 투로 그를 바라보았다. 조 형사는 자신이 나선 것이 영웅 심리 같은 것은 아니라는 말을 하고 싶었지만, 쓸데없는 말일 것 같아 참았다.

"뭐, 고생이랄 거 있습니까. 마땅히 해야 할 일을 하는 것뿐입니다."

"옳으신 말씀입니다. 누구를 막론하고 인명을 귀히 여겨야지요. 헌디……."

노인은 역시 아들보다 생각이 깊어 보였다.

"20일이나 됐다 문…… 지금꺼정 살아 있을까유?"

"글쎄…… 죽었을 가능성이 많지요. 아직까지 살아 있다면 기적이겠지요."

노인은 고개를 좌우로 흔들면서 또다시 밭은기침을 두어 번 했다.

"더구나 남자도 아닌 여잔디…… 허긴 막판에 가서는 여자가 남자 보담 더 독하다고는 허지만……."

"그렇다는 말은 저도 들은 적이 있습니다. 좌우간 생사라도 확인할 수 있으면 좋겠습니다……."

"괜히 헛수고하시는 거지요. 죽어도 벌써 죽었을 겁니다. 요샌 날씨도 따뜻해서 죽은 지 며칠만 지나면 썩어서 알아보기 힘들어요."

억구의 부정적인 말에 조 형사는 심사가 편치 않았다. 너무 그렇게 단정하지 말라는 투로 되물었다.

"어떻게 그렇게 죽었다고 단언할 수 있습니까?"

"생각해 보면 알지 않것는가요. 여섯 명 중 다섯 명이 모두 시체로 발견됐는디, 그 처녀라고 무슨 재주로 살아 있겠능가요? 용

빼는 재주라도 있으문 몰라도……."

억구의 주장에 조 형사는 할 말을 잊었다.

"그렇긴 합니다만……."

"일찌감치 그만두시고 돌아가시는 것이 좋을 것 같구먼요. 괜히 헛고생만 허실 겁니다."

"이놈 억구야! 그렇게 말하는 게 아니야. 도와드리지는 못할 망정……."

노인의 말에 억구는 입을 다물었다. 조 형사는 내친김에 마음에 짚이는 것을 꺼내 놓았다.

"제 생각에는 그 여학생이 죽었을 것 같지가 않습니다. 막연한 생각입니다만…… 시체가 발견된 것도 아니고…… 이상한 예감 같은 것이 저를 떠나지 않습니다."

"하문요, 그런 생각을 가지고 찾아야것지요."

"이건 좀 우스운 말인지 모르겠습니다만…… 저는 어젯밤에 피리 소리를 들었습니다."

"피리 소리요? 그건 또 무슨……?"

억구가 놀란 얼굴로 조 형사를 바라보았다.

두 사람이 자기를 쏘아보고 있음을 의식하면서 조 형사는 조용히 말을 이었다.

"오현미라는 여학생은 피리를 곧잘 불었습니다. 이번에 이 산에 등산 올 때도 피리를 가져갔다고 했습니다. 피리 소리를 듣고 학생 이름을 불러 봤습니다만 대답이 없었습니다. 환청이 아닌가

하고도 생각했습니다만 두 번째 들려오는 소리를 듣고는 분명히
피리 소리인 줄 알았습니다."

"거 이상하군요. 허긴 지리산에는 요 몇 년 사이에 등산객들
이 부쩍 늘었으니까요."

"어젯밤에 대호(大虎)도 만나셨답니다."

억구가 그 말을 꺼내자 노인의 눈이 번쩍 빛났다.

"그거 정말인가요?"

"네, 호랑이가 맞을 겁니다."

조 형사는 어젯밤에 겪은 일을 자세히 이야기해 주었다. 듣고
난 노인은 무릎을 탁 쳤다.

"허어, 천우신조요! 참으로 복 받것소. 선생은 오래오래 사시
것소."

"무슨 말씀이신지……."

노인이 너무 감탄하는 바람에 조 형사는 잠시 어리둥절했다.
이해가 가지 않았다.

"역시 영특한 놈이여. 훌륭한 사람은 해치지 않는다니까. 나
허고 만났으문 결판이 났을 텐디……."

"제가 느끼기엔 해칠 수가 없으니까 호랑이가 물러난 것 같습
니다만……."

노인은 머리를 완강히 저었다.

"아니여, 틀림없이 해칠 생각은 없었을 것이요."

"그럴까요?"

"그럼요. 참 영특한 놈이라니까요."

노인은 자신이 깔고 있는 호랑이 가죽을 가리켰다.

"바로 이놈이 그놈하고 살던 놈이었소. 내 손으로 잡은 거요. 그래서 그놈이 한이 되어 나를 노리고 있지요."

"조심하셔야 되겠습니다."

노인은 한숨을 길게 내쉬었다.

"이미 결판이 난 거지요. 다리가 이 모양이 됐으니 그놈하고 어떻게 상대허겠소."

"어쩌다가 그렇게 되셨나요? 아드님한테 대강 듣기는 했습니다만……."

"들었당께 하는 말인디…… 대호와 나는 한 쪽이 죽어야 싸움이 끝날 거요. 내가 지 마누라를 죽이자 그놈은 내 손주를 물어 갔소. 여우같이 교활한 놈이지요."

눈길이 활활 타오르면서 흰 수염이 떨고 있었다. 조 형사는 숨을 들이켰다. 늙은 호랑이와 늙은 사냥꾼의 싸움이 얼마나 뿌리 깊고 격렬한 것인가를 충분히 느낄 수가 있었다.

"손주님은 어떻게 됐을까요?"

노인은 못마땅한 듯 한 얼굴로 입맛을 다셨다. 조 형사는 쓸데없는 질문을 한 것 같아 미안한 표정을 지었다.

"먹어치웠겠지요."

억구가 뻔 하지 않느냐는 투로 내뱉었다.

"먹기는…… 그놈은 그런 놈이 아니야. 어디 바위틈 같은 곳에 묻어 줬을 거요."

"어르신 말씀이 맞을 것 같군요."

조 형사도 노인과 같은 생각이 들었다.

잠시 방안에 침묵이 흘렀다. 어색한 분위기도 깨뜨릴 겸 조 형사가 입을 열었다.

"그 호랑이가 어르신 다리를 물었나요?"

"그놈이 문 것은 아니지요. 그렇지만 그놈이 문 것이나 다름 없지요."

조 형사는 그 말뜻을 잘 이해할 수가 없었다. 그래서 다음 말을 기다려 봤지만, 노인은 거기에 대해서 더 말하려 들지를 않았다. 억구 쪽을 바라보았지만, 그 역시 말할 기미를 보이지 않았다. 조 형사는 답답한 나머지 말끝을 붙잡고 늘어졌다.

"호랑이가 문 거나 다름없다는 건 무슨 뜻인지요?"

그러나 노인도 억구도 거기에는 대답하지 않고 가만히 있었다. 말을 꺼내기가 싫은 눈치였다.

조 형사가 몹시 궁금한 듯 한 눈치를 보이자 노인은 마지못해 입을 열었다.

"나중에 말씀드릴 기회가 있으문 드리지요. 오늘은 고단허실 텐데 이만 주무시지요. 억구야, 자리 깔아 드려라."

주인이 말하기를 꺼려하는데 붙들고 늘어질 수도 없는 노릇이었다.

조 형사는 노인에게 인사한 다음 억구와 함께 아까 들어가 본

옆방으로 건너왔다.

억구의 방에서는 홀아비 냄새가 역겨울 정도로 물씬 풍겨 왔다. 한쪽 벽은 습기가 차서 온통 곰팡이 투성이었다. 자세히 보니 그 방에도 역시 짐승 가죽들이 잔뜩 쌓여 있었다.

어디서 구했는지 억구는 낡아서 모서리가 너덜거리는 군용 담요를 꺼내 놓았다. 베개는 나무를 잘라 만든 목침(木枕)이었다. 목침은 닳고 닳아 반들반들했다.

"잠자리가 불편허겠는디요. 이불도 빨래한 지가 오래 돼서 냄새가 좀 나는구먼요."

"괜찮습니다. 저도 시골 출신이라 아무 데나 드러누워 잘 잡니다."

그들은 조 형사의 담배를 한 대씩 피워 물고 자리에 누웠다.

낯선 사내와 잠자리를 같이 하고 누웠다는 사실이 너무 신경을 날카롭게 만들어 주고 있었다. 옆자리의 사내가 너무 의식되어 잠자리가 거북하기 짝이 없었다.

그러나 억구는 그런 것에는 아랑곳없이 자리에 눕자마자 이내 코를 골기 시작했다.

밤새 비가 내렸다. 천둥이 치고 번갯불이 번쩍일 때마다 조 형사는 눈을 크게 뜨고 두리번거리곤 했다. 마치 골짜기가 무너져 내리는 것 같았다.

얼핏 잠이 들려고 했을 때 이상한 소리가 들려왔다. 잠이 달아나는 것과 동시에 짐승의 울부짖는 소리가 뚜렷이 귀를 후비고 들려왔다.

"어흥!"

"어흥!"

분명히 호랑이 울음소리였다. 억수같이 쏟아지는 빗줄기를 헤치고 그것은 골짜기를 뒤흔들어 놓고 있었다. 분노와 원한에 사무친 그 울음소리에 그는 전율했다.

"어흥!"

"어흥!"

늙은 호랑이는 가까운 곳에서 울부짖고 있었다. 이렇게 비가 쏟아지는데 늙은 호랑이는 잠도 자지 않고 골짜기까지 내려와 울부짖고 있다. 죽은 아내를 생각하면 잠들 수가 없겠지.

"어흥!"

"어흥!"

늙은 호랑이는 통곡하고 있는 듯했다.

그때 코를 골고 있던 억구가 갑자기 엉거주춤 일어났다. 조 형사는 자는 체하며 어둠 속에서 그를 주시했다.

"저놈의 호랑이……."

억구가 중얼거렸다. 조금 후 그는 밖으로 나갔다.

조 형사는 재빨리 일어나 문틈으로 밖을 내다보았다. 번개가 치는 사이로 두 사람이 비를 맞으며 서 있는 것이 보였다. 억구와 노인이었다.

노인은 목발을 짚고 서서 몸을 떨어 대고 있었다. 그들의 모습은 곧 어둠 속으로 잠겨 버렸다.

"저놈 또 우네…… 저놈…… 저놈…… 비가 오거나 눈이 오면 더 울어댄다니까."

노인의 목소리였는데 떨리고 있었다.

"날이 궂으면 더 심통이 나나 봐요."

"허참, 그놈."

"그나저나 손님은 저놈이 우는 소리를 듣지 않았는지 모르겠네요."

"왜 못 들었겠냐. 저리 울어쌌는디 그 양반도 우리와 호랑이 사이를 이해하겠지."

"좋은 분 같드만요."

"그런 것 같드라. 좌우간 저놈의 호랑이를 죽여야 헐턴디…… 요즘 와선 웬일인지 사흘거리로 나타나서 울어대니 잠을 제대로 잘 수가 있나."

"그런 말씀 마시고 이제 그만 들어가세요. 제가 좀 더 서 있겠구만요."

억구가 애걸하듯 말했지만, 노인은 듣는 것 같지가 않았다.

"내비 둬. 놈이 물러설 때까지 여기 있을 테니까 너나 들어가 자거라."

"아녜요. 괜찮아요. 아부지가 들어가셔야 저도 들어가죠."

부자는 비를 맞으며 그대로 서 있었다.

호랑이는 여전히 울어대고 있었다. 울음소리에 산천초목이 온통 떠는 듯했다.

조 형사는 기묘한 환상을 보는 듯했다. 인간 세계의 아귀다툼과는 다른, 어떤 근원적이고 숙명적인 싸움을 보는 듯했다. 그때 노인의 외치는 소리가 들려왔다.

"이노옴! 이노옴, 대호야! 숨어 있지 말고 이리 나와라! 이 못된 늙은 놈 같으니! 이리 나와라! 이리 나와서 나하고 붙어 보자!"

쉰 목소리로 내지르는 노인의 외침은 어쩐지 허망한 울부짖음처럼 들려왔다. 빨리 결판내자, 내가 죽든지 네가 죽든지, 하는 말이 그 외침 속에 포함되어 있었다.

조 형사는 이마에 흐르는 식은땀을 닦으며 자기도 모르게 몸을 떨었다.

제 3의 그림자

달궁에서의 첫날밤을 조준기 형사는 뜬눈으로 지새웠다. 정말 이상하면서도 불안한 밤이었다. 호랑이 울음이 계속 들려오는 데다 이 생각 저 생각으로 잠이 오지 않아 뒤척거리기만 했다. 그런 밤을 보내기는 난생 처음이었다.

날이 새는 것과 함께 모든 것이 그쳤다. 호랑이 울음소리도 사라지고 비도 그쳤다. 남은 것은 축축한 습기였다. 자리에서 일어나 보니 입고 잔 옷가지가 습기를 머금어 눅눅했다. 옷뿐만 아니라 온몸에 습기가 배어 있었다. 습기를 느끼자 기분이 별로 좋지가 않았다. 습기처럼 암울한 기분이 전신을 휘어 감았다.

비가 그쳤다고는 하지만 날이 갠 것은 아니었다. 하늘은 여전히 구름에 덮여 있었고 달궁 골짜기는 짙은 안개에 싸여 있었다. 그렇게 짙은 안개를 보기는 처음이었다. 그는 문득 자신이 이 달궁의 안개 속에서 혹시 헤어나지 못하는 게 아닌가 하는 불안한 생각이 들었다.

"날씨가 흐린 날은 언제나 이렇게 안개가 짙게 낀다니까요. 바로 앞에 있는 사람이 안 보일 때도 있구만요."

안개 속에 서 있는 그의 뒤에서 억구의 목소리가 들려왔다. 조 형사는 돌아보았다. 그의 말대로 가까이 서 있는데도 모습이 잘 보이지가 않았다.

"정말 잘 안 보이는군. 이렇게 심한 안개는 처음 보는데요. 너무 심해요."

"이곳의 안개는…… 유명하지요."

"그렇군요."

골짜기는 흐르는 물소리가 요란스러웠다. 그 물소리를 들으며 조 형사는 안개 속에 한참 동안 서 있었다. 안개는 쉽게 걷힐 것 같지가 않았다.

"언제쯤 안개가 걷힐까요?"

"이렇게 날이 흐리면 좀처럼 안개가 안 걷히지요. 점심때가 다 돼야 걷힐 거구만요."

조 형사는 내친김에 가슴 속에 품고 있던 어젯밤의 궁금증을 물었다.

"어젯밤에 호랑이가 우는 소리를 들었습니다. 그놈이 자주 여기에 나타납니까?"

"그놈 소리를 형사님도 들었는가요?"

"그렇습니다. 비가 오는데 그렇게 울어대다니……."

"잊을 만하면 나타나서 울어대지요. 그놈이 울어대면 아버님 심사가 편치 않지요. 잠을 못 주무시고 괴로워하시지요. 그놈을 죽여야 할 텐데…"

아무런 감정도 없이 말하는 것 같았지만 조 형사는 억구의 말 속에서 아들을 물어 간 호랑이에 대한 증오에 사무친 한 같은 것을 느낄 수가 있었다.

"아버님보다도 억구 씨가 더 한이 사무친 것 아니오? 애를 물어 갔으니……."

"물론 그렇지요. 헌디 아부지가 더 원통해하니까 저는 눈치만 보게 되는구만요."

그가 장재인과 다시 대좌한 것은 아침 식사를 하고 나서였다. 아침상을 물리고 나자 그는 호주머니 속에 간직하고 있던 탄피를 꺼내 노인에게 보였다.

"어제 이걸 산 속에서 주었습니다. 녹슬지 않은 것이 사용한 지 얼마 안 된 것 같습니다만……."

노인과 억구는 그것을 한참 들여다보고 나서 서로 심각한 시선을 교환했다. 조 형사는 그들의 표정을 하나도 놓치지 않고 바라보았다.

그들이 입을 열지 않자 조 형사가 물었다.

"혹시 그거 여기서 사용한 거 아닙니까?"

"우리가 말인가요? 천만에요. 우리는 보시다시피 총이라고는 이것밖에 없구만요."

노인은 구석에 세워 놓은 엽총을 들여 총구를 보여주었다. 그리고 거기에 탄피를 집어넣었다가 도로 빼냈다.

"선상님도 보시다시피 우리가 사용하는 탄환은 이것보다 훨씬 굵지요."

조 형사는 고개를 끄덕거리며 노인의 말에 동의했다.

"그렇군요. 그럼 이건 어떤 총에서 나온 걸까요? 카빈총도 아니고 M1도 아닌데…… 어떤 총에서 나온 것인지 노인장은 혹시 모르십니까?"

노인은 고개를 갸우뚱했다.

"글쎄요. 아주 옛날 총에서 나온 것 같은디……."

"옛날 총이라면 어떤 총 말씀인가요?"

"99식 소총이나 38 장총 같은 거지요."

조 형사는 침을 꿀꺽하고 삼켰다.

"그런 옛날 총이라면 수십 년 전에 일본군들이 사용하던 거 아닌가요?"

"그렇지요. 수십 년 전이라고 하지만 아직 40여 년 밖에 안 되었구만요."

노인은 몹시 말을 삼가하고 있는 눈치였다. 조 형사의 예리한 눈이 계속 상대를 살피고 있었다. 무엇인가 찾아내고야 말겠다는 듯 눈이 빛나고 있었다.

"참 이상하군요. 그렇게 오래된 구식 총이 아직도 사용되고 있다니……."

"그러게 말입니다요. 지도 그런 게 이상해서……."

"그렇다면 그 당시의 총을 사용하고 있는 사람이 아직도 있다는 말씀이 아닌가요?"

"글쎄요."

노인의 눈이 허공을 더듬는 듯했다. 조 형사는 가슴이 답답해오는 것을 느꼈다. 이 노인은 무엇인가 알고 있으면서 숨기고 있다 하고 그는 생각했다. 그것은 순전히 육감이었지만 그는 그 육감을 믿고 싶었다.

"보시다시피 이 탄피는 녹 하나 없이 깨끗합니다. 다시 말씀드려 사용한 지 얼마 안 된 탄피입니다. 따라서 누군가가 최근에 옛날 총을 사용한 게 틀림없는 것 같습니다. 그렇게 생각지 않으십니까?"

"글쎄요. 그렇게 생각할 수도 있겠지요."

노인의 대답은 계속 확실치 않았다.

"그밖에 달리 생각할 수도 있다는 말씀인가요?"

"……."

노인은 갑자기 벙어리가 된 듯 입을 다물었다. 조 형사는 억구 쪽을 바라보았다. 시선이 마주치자 그는 말하기 난처한 듯 얼른 눈을 돌렸다.

"경찰에도 지금은 99식 소총이나 38 장총 같은 것은 없습니다. 이건 경찰이 사용한 게 아닙니다. 군인은 더욱 아니고요. 누구일까요?"

"……."

그들은 여전히 말이 없었다. 마치 약속이나 한 듯 말이 없었다. 조 형사는 더 참을 수가 없어 마침내 캐내듯이 물었다.

"실례되는 말씀이지만 두 분께서 뭔가 말씀을 안 하시는 것 같은데, 숨기지 마시고 말씀해 주십시오. 부탁입니다."

"글쎄, 뭐 숨기고 있다고 할 것까지야 없지요. 단지 쓸데없는 말을 허는 것 같아서……."

조 형사는 손을 들어 노인의 말을 막았다.

"절대 그렇지 않습니다. 그런 생각은 마시고 아무거나 기탄없이 말씀해 주십시오. 사소한 거라도 우리한테는 큰 도움이 될 수 있으니까요."

"그러시다믄……."

노인의 눈이 잠시 아들의 얼굴 위에 머물렀다. 억구는 굳은 표정으로 입을 다물고 있었다. 아버지의 태도를 못마땅해 하는 것 같았다. 그러나 노인은 상관하지 않고 마침내 천천히 입을 열어 말하기 시작했다.

"지리산 속에는 현재 옛날 총을 사용하고 있는 사람이 하나 있지요. 누군지는 모르지만 한 사람 있는 게 틀림없어요."

조 형사는 정신이 번쩍 들었다. 마침내 무엇인가 나올 것만 같았다.

"그래요? 포수인가요?"

노인은 고개를 가로저었다.

"포수라면 내가 왜 모르겠소. 이 지리산 속에는 지금 포수라고 부를 수 있는 사람이 없소. 나는 병신이 됐으니 이제 포수라고 할 수는 없고, 내 아들이 있기는 헌데 아직은 완전한 포수라고 할 수 없지요."

조 형사는 억구를 슬쩍 돌아보았다. 억구는 자신을 애들처럼 여기는 아버지의 말에 약간 불만스러운 듯 한 표정이었다. 조 형사가 보기에도 억구의 사냥 솜씨는 훌륭했다.

"그럼 옛날 총을 사용하는 그 사람은 누구일까요?"

"그건 나도 몰라요. 하여간 누군지는 몰라도 이 산 속에 있는 게 틀림 없구만요."

조 형사는 어리둥절했다. 노인이 그렇게 단정을 내리듯 말하는 것을 보면 빈말은 아닌 것 같았다.

"그 사람이 이 산 속에 있다는 걸 어떻게 그렇게 잘 아십니까? 마을에 있는 사람일지도 모르지 않습니까?"

"그렇게 생각 헐 수도 있지요. 그렇지만 난 그렇게 생각허지 않는구만요. 내 아들도 마을에 있는 사람일 거라고 그러는디 내 생각은 그렇지 않아요. 마을에 사는 사람이면 젠작 소문이 났을 거구만요. 절대 그런 사람이 아니구만요."

노인은 자신 있게 말했다. 오랜 산 속 생활에서 얻은 예감일 것이다.

"그럼 이 산 속에서 그런 사람이 살고 있다고 말씀하시는 것입니까?"

"그렇다고 봐야것지요. 어째서 그런고 허니…… 이걸 좀 보실랑가요?"

노인은 갑자기 방구석에서 무엇인가 꺼내더니 그것을 조 형사 앞에 내놓았다.

"그걸 펴 보시우."

그것은 삼베 조각에 싼 것이었다. 조 형사는 조심스럽게 그것을 펴 보았다. 그리고 내용물을 보고는 깜짝 놀랐다.

"아니, 이건 이거 하고 같은 탄피 아닙니까?"

조 형사는 자신이 가져온 탄피를 가리켰다.

"그렇지요. 똑같은 거지요."

놀라운 일이었다. 어떻게 된 노릇일까? 노인이 꺼내 놓은 탄피는 자그마치 여덟 개나 되었던 것이다.

"이거 모두 어디서 나셨죠?"

"산에서 주운 거지요. 한꺼번에 주운 게 아니라 어쩌다가 하나씩 주워서 모아 둔 것인디, 어느새 여덟 개나 되었소."

조 형사는 자기가 주운 탄피와 그것들을 다시 한 번 대조해 보았다. 아무리 보아도 똑같은 탄피였다. 그가 갈피를 못 잡고 흥분해 있을 때, 잠자코 있던 억구가 약간 볼멘 목소리로 말했다.

"사변 때 지리산은 공비들 소굴이었지 않았는가요? 그때 공비들은 주로 38이나 99식 총을 사용했기 때문에 이 산 속에는 이런 탄피가 지천으로 깔렸었지요. 지금도 아마 땅을 파보면 있을 거구만요. 아버님은 그걸 주워 가지고 그렇게 별나게 생각하시는 것 같은디……."

억구의 말에 노인은 화를 냈다.

"너는 내가 노망이나 헌지 아냐?"

"저는 하나도 찾아내지 못했으니까 그렇지요."

"그러니까 너는 진짜 포수가 되기는 글렀다."

"참 아부지도……."

노인이 노여운 듯 아들을 바라봤다. 억구는 다시 불만스런 표정으로 돌아갔다.

"나는 노망 허기 전에 죽을 거다. 허지만 지금은 노망하지 않았어. 내가 그걸 구별 못 하고 이런 것을 주운 지 아냐? 공비들이 쓰던 탄피라는 것은 벌써 40년 저쪽 일이라 녹이 쓸어도 새까맣게 쓸었다. 그렇지만 이것들은 그렇지가 않아. 그래서 이상해서 내가 주워 놓은 거라구."

말을 끝내고 나서 다시 노인은 심하게 기침을 했다. 화가 많이 난 것 같았다.

"이 탄피를 처음 주우신 게 언제였습니까?"

"그러니까 약 10년은 되었을 거구만요."

"그럼 이 여덟 개를 10년 동안에 모두 주운 것인가요?"

"네, 그렇지요. 지난 10년 동안에 모두 주운 거지요. 이것들이 녹이 슬었다면 내가 주웠을 리가 없지요. 화약이 묻어 있는 것이 아무래도 새것 같아서 주워 보았더니 아니나 다를까 화약 냄새가 물씬 나더라고요. 여기 이것들은 모두 그래서 주워 놓은 것들이지요. 아마 눈여겨보았더라면 더 많이 주웠을 거구만요."

"그렇다면 누가 이 탄환들을 녹슬지 않게 잘 간직하고 있다가 10여 년 전부터 사용하기 시작한 것일까요?"

"워디가요. 그렇지는 않을 거구만요. 전부터 사용혔는디 내가 그것을 몰랐던 것이지라."

여기서 그들의 대화는 한동안 끊어졌다. 가장 중요한 것을 놓고 그들은 입을 다물고 있었다.

조 형사는 문득 자신이 그런 것에 관심을 쏟는다는 것이 혹시 시간 낭비가 아닐까 하고 생각했다. 사실 그의 목적은 현미를 찾는 데 있었다. 그 밖의 다른 일에는 신경을 쓸 여유가 없었다. 그러나 이왕 내친김에 그는 노인을 더 추궁해 보기로 마음먹고 다시 물었다.

"그 사람이 누구인지 모르신다고 하셨는데…… 그렇다면 그 사람은 왜 총을 쏘았을까요? 총을 쏘았다는 것은 살아 있는 것을 죽이기 위해서 그런 게 아닐까요?"

노인은 무겁게 고개를 끄덕였다.

"아마 짐승을 잡기 위해서 그랬을 겁니다."

"어떻게 그렇게 생각하십니까? 무슨 근거라도 있으신 말씀인가요?"

노인은 이야기가 자꾸만 깊어지는 것이 별로 달갑지 않다는 표정을 지었다. 그러나 형사가 자리를 뜰 생각을 하지 않고 집요하게 캐묻는 바람에 별수 없이 입을 열었다.

"한 번은 이 탄피를 주운 근방에서 채 마르지 않은 짐승 피를 보았지요. 그리고 그 사람의 발자국도 보았지요. 총소리가 나기에 달려가 보았더니, 탄피가 떨어져 있는 가까운 곳에 짐승 피가 흘러 있었지요. 아마 노루를 잡은 것 같은디 어디로 그걸 운반해 갔는지 영 알 수가 없더군요. 모르문 몰라도 여간 날랜 사람이 아니고는 그렇게 재빠르게 사라질 수가 없지요. 이 산 속에서 50년 가까이 살아온 나는 손바닥 들여다보듯이 이 산을 알고 있다고 자부하고 있는디…… 그날만은 영 감을 잡을 수가 없었지요. 결국, 이렇게 밖에 결론을 못 내렸지요. 그 사람은 밖에서 들어온 사람이 아니고 이 안에서 살고 있는 사람이다……."

노인이 말을 멈추자 조 형사는 아무래도 믿기지 않은 듯 이렇게 물었다.

"혹시 옛날 총을 가지고 몰래 사냥하러 다니는 밀렵꾼이 아닐까요?"

노인은 고개를 설레설레 흔들었다.

"밀렵꾼이라면 내가 보지 않았을 리가 없지요. 그리고 그렇게 도망칠 리가 없지요. 이 산 속에서 살고 있는 사람이 짐승을 잡아 묵을려고 그런 짓을 한 것이 분명해요. 짐승밖에 묵을 것이 없응께 말이오."

"아버님은 괜히 쓸데없는 말씀만 하시네요. 이분은 그런 것 듣자고 여기 오신 게 아닌디…… 아, 이 산 속에 누가 산다고 그렇게 말씀허세요."

억구가 참다못해 한마디 하는 것을 노인이 팔을 저어 가로막았다.

"야는…… 이 분이 관심을 두시고 자꾸 물으시니까 말씀드리는 거다."

조 형사는 노인의 말에 동조했다. 그러나 산사람 얘기는 아무래도 믿어지지 않았다.

"네, 그렇습니다. 상관하지 마시고 말씀해 주십시오. 그런데 말씀하신 것 중에 이 산 속에 총을 가지고 있는 산사람이 살고 있다고 했는데, 그 말씀은 아무래도 믿어지지가 않습니다. 말씀을 그대로 받아들이기가 좀 어렵군요."

"믿든 안 믿든 난 상관하지 않겠소. 하여간 나는 믿고 있으니까요."

노인은 고집스럽게 말하고 나서 화가 난 표정을 지었다. 조금 후 그는 세차게 기침을 하고 나더니 무슨 결심을 한 듯 조 형사를 뚫어지게 바라보았다.

"그러문 믿을 만한 말을 하나 하리다. 내 다리를 이렇게 만든 놈이 누군지 아시오? 바로 그놈이오!"

조 형사는 멀거니 상대방을 바라보았다. 마치 몽둥이로 뒤통수를 한 대 얻어맞은 기분이었다. 억구가 노인의 말을 의심하고 있는 것이 어쩌면 일리가 있을지도 모른다고 생각하면서 그는 조심스럽게 되물었다.

"어젯밤 제가 듣기로는 호랑이 때문에 그렇게 다치신 것처럼 말씀하신 것 같은데…… 제가 어르신 말씀을 잘못 들었나요? 아니면……."

"네, 그렇게 말했지요. 그건 사실이지요. 내가 이제부터 하는 말을 들어보시문 납득이 갈 거요."

노인은 고개를 뒤로 젖히고 허공을 바라보았다. 그 눈에 공포가 서리는 것을 조 형사는 놓치지 않고 바라보았다.

그날 노인은 호랑이에게 가장 가까이 접근해 있었다. 석양 녘이었는데 호랑이는 큰 바위 위에 올라앉아 잠을 자고 있었다. 지는 햇빛이 호랑이의 모습을 장엄하고 아름답게 만들어 주고 있어서 그는 얼른 방아쇠를 당기지 못하고 있었다.

그러나 모처럼 잡은 기회였기 때문에 포기한다는 것은 생각도 할 수 없었다. 숙적을 드디어 쓰러뜨린다는 사실에 재인은 몹시 흥분했다. 오직 쓰러뜨려야 한다는 일념밖에 다른 아무것도 생각할 수 없었다.

겨우 마음을 진정하고 상대의 머리를 겨눈 다음 방아쇠에 손가락을 걸었다. 단 한 방에 놈을 죽이지 못하면 이쪽이 위험하다는 것을 그는 잘 알고 있었다. 호흡을 가다듬고 방아쇠를 막 당기려는 순간 시커먼 것이 앞을 가로막았다.

시커멓다는 인상밖에 아무것도 남은 것이 없었다. 몸을 피할 사이도 없이 오른쪽 다리에 격렬한 통증을 느끼면서 나뒹굴었다.

산발한 머리에 얼굴이 온통 수염으로 덮인 귀신같은 사내가 그의 다리를 찍은 도끼를 쳐들고 그를 내려다보고 있었다. 살아 있는 도깨비 같았다. 등 뒤로 총을 메고 있었는데 오른쪽 어깨 위로 솟아 나온 총 머리가 유난히 길어 보였다. 장총 같다고 생각하면서 재인은 의식을 잃었다.

한참 후 정신을 차린 재인은 주위에 아무도 없고 그의 다리에서 흘러내린 피만이 흥건히 땅 위에 젖어 있는 것을 보았다. 한쪽 다리가 떨어져 나갈 것처럼 덜렁거렸다. 무척 아팠다. 아픈 다리를 끌고 어떻게 기어서 집 쪽으로 내려오기 시작했는지 모른다. 한참 내려오다가 다시 정신을 잃었는데, 늦게까지 돌아오지 않는 아버지를 찾아 나선 억구가 다행히 그를 발견하고 업어 오지 않았다면 그는 죽었을 것이다.

집에 돌아온 재인은 꼬박 일주일 동안 정신을 잃고 앓기만 했다. 아들의 정성어린 치료와 보살핌이 없었으면 그는 아마 죽었을 것이다. 그러나 결국 한쪽 다리는 잘라 내야만 했다. 사냥꾼으로서의 그의 생명은 이제 끝난 것이었다.

첫 번째 만남

두 사람은 안개를 헤치고 달궁을 빠져나왔다. 안개가 너무 짙어 마치 미궁을 헤매는 것 같았다.

급경사인데다 안개로 시야가 막혀 오르는 길이 몹시 힘이 들었다. 아무리 오르고 올라도 밑에서만 맴을 도는 것 같고 능선은 보이지 않았다.

조준기 형사로서는 특수부대에서 익힌 갖가지 극한의 훈련과 경험들이 그래도 큰 도움이 되었다. 여느 사람 같았으면 벌써 뒤에 처져 자신의 허약한 모습에 회의를 느꼈겠지만, 그는 그렇지가 않았다. 그는 산행에 익숙한 억구 못지않게 바싹 그의 뒤를 따라붙고 있었다.

어느새 온몸에서 땀이 흐르고 있었다. 억구에게 조금 천천히 걷자고 말할까 했으나 자존심이 허락지 않아 그만두었다. 억구에게 약하게 보이고 싶지는 않았다.

억구는 겉으로 보기에 평범하기 짝이 없는 사나이가 지치는 기색 없이 따라붙는 것을 보고는 아무래도 이해할 수 없다는 듯이 자주 뒤를 돌아보곤 했다.

그는 보통 사람은 따라오기 어려울 정도의 속도로 비탈길을 올라가 보았다. 시험 삼아 한참 그렇게 올라가다가 뒤돌아보니, 여전히 조 형사는 가까이 따라오고 있었다.

젊은 형사가 보기와는 달리 매우 강한 사람이란 것을 안 것은 그와 처음 대결했을 때였다. 그때 억구는 칼을 들고 있었고 조 형사는 권총을 떨어뜨려 맨손이었다. 그렇지만 결과는 억구 쪽의 참패였다. 그는 서너 대 얻어맞고 보기 좋게 무릎을 꿇었다. 누구와 대결해서 그렇게 보기 좋게 나가떨어져 보기는 난생 처음이었다. 그것은 정말 치욕스런 일이었다. 치욕과 함께 그는 젊은 형사에 대해 더할 수 없는 두려움을 느꼈다. 겉보기와는 달리 상대는 보통 사람이 아닌 것 같았다.

그가 조 형사를 따라나선 것은 아버지의 권유도 있었지만, 그 자신이 이번 일에 대해서 흥미를 느꼈기 때문이었다. 사진에서 본 그 예쁜 소녀가 산 속에서 행방불명되었다는 사실에 그는 자신도 모르게 마음이 흔들렸다.

그래서 그는 호기심을 갖고 앞장서서 조 형사를 도와 오현미를 찾는 일에 따라나선 것이다.

조 형사로서는 지리에 밝은 억구와 함께 행동한다는 것이 여간 다행한 일이 아니었다. 무엇보다도 외로움을 덜 수가 있어서 좋았다. 혼자 산 속에서 헤맬 때는 솔직히 두려웠으나 이젠 두려울 게 없었다. 총 잘 쏘고 힘이 좋은 억구와 함께 있으니까 호랑이가 덤벼도 끄떡없을 것 같았다.

달궁을 겨우 벗어난 그는 자신이 안개 위에 서 있는 것을 발견했다. 달궁은 안개에 묻혀 보이지도 않았다.

그들은 잠시 앉아 담배를 피우면서 휴식을 취한 다음 능선을 따라 다시 걸어갔다.

조 형사의 머릿속에는 모습이 뚜렷하지 않은 그 무엇이 꽉 들어차 있었다.

그것은 전체가 시커먼 사람이었다. 산발한 머리에 얼굴은 온통 수염으로 뒤덮인 귀신같은 사람이었다. 오른손에는 도끼를 들고 있었고 어깨 위에는 장총을 메고 있었다. 그러한 모습이 그림자처럼 머릿속을 꽉 채우고 있었다. 그 이상의 뚜렷한 모습은 상상이 되지 않았다.

누굴까. 그 정체불명의 시커먼 사나이는 누구일까. 왜 무엇 때문에 장재인의 다리를 도끼로 찍었을까. 호랑이를 도와주려고 한 것 같은데 이유는 무엇일까. 생각은 꼬리를 물고 일어났다. 그러나 그것은 어디까지나 상상일 뿐 그 이상일 수는 없었다.

마침내 그는 참다못해 물었다.

"아까 아버님이 하신 말씀 정말입니까?"

억구는 대답하지 않고 묵묵히 걸어가기만 했다. 조 형사가 다시 물으려고 했을 때 그가 말했다.

"나는 그때 그 자리에 없어서 아부지가 다치는 것을 보지 못했구만요."

그 말 속에는 재인의 말에 대한 불신의 뜻이 담겨 있는 듯했다. 다시 말해 그는 자기 아버지의 말을 믿고 있지 않은 것 같았다. 조 형사는 억구의 태도에 강한 반발을 느꼈다.

"아버님이 다쳤을 때…… 그 상처는 보셨겠지요?"

"네, 봤구만요. 제가 나중에 발견하고 업고 올 때 자세히 봤으니까요."

"상처가 어떻습디까?"

"오른쪽 정강이가 부러져서 뼈가 허옇게 튀어나와 있었지요. 피도 여기저기 묻어 있었구요."

"부러진 겁니까, 아니면 도끼 같은 것으로 찍힌 겁니까? 분명히 좀 알고 싶은데요."

"그건 잘 모르겠는디요. 칼날 같은 바위에 부딪혀도 도끼로 찍은 것처럼 상처가 날 수도 있으니까요."

억구는 걸음을 멈추고 조 형사를 돌아보았다.

"그럴 수도 있겠군요."

"그런디 왜 그렇게 자꾸 물어보는가요?"

"이상하기도 하고 이번 사건과 관계가 있을지도 모르고 해서 그럽니다."

"그렇다면 또 모르겠습니다만……."

그렇게 말하고 억구는 다시 걷기 시작했다.

산줄기가 물결처럼 이어져 있는 것을 바라보면서 조 형사도 걸음을 옮겼다. 안개는 산허리쯤에 와 있었다.

"억구 씨께서는 왜 아버님이 하시는 말씀을 그렇게 안 믿으려고 하시지요?"

억구는 기다렸다는 듯이 대답했다.

"우리 아부지는 내일모레면 벌써 일흔이구먼요. 칠순이란 말입니다."

"그래도 정정하시던데요?"

"모르시는 말씀……."

그는 헛기침하고 나서 말을 이었다.

"아버님은 새끼 밴 호랑이를 죽이고 나서부터 좀 변하셨구만요. 그때부터 사냥 다니시는 걸 무서워하시고 잠을 잘 못 주무셨지요. 그러다가 하나밖에 없는 손주까지 잃자 완전히 달라지신 거지요. 헛소리를 자꾸 허시고…… 헛것을 보시고도 정말로 봤다고 허시고……."

억구의 어조는 상당히 높아져 있었다. 조 형사의 의문이 못마땅한 듯했다. 조 형사는 조심스럽게 억구를 달랬다.

"그렇게만 보지 말고 한 번 믿어 보십시오. 노인이라 물론 실수가 많으시겠지만……."

"생각해 보시라구요. 대호를 쏘려고 허는데 왜 느닷없이 도깨비 같은 것이 나타나서 우리 아부지를 도끼로 해치겠는가요? 그것이 사람입니까? 귀신입니까? 난 도무지 우리 아부지 말씀이 믿어지지가 않아요."

"그렇게 말씀하시는 것도 일리가 있군요. 문제는 그 도깨비 같은 것이 진짜냐 아니냐 인데……."

"틀림없이 헛것이라구요, 헛것!"

억구가 그렇게 생각하는 것도 무리는 아니라고 조 형사는 생각했다.

그들은 높은 지대에 텐트를 쳤다. 두 사람 모두 지쳐 있었다. 빨리 텐트에 들어가 쉬고 싶었다. 텐트를 친 곳은 넓은 초원이었기 때문에 멀리서도 텐트가 잘 보였다.

서산마루에는 붉은 낙조가 깔려 있었다. 하늘은 맑게 개어 있었다.

조 형사는 저녁 지을 준비를 했고 억구는 샘물을 찾아 물을 길러 갔다.

조 형사는 버너를 조립하면서 오현미를 생각했다. 시간이 흐를수록 왠지 그녀가 살아 있을 것이라는 생각이 자꾸만 들었다. 그리고 이제는 어떤 확신처럼 그의 가슴에 자리하고 있었다. 현미는 살아 있다.

그런데 왜 그녀는 나타나지 않을까. 소리라도 지르면 들을 수 있을 텐데……

저녁을 먹고 나자 날이 저물었다. 식후에 조 형사는 양주를 컵에 조금 따라 억구에게 주었다. 억구는 자기 아버지와 달리 술을 잘 마셨다. 석 잔씩 마시고 나서 조 형사는 뚜껑을 닫았다.

그들은 별로 말도 없이 쪼그리고 앉아 어둠을 맞이했다. 담배만 두어 대 피웠다.

"한정 없이 이렇게 돌아다니기만 할 건가요? 내일은 어디로 갈 건가요?"

묵묵히 앉아 있던 억구가 느닷없이 이렇게 물었기 때문에 조 형사는 어리둥절했다.

"지금으로서는 별로 다른 방법이 없군요. 내일 계획은 자면서 생각해 봅시다."

그 자신 얼마나 막연한 짓을 하고 있는가를 잘 알고 있었다. 어떻게 보면 이 광대무변한 산 속에서 사람을 찾겠다고 나선 것 자체가 어리석은 짓인지도 몰랐다. 그렇지만 그는 그런 줄 알면서도 현미를 찾으려고 나선 것이다.

"이렇게 찾다간 한이 없을 거구만요. 이 산이 얼마나 넓은데…… 그리고 숲이 우거지면 더욱 찾기 어려워질 거구만요. 그러니 무슨 수를 써야겠구만요."

"잘 알고 있어요. 그렇지만 포기할 수는 없소. 모든 걸 각오하고 왔으니까요."

"고집이 여간 아니시군요."

억구는 약간 비난하는 듯 한 어투로 말했다. 조 형사는 무뚝뚝하게 잘라 말했다.

"고집이 아니오."

"그럼 뭐지요?"

"확신이요. 그 여학생이 살아 있을 거라는 확신 말이오. 현미 학생은 틀림없이 살아 있을 것 같소."

"흐흐흐흐……."

억구는 이상야릇하게 웃었다. 조 형사는 비웃음을 당하는 것 같아 기분이 언짢았다.

"왜 웃소?"

"지리산이 얼마나 큰 산인가를 모르시는군요."

"알고 있어요."

"그러시다면 찾을 것 같은가요?"

"찾을 수 있소."

조 형사가 크게 소리치자 이번에는 억구 쪽에서 놀란 듯이 조 형사를 바라보았다.

"막연히 이런 방법으로 학생을 찾아낼 수 있다고 생각 허시는 가 보지요?"

"돌아다니다 보면 어떤 방법이 생각나겠지요. 확신 없이는 이런 일은 할 수가 없소."

"그것 참……."

억구는 아무래도 이해하기 어려운 사람이라는 듯 고개를 갸우뚱했다. 조 형사는 더는 말하기 싫은 듯 담배를 피워 물고 저쪽으로 갔다.

한참 후 그들은 텐트 속으로 들어가 잠을 청했다.

첫날밤처럼 그렇게 달 밝은 밤은 아니었지만, 달빛이 그런대로 텐트 위로 희뿌옇게 흘러들어오고 있었다.

억구는 곧 코를 골기 시작했다. 반대로 조 형사는 잠을 이루지 못하고 뒤척이기만 했다. 적막에 싸인 대자연의 신비에 그는 귀를 기울이고 있었다.

처음에 그것은 바람소리인 듯했다. 그가 막 잠이 들려 했을 때 그 소리가 들려왔다. 그는 눈을 뜨고 귀를 세웠다.

"아, 피리 소리……."

그는 터져 나오려는 외침을 손으로 막으면서 상체를 일으켜 세웠다.

분명히 피리 소리였다. 그것은 끊어질 듯 말 듯 가냘프게 들려오고 있었다. 가만히 듣고 있으려니, 간장을 녹이는 것 같은 애끊는 가락이었다.

"억구 씨! 억구 씨!"

조 형사가 흔들어 깨우자 억구는 일어나기 싫다는 듯 하품을 하고 나서 눈을 비비며 일어났다.

"무, 무슨 일인가요?"

"저거 들어보시오! 피리 소리요! 그저께 밤에도 들었었는데, 바로 저 소리였소."

억구는 다시 한 번 하품을 하고 나서 귀를 기울였다. 그러나 피리 소리 같은 것은 들리지 않았다.

"안 들리는데요. 바람소리겠지요."

"바람소리하고 피리 소리를 구별 못 할 줄 아시오? 분명히 들렸어요."

조 형사가 화난 목소리로 부르짖었지만 안타깝게도 그때는 이미 피리 소리가 그쳤다.

"소리가 그쳤어요. 빌어먹을……."

억구는 도로 벌렁 드러누웠다.

"등산객이 부는 것이겠지요."

"아니오! 그럴 리가 없어요."

"잠이나 자시지요."

"먼저 자시오. 난 좀 있다 잘 테니까."

조 형사는 담배를 피워 물었다.

반시간쯤 지나자 다시 피리 소리가 들려왔다.

조 형사는 잠이 든 억구를 급히 흔들어 깨운 다음 밖으로 뛰쳐나갔다.

억구도 곧 따라 나왔다.

"자, 어때요? 들리죠?"

"예, 들리긴 들리는디……."

피리 소리가 뭐 어떠냐는 투로 억구는 그를 바라보았다. 그러나 피리 소리를 좀 더 들어보더니 감탄을 했다.

"저 가락은 보통 솜씨가 아닌데요. 기가 막힌 솜씨 같아요. 이렇게 가슴 저리는 피리 소리를 듣기는 처음입니다요. 장터에나

가야 들을 수 있는데……."

그들은 피리 소리가 들려오는 쪽을 바라보았다.

달빛이 아까보다 밝아져 있는데도 그쪽은 짙은 어둠에 싸여서 아무것도 보이는 것이 없었다.

"저쪽은 큰 골짜기이구만요. 거기에 사람이 있을 리가 없는데……."

"분명히 피리 소리는 들었지 않소?"

"예, 들었지라. 그런디 그게……."

"그게 어쨌소?"

"그쪽에서 들려온 소리가 아닌 것 같기도 하고……."

"무슨 소리. 분명히 들었는데."

조 형사는 더 듣기 싫다는 듯 골짜기 쪽으로 조금 걸어가다가 멈추었다. 억구는 조 형사의 등을 바라보며 관심 없다는 듯 하품을 두어 번 했다.

피리 소리는 더는 들려오지 않았다. 조 형사는 무엇에 홀린 기분이었다.

"이런 깊은 산에서는 소리 나는 방향이 엉뚱하게 달라질 수가 있지요. 저쪽에서 부는데 이쪽에서 나는 것 같기도 하고 이쪽에서 부는데 저쪽에서 나는 것 같기도 허지요. 흐흐……."

억구가 정신 차리라는 듯 다시 말했다.

"……."

조 형사는 멀거니 서 있었다. 마치 놀림을 당한 것 같은 기분이 들기도 했다.

"제 경험으로 봐서는…… 그것은 아주 멀리서 나는 소리 같구만요. 아주 멀리서 말입니다."

"멀다면 어느 정도 말이오?"

조 형사가 궁금하다는 듯 물었다.

"이런 날씨에는 바람을 타고 10리 저쪽에서 나는 소리도 들려 올 수 있지요. 헌데 바람이란 것은 일직선으로 불어오는 것이 아니고, 달려오다가 골짜기에 떨어지고 산에 부딪혔다가 되돌아오기도 하지요."

억구의 말에는 일리가 있었다.

"그럼 10리도 될 수 있고 20리도 될 수 있겠군."

"그럼요. 하여튼 10리는 넘을 것 같구먼요."

그들은 한참 동안 그곳에 서 있었지만 피리 소리는 다시 들려오지 않았다.

그때 어둠 속에서 그들을 노려보는 시커먼 그림자가 하나 있었다. 그것은 분명히 사람의 모습이었지만 어둠 때문에 생김새가 확실히 드러나지는 않았다.

숲 속 나무 뒤에 몸을 숨기고 있던 그림자는 두 사람이 텐트 속으로 들어가는 것을 보고는 한참 후 어둠 밖으로 몸을 드러냈다. 그림자는 다시 한 번 텐트 쪽을 바라보고 나서 조심스럽게 앞으로 걸어 나왔다.

얼굴은 짐승이나 다름없어 보였다.

바람에 기다란 머리와 수염이 날리고 있었다. 시커멓다는 것 밖에는 달리 표현할 수가 없었다. 오른손에 도끼를 들고 있었고, 어깨에는 총을 메고 있었다.

그림자의 움직임은 맹수처럼 빠른 데가 있었다. 발소리도 내지 않고 텐트 쪽으로 접근한 그림자는 한동안 거기에 꼼짝하지 않고 서 있었다. 텐트 안에서는 숨소리만 들려왔다.

이윽고 그림자는 텐트 주위를 한 바퀴 돌았다. 허리를 굽히고 돌다가 무엇인가 발에 걸리자 집어 들었다. 그것이 실수였다. 그림자가 텐트에 비치는 달빛을 가렸다.

막 잠이 들려던 조 형사는 문득 시야가 어두워지는 것을 느꼈다. 구름이 달을 가린 것일까, 하고 생각하면서 슬그머니 눈을 떠 보았다. 순간 그는 가슴이 덜컥 내려앉았다. 텐트 밖에 시커먼 그림자 하나가 서 있지 않는가!

"누구야!"

그는 자기도 모르게 소리치면서 권총을 뽑아 들었다. 그리고 텐트 밖으로 뛰어나갔다.

시커먼 그림자 하나가 초원을 가로질러 비호처럼 달려가는 것이 보였다. 휘날리는 장발, 도끼, 총…… 이런 것이 순간적으로 시야에 들어왔다가 사라졌다.

"서라! 쏜다!"

조 형사는 검은 그림자를 향해 소리쳤다. 그러나 그림자가 계속 도망가자 두세 발을 발사했다.

총소리는 어둠의 적막을 갈기갈기 찢어발기면서 산 속을 요란하게 뒤흔들었다. 조 형사는 검은 그림자가 사라진 쪽으로 뛰어가 보았다.

그러나 이미 검은 그림자는 사라지고 없었다. 그야말로 비호 같은 움직임이었다.

조 형사는 발을 굴렀다.

억구가 헐레벌떡 달려와 물었다.

"무, 무슨 일인가요?"

조 형사는 숨이 차서 말을 할 수가 없었다.

"왜, 왜 총을 쏘았습니까! 대호라도 나타났습니까?"

"대호가 아니오. 에이, 좋은 기회를 놓쳤군."

조 형사는 아깝다는 듯 한 표정을 지었다.

"대호가 아니면 멧돼지라도 나타났는가요?"

"그게 아니고 사람이 나타났었소. 바로 아버님이 말씀하신 그 사람 말이오!"

"네에! 그게 정말인가요."

"내가 왜 거짓말하겠소."

"혹시 헛것을 보신 게 아닌가요?"

"헛것이라니, 그런 말 하지 마시오."

조 형사는 방금 일어난 사건의 경위를 억구에게 자세히 이야기해 주었다.

"다른 사람이겠지요."

억구는 아직도 미심쩍다는 표정을 지었다.

"도끼를 들고 있는 걸 분명히 봤어요. 어깨에 총도 메고 있었어요. 아버님의 말씀이 사실이란 것이 밝혀졌어요!"

"저는 어째서 그 사람을 한 번도 보지 못했을까요?"

"그거야 억구 씨가 너무 젊으니까 그 자가 억구 씨를 상대로 생각하지 않은 탓이겠지. 이제 곧 보게 될 거요.

"글쎄요. 보기만 하든 가만 안 둘까 봐 그러는 것일까…… 내가 겁이 난 모양이지요?"

"그럴지도 모르지. 젊은 사람은 힘이 세니까. 더군다나 억구 씨는 몸이 좋으니까."

조 형사는 텐트 쪽으로 다가가 플래시를 켜 들고 주위를 샅샅이 살펴보았다. 텐트 곁에는 취사도구 등속이 널려 있었는데, 무엇인가 좀 비어 있는 듯했다. 한참 후 그것이 무엇인지 알아낼 수 있었다.

꽁치 통조림이 두 개 없어졌다. 코펠 옆에 쌓아 놓은 두 개의 꽁치 통조림이 사라진 것이다. 놈이 갖고 갔을 것이다.

야성의 사나이

검은 그림자는 절뚝거리면서 걷다가 쓰러지고 걷다가 쓰러지곤 했다. 출혈을 막으려고 옷을 찢어 묶은 허벅지의 총상을 손으로 누르면서 걸어갔다.

푸르스름한 달빛에 드러난 그의 모습은 세상에서 가장 흉측한 야수 같았다. 몇 년 동안 깎지 않은 것 같은 긴 머리칼과 긴 수염, 너덜거리는 옷.

"흐흐흐흐……."

이상한 신음을 내면서 야수 같은 사나이는 나무에 기대섰다. 금방이라도 몸이 쓰러질 듯 흔들거리고 있었다.

"흐흐흐흐……."

흐트러진 머리칼 사이로 두 눈이 빛나고 있었다.

"흐흐흐흐……."

웃음치고는 너무도 음산한 소리였다.

울음소리도 아니었다. 현대 사회에서는 들어볼 수 없는 괴상한 야성의 소리였다. 몹시 괴로운지 상처를 손으로 누르면서 얼굴을 찌푸린다. 신음을 낸다. 한쪽 손을 들어 허공을 저어 댄다. 머리칼과 찢긴 옷자락이 바람에 휘날린다.

야수는 다시 비틀비틀 걸어갔다. 대각선으로 어깨에 걸치고 있는 장총이 무거운 듯 흔들거리고 있었다.

얼마 후 벼랑 위에 닿았다. 아래는 천 길 낭떠러지고 물소리가 아득히 들려오고 있었다.

잠시 벼랑 끝에 앉아 숨을 돌린 뒤, 그는 숲 속에 숨겨 놓았던 줄사다리, 스스로 칡넝쿨을 얽어서 만든 사다리를 꺼내 그걸 타고 아래로 내려갔다. 누구도 취할 수 없고 상상도 할 수 없는 행동이었다.

벼랑은 수풀로 뒤덮여 있었다. 수풀을 헤치며 밑으로 수 미터 내려간 그는 칡넝쿨이 끝난 곳에 이르러 수풀 속에 내려섰다. 거기에는 한두 사람이 서 있을 수 있는 자리가 있었다.

"흐흐흐……."

야수는 벼랑에 붙어 서서 한동안 허공을 바라보며 숨을 가쁘게 쉬었다.

달빛 때문일까. 그 일대가 신비한 기운에 싸여 있었다. 골짜기에서 올라오는 습한 찬바람에 나뭇잎들이 우수수 흔들리는 소리가 났다.

잠시 후 야수는 돌아서서 수풀을 헤쳤다. 놀랍게도 거기에는 동굴이 하나 입을 벌리고 있었다. 1m 정도 높이의 그 동굴은 앞에 있는 바위와 수풀 때문에 거의 보이지 않았다.

동굴의 입구는 칠흑 같은 어둠에 싸여 있어서 내부가 전혀 보이지 않았다. 야수는 동굴 속으로 기어들어 가 빨려 들어가듯 사라졌다. 흔적도 없이 사라진 것이다.

동굴 속에서 그는 매우 익숙하게 움직였다.

동굴은 수 미터 안에서 가로막혔다. 그는 나무를 얽어서 만든 문을 밀어젖히고 더 깊숙이 들어갔다.

그는 한 번 쓰러졌다가 일어났다. 몹시 괴로운 듯 그의 입에서 계속 신음이 흘러나오고 있었다. 부싯돌을 쳐서 그는 벽을 더듬더니 조금 후 횃불을 밝혀 들었다. 관솔 가지에 붙인 불이라 활활 타올랐다.

동굴은 넓고도 높았다. 천연 동굴이었다. 시커먼 것이 날개를 치며 날아다니고 있었다. 박쥐였다. 박쥐는 한 마리가 아니고 여러 마리였다.

천장에서는 차가운 물방울이 떨어지고 있었다. 불빛에 드러난 천장은 온통 형형색색의 돌로 어지럽게 층을 이루고 있어서 동굴 속은 마치 환상의 세계 같았다. 온도는 적당해서 사람이 지내기에는 안성맞춤이었다.

야수는 한쪽에 매달려 있는 줄을 타고 밑으로 내려갔다. 밑에는 연못이 있었다. 태고의 신비를 간직한 듯 연못은 주검 같은 정적 속에 싸여 있었다.

그는 연못에 엎드려 물을 한 모금 마시고 나서 그 옆을 지나 줄을 타고 다시 위로 올라갔다.

천연 동굴은 상상할 수 없을 정도로 길었다. 그리고 한쪽으로 뚫려 있는 것이 아니고 사방으로 가지를 뻗고 있어서 흡사 미궁 같았다. 그러나 야수는 거기에 익숙한 듯 거침없이 앞으로 나아 갔다. 동굴 속을 오르내리기를 여러 번 한 끝에 마침내 그는 넓은 공지에 닿았다.

그곳은 대여섯 평은 됨직한 원형의 넓은 공지로서 흙바닥이 잘 다듬어져 있었고 천장은 높았다. 한쪽 벽의 움푹 팬 곳에서는 불길이 활활 타오르고 있었다.

놀라운 것은 거기에 두 사람이 있다는 사실이었다. 한 사람은 네댓 살 먹은 남자아이였다. 그리고 다른 한 사람은 여자였다. 여자는 젊은 처녀였다. 등산복 차림에 약간 짧은 머리였다.

짧은 머리의 처녀와 아이는 나뭇잎이 깔린 곳에 누워 껴안고 자고 있었다.

야수는 그들을 한참 바라보고 있다가 신음을 하면서 풀썩 쓰러졌다.

"으으으……."

야수가 쓰러지자 처녀와 아이가 놀라서 얼른 일어났다. 깊이 잠들지 않았던 것 같았다.

"할아부지!"

"할아버지!"

처녀는 쓰러진 야수를 불가로 끌고 가 바로 눕혔다.

"왜 이렇게 다쳤어요?"

처녀가 이렇게 물었지만, 대답은 신음뿐이었다. 아이는 야수의 어깨를 잡고 흔들었다.

그곳은 방처럼 꾸며져서 아늑한 분위기를 띠고 있었다. 바닥에는 돗자리 같은 것이 깔려 있었는데 그것은 질긴 넝쿨 줄기의 껍질을 벗겨 가늘게 올을 내어 정교하게 짠 것이었다. 그 밑에는 낙엽을 많이 깔아 놓아 푹신했다.

천장과 벽은 바위들로 이루어져 있었다. 그 방은 동굴의 원줄기에서 가지처럼 뻗어 나간 줄기 하나를 통나무로 막아서 방을 만든 것 같았다. 출입구에는 짐승 가죽을 이어서 만든 커튼이 드리워져 있었다.

방 한쪽에는 놀랍게도 탄통이 잔뜩 쌓여 있었고, 세 자루의 장총이 세워져 있었다. 짐승의 털가죽과 뿔도 보였고 도끼도 보였다. 원시생활에 필요한 각종 연장이 탄통 옆에 보기 좋게 가지런히 놓여 있었다.

방안은 야수가 토해내는 신음으로 가득 차 있었다.

처녀는 그 곁에 쭈그리고 앉아 정성껏 야수를 간호했다. 무시무시하게 생긴 야수를 두려워하는 빛이 조금도 없었다.

상처는 오른쪽 허벅지에 꽤 깊게 나 있었다. 총에 맞은 자리였는데, 뼈를 다치지 않고 총알이 살 속을 뚫고 지나갔기 때문에 적이 다행이었다.

처녀는 야수가 손짓으로 가르쳐주는 대로 상처에다 야수가 평소에 준비해 놓은 세 가지 풀을 짓찧어서 붙이고 헝겊으로 허벅지를 싸맸다. 그것은 야수가 할 수 있는 유일한 처방이었다. 약 하나 없으니 그런 방법이 고작이었다.

그런데 그 원시적인 처방이 뜻밖에 말을 잘 들어주었다. 타박상이나 찰과상 등 웬만한 가벼운 상처는 세 가지 풀로 충분히 치료되었다. 실로 놀라운 일이었다.

야수는 허벅지의 고통뿐 아니라 고열로 끙끙 앓고 있었다. 그러나 고통을 말로 호소하지는 않았다.

처녀는 걸레 같은 헝겊을 바가지 같은 물통에 담긴 물에 적셔 야수의 이마 위에 얹어 주었다.

그는 말도 못하고 듣지도 못하는 벙어리였다. 불빛에 드러난 그의 모습은 꽤 늙어 보였다. 수염과 머리칼이 잿빛인 것으로 보아 70전 후는 될 것 같았다.

아이는 옷이 없는지 짐승의 가죽 털을 몸에 두르고 있었다. 눈이 초롱초롱한 것이 아주 영리하게 생긴 아이였다. 원시생활에 이미 적응해 버린 탓인지 건강한 모습이었다.

야수가 신음 끝에 잠이 들자 처녀는 아이를 데리고 한쪽으로 가서 아이를 안아주었다.

"할아부지…… 아, 아, 아파?"

아이가 몹시 더듬으며 물었다.

"응, 할아부지 다쳤어."

처녀는 또렷한 목소리로 대답해 주었다.

"왜, 왜, 왜 다쳤어?"

"총에 맞은 것 같아."

"총, 총이 뭐, 뭐야?"

아이는 고개를 갸웃거렸다.

"응, 땅하고 쏘는 것 있어. 할아부지 토끼 잡으려고 가지고 다니는 것 말야."

그녀가 야수의 장총을 가리키자 아이는 그제야 알겠다는 듯 고개를 끄덕거렸다.

아이는 나이에 비해서 말이 매우 서툴렀다. 서투른 정도가 아니라 혀가 많이 굳어져 거의 말을 할 줄을 몰랐다.

아이가 지금 정도나마 말할 수 있게 된 것은 전적으로 처녀의 가르침을 받고서부터였다. 그전에는 들을 줄만 알았지 전혀 말 한마디 할 줄 몰랐다.

처녀가 한 달 전쯤 이곳에 나타났을 때 동굴 속엔 야수와 아이만이 살고 있었다.

야수가 벙어리이니 아이에게 말을 가르쳐줄 사람이 아무도 없었다. 의사를 표시할 때는 짐승 같은 소리와 함께 손짓 발짓을 했다. 그것을 본 처녀는 안타까웠다. 아이가 벙어리가 아니라 야수가 벙어리라 말을 배우지 못해 그렇다는 것을 알고 난 처녀는 아이에게 말을 가르치기 시작했다. 그때부터 아이는 유일한 말벗

이 되어 주었다.

그녀가 워낙 부지런히 가르쳐 주었기 때문에 아이는 비교적 말을 빨리 깨우쳐 나갔다. 아이가 조금씩 말을 더듬어 나가는 것을 보고 그녀는 몹시 기뻐했다.

그들은 불과 한 달 사이에 떼려야 뗄 수 없는 관계로 발전했다. 정에 굶주린 아이는 잠시도 그녀의 곁을 떠나려 들지 않았고 그녀 역시 아이를 끔찍이 사랑해 주었다.

그녀는 공터에 떨어져 있는 깡통을 집어 들었다. 그것은 꽁치 통조림이었다. 칼로 깡통의 한쪽을 딴 다음 젓가락으로 고기 한 점을 집어내 아이의 입에 넣어 주자 아이는 순식간에 게 눈 감추듯 먹어 치웠다.

물고기라고는 처음 먹어보는지 눈을 동그랗게 뜨고 통조림 깡통을 뚫어지게 바라보았다.

"차돌아, 또 먹고 싶니?"

"으응……."

아이는 고개를 끄덕이며 손가락을 빨았다. 처녀는 다시 고기 두세 점을 아이의 입속에 넣어 주었다.

"맛있니?"

"으응…… 또……."

아이는 입맛을 다시며 고개를 끄덕거렸다.

처녀는 고개를 저으면서 깡통의 뚜껑을 닫았다. 그녀는 아이의 머리를 쓰다듬어 주면서 달랬다.

"안 돼, 이건 아껴 놨다가 할아버지 드려야 해, 할아버지 아프
시니까 맛있는 거 드려야 해."

"할아부지?"

"그래."

"으응…… 알았어."

아이는 고개를 끄덕거리며 처녀를 올려다보았다.

아이는 더 달라고 투정을 부리지 않았다. 신통했다.

벽난로의 불이 사그라지는 듯하자 처녀는 나무토막 하나를
던졌다. 아이도 나무토막 한 개를 던져 넣었다. 불꽃이 날아오르
는 모습이 아름다워 보였다.

공터 한쪽에는 마른 나무토막들이 그야말로 산더미처럼 쌓여
있었다. 모두 야수가 밖에서 해들인 것들이었다.

불 속에 던져진 나무토막이 타느라고 동굴 속에 연기가 자욱
이 피어올랐다. 그러나 연기는 동굴 속에 채 퍼지기도 전에 재빨
리 천장 쪽으로 빨려 올라가 어디론가 사라져 버렸다. 굴뚝도 없
고 구멍이 난 것도 아닌데 연기가 그렇게 쉽게 빠지다니 놀라운
일이었다.

처녀는 아이를 데리고 공터를 벗어나 동굴의 한쪽 가지를 타
고 나갔다. 몹시 어두웠지만, 그녀는 익숙하게 걸어나갔다. 그곳
은 그녀가 제일 많이 가는 곳이었다.

한참 그렇게 걸어가자 놀랍게도 굴 밖으로 달빛이 희미하게
보였다. 좀 더 앞으로 나가자 갑자기 폭이 좁아지면서 동그란 구

멍 사이로 들어왔다. 처녀는 허리를 구부리고 동굴이 끝나는 곳까지 기어가 언제나처럼 쭈그리고 앉았다.

처녀와 아이는 하루에도 몇 번씩 거기까지 나와 앉아 바깥세상을 내다보곤 했다. 그들이 내다보는 그 구멍은 크기가 어른 머리통만했고 희한하게도 바위 중간에 뚫려 있었다. 밖은 발 디딜 여유도 없는 벼랑이었다. 벼랑 밑에서는 계곡의 물소리가 자장가처럼 들려오고 있었다.

그러니까 그 구멍은 야수가 들어온 곳과는 다른 곳이었지만 벼랑에 속해 있었다. 구멍 앞에는 벼랑에서 자란 조그만 나무들이 가지를 뻗고 있어서 탁 트인 시야를 가려 주고 있었다. 따라서 멀리 밖에서 볼 때는 구멍이 전혀 보이지 않았다.

처녀는 바람에 흔들리는 나뭇가지 사이로 달빛에 어슴푸레하게 드러난 골짜기와 숲의 바다를 바라보았다. 고개를 많이 내밀자 하늘에 뜬 둥근 달이 보였다.

처녀는 틈만 있으면 거기까지 와서 도망쳐 버릴까 하고 몇 번 생각해 보았지만 포기했다. 할아버지와 아이를 내버려둔 채 바깥세상으로 혼자 도망칠 수는 도저히 없었다. 그래서는 안 되는 것이었다. 그녀는 할아버지의 은혜를 입었고, 할아버지는 이제 그녀 없이는 살 수 없을 것 같았다. 동물처럼 살아가는 할아버지와 아이를 도와주어야 한다는 책임감도 생겼다.

아이는 그녀 곁에 쪼그리고 앉아 밤하늘의 별들을 바라보고 있었다.

아이는 언제나 반짝이는 별들을 바라보면서 그들과 무언의 대화를 나누기를 좋아했다. 그리고 어쩌다가 밤하늘을 가르며 떨어지는 별똥별이라도 보게 되면 손가락으로 그것을 가리키며 놀라는 소리를 지르곤 했다.

아이는 짐승처럼 자랐기 때문에 거칠고 사나운 데가 있었다. 영리한 처녀는 아이의 그러한 야성을 어루만져 줄줄 알았고 또 그러기를 게을리하지 않았다. 그녀는 이제 아이의 다정한 엄마이고 누나가 되었다.

처녀 덕분에 아이는 한 달 전에 비해 많이 순해져 있었다. 더러운 것이 무엇이고 깨끗한 것이 무엇인지를 구별할 줄 알게 되었다. 그리고 자신이 짐승이 아니라 사람이라는 것도 어렴풋이나마 깨닫게 되었다.

그녀는 호주머니에서 피리를 꺼내 가만히 불기 시작했다. 그녀가 피리를 불기 시작하면 아이는 숨을 죽이고 그녀를 조용히 지켜보았다.

그녀는 밤에 거기에 올 때마다 언제나 피리를 불곤 했다. 가만히 부는 것이었지만 피리 소리는 달빛 속으로 흐르고 흘러 아주 멀리까지 날아가는 것 같았다.

그녀는 피리의 명수였다. 얼굴도 모르는 아버지가 남기고 간 그 피리는 손때가 까맣게 묻어 반들반들했다. 어머니가 야단을 치는데도 고집스럽게 어릴 때부터 그걸 만지작거리며 자라는 동안 그녀는 누가 가르쳐준 것도 아닌데 어느새 피리를 절묘하게 불 수 있게 되었다.

그녀가 피리를 잡으면 사위(四圍)의 모든 것들이 숨을 죽이고 귀를 기울이는 듯했다. 심지어는 풀벌레 소리까지도 잠잠해지는 것 같았다. 그래서 그녀의 피리 소리는 더욱 청아하고 처량하게 흘러나가는 것이었다.

그녀는 잠자는 듯 눈을 감고 피리를 분다. 가슴에 쌓인 한과 정감이 교차하는 절묘한 소리가 흐느끼듯 흘러나온다. 그녀의 볼 위로 어느새 눈물이 두 줄기 흐른다. 눈물이 달빛에 반짝인다. 그녀는 눈물에 아랑곳하지 않고 여전히 죽은 듯이 눈을 감고 피리를 조용히 분다.

피리를 불면서 그녀는 생각한다. 한 달 전 어느 날의 그 절망적이었던 순간을…….

먼저 벼랑 위에 비스듬히 나 있는 소나무 가지 위에서 흔들거리고 있는 녹색 등산모가 보인다. 휘몰아치는 비바람에 녹색 등산모는 금방이라도 떨어질 듯 흔들거리고 있다. 김민호가 그것을 잡으려고 나무를 타고 올라간다.

곧이어 나뭇가지가 꺾어지는 소리와 함께 비명이 터진다. 민호의 몸뚱이가 벼랑 밑에서 피어오르는 자욱한 안개 속으로 순식간에 사라진다.

나머지 다섯 명은 울면서 숲 속으로, 안개 속으로 비바람 속으로, 미지의 세계 속으로 사라진다. 마치 먼저 간 친구를 따라가기라도 하듯.

현미는 꼬박 닷새 동안을 굶은 채 산 속을 헤맸다. 손을 꽉 잡고 헤어지지 말자던 친구들은 어디로 갔는지 보이지 않았다. 그녀는 물만 먹고 버티었다.

그러나 거기에도 한계가 있었다. 그녀는 자기가 더는 살지 못하고 죽을 것으로 생각했다. 춥고 배고프고 아무도 없는데 어떻게 살 수 있겠는가.

더는 움직이지 못하게 되었을 때 그녀는 바위에 기대앉아 있었다. 온몸은 빗물에 잔뜩 젖어 있었고 눈은 자꾸만 내려감기고 있었다. 눈을 감으면 이제 끝장이었다. 그녀는 멀거니 허공을 바라보았다.

바로 그때 안개를 헤치고 시커먼 그림자가 나타났다. 시커멓다는 것 외에는 다른 아무것도 생각할 수가 없었다. 그림자는 곰같이 커다란 짐승이었다.

그 짐승은 그녀를 곧 집어삼킬 것 같은 몸짓으로 그녀 주위를 맴돌았다.

현미는 숨이 막혔다. 소리를 외쳐야 한다고 생각했지만 아무 소리도 지를 수가 없었다. 혀가 말을 듣지 않았다. 마비된 것처럼 굳어 버렸다. 그녀는 이내 의식을 잃고 쓰러졌다.

그녀가 깨어났을 때, 그곳은 동굴 속의 방이었다. 그녀는 짐승의 털가죽을 덮고 누워 있었다. 그녀 곁에는 시커먼 야수가 앉아 있었다.

"으으……."

야수가 무슨 말을 하려는 듯 얼굴을 찌푸리며 소리를 질렀다. 그러나 말은 나오지 않았다. 그녀는 다시 기절하고 말았다. 비명도 지르지 못하고 기절했다.

그녀가 다시 깨어났을 때 그녀 옆에는 어린아이가 하나 앉아 있었다. 아이는 신기한 듯 그녀의 손을 만지고 있다가 방긋 웃었다. 야수는 보이지 않았다.

그녀는 겨우 정신을 차리고 일어났다.

"애, 너 누구니?"

현미는 주위를 둘러보며 물었다. 어디로 갔는지 무시무시한 귀신은 보이지 않았다.

"아, 아, 엄…… 마……."

아이는 말을 더듬었다. 아니 그건 말이 아니었다. 짐승의 소리였다.

포효하는 밤

　그들은 야수를 만났던 곳으로부터 멀리 떠나지 않았다. 그 부근 일대를 샅샅이 뒤지면서 야수를 찾고 있었다. 야수를 발견하는 것은 시간문제일 것 같았다.

　야수가 그 일대에서 멀리 벗어나지 못했을 것으로 생각했다. 확실히 보지는 못했지만, 야수가 어쩌면 상처를 입었을 것으로 생각하고 있었다. 그러다가 핏자국을 발견한 것이다.

　핏자국은 추적을 가능하게 할 정도로 방향이 잡혀 있지는 않았다. 십여 미터 정도 가다가 수풀 사이에서 그쳤다. 그러나 그 피가 야수가 흘린 것이라는 데는 의심의 여지가 없었다. 여간해서는 믿으려 들지 않는 억구도 핏자국을 보자 표정이 굳어지면서 긴장한 표정을 지었다.

　조 형사가 걱정하는 것은 혹시 야수가 죽지 않았을까 하는 점이었다. 만일 치명적인 상처를 입었다면 결코 발견될 수 없는 곳에서 죽음을 맞이했을 것이다.

그는 야수를 생포하고 싶었다. 그를 찾아내면 현미 문제도 풀릴 것 같았다.

낮이면 계속 주위를 수색하고 밤이면 잠복하면서 사흘이 지났지만 어떤 움직임도 발견할 수가 없었다.

억구는 좀이 쑤시는지 조 형사의 눈치를 자꾸 살피곤 했지만 가겠다는 말은 하지 않았다. 그 역시 호기심에 잔뜩 사로잡혀 있는 듯했다.

나흘째 되는 날은 아침부터 비가 내렸다. 그들은 텐트 속에 틀어박혀 꼼짝 않고 비를 피했다. 비가 그치기를 기다렸지만 비는 온 종일 내렸다.

둘이서 먹어 대는 바람에 식량도 거의 바닥이 나 있었다. 조 형사가 좋아하는 커피와 담배도 다 떨어져 가고 있었다. 양주만 반 병 정도 남아 있었다.

어둠이 깃들기 시작했을 때 그들은 저녁을 먹었다. 식사 후 담배를 피우면서 억구가 이런 말을 했다.

"요새는 피리 소리가 안 들리는데요."

조 형사도 그 생각을 하고 있던 참이었다. 그는 고개를 끄덕이며 말했다.

"야수가 사라진 후부터 피리 소리가 안 나는군요."

"그거 이상하네요."

"억구 씨도 이상하게 생각하시오?"

"그렇구만요. 가만히 생각해보니까 더욱 그렇네요. 왜 소리가 안 나지요?"

"나도 왜 그럴까 생각하고 있어요. 그 야수하고 피리 소리하고 어떤 관계가 있는 게 아닐까 하고 말이오."

"그런지도 모르겠네요. 그런디 왜 야수라고 부르지요?"

"야수같이 보였으니까 그렇게 부른 거요. 사람이긴 하지만…… 오히려 야수라고 부르는 편이 좋을 것 같아요. 그렇게 무시무시하게 생긴 사람은 처음 봤으니까요. 곰 같기도 하고 도깨비 같기도 했어요. 그렇게 생각지 않소?"

"글쎄요. 저는 그냥…… 뭐라 할까? 그, 저, 야수라는 말이 어려워서……."

문득 피리 소리가 영원히 안 날지도 모른다는 생각이 들었다. 조 형사는 불안했다. 날이 완전히 어두워지자 그는 귀를 세우고 피리 소리를 기다렸다.

그러나 밤이 깊어져도 피리 소리는 들려오지 않았다. 들리는 것이라고는 바람 소리와 빗소리뿐이었다.

야수와 피리 소리는 어떤 관계가 있을까. 이 첩첩산중에는 두 가지 이상한 것이 있다. 하나는 어디서 들려오는지 모르는 정체불명의 피리 소리다. 오현미가 부는 것일지도 모른다는 것은 다만 추측에 불과하다.

또 하나는 야수 같은 사나이가 살고 있다는 사실이다. 구식 총과 도끼를 가지고 장발을 휘날리며 돌아다니는 사나이, 그는 과연 누구일까? 피리 소리와 야수 — 이 두 가지 불가사의한 사실이 이 산 속에 공존하고 있는 것이다. 그 두 가지 사이에는 어떤 관계가 있는 것일까.

거의 새벽녘이 다 되어서야 조 형사는 잠이 들었다. 피곤한 탓인지 모처럼 깊은 잠을 잤다.

날이 밝아 눈을 떠보니 억구가 보이지 않았다. 그는 얼른 일어나 텐트 밖으로 나가보았다. 아무리 둘러보았지만, 억구의 모습은 어디에도 없었다.

"억구 씨! 장억구 씨!"

아무리 목청껏 불러 보았지만 대답이 없었다. 변을 보러갔나 하고 기다려 보았지만 돌아오지 않았다. 아마 도망가 버린 모양이었다. 먹을 것도 없어지고 상관없는 일에 며칠씩 따라다니다 보니까 피곤했겠지.

혼자 있는 병든 아버지 생각도 했을 것이다. 돌아가겠다고 했으면 막지 않았을 텐데 왜 슬그머니 사라져 버렸을까. 조 형사는 억구의 순박한 행동에 쓴웃음이 나왔다. 마침 식량이 바닥이 나서 억구가 더는 눌러 있다 해도 난처할 판이었으므로 차라리 잘됐다는 생각이 들었다.

어제 내린 비가 그칠 기세를 보이지 않고 여전히 내리고 있었다. 으슬으슬 추워 왔다.

그는 웅크리고 앉아 커피를 끓여 마셨다. 며칠 동안 면도도 못한 탓으로 그의 모습 역시 험해 보였다.

산 밑에서부터 안개가 피어오르는 것 같더니, 얼마 안 가 그의 텐트도 안개 속에 묻혀 버렸다.

그는 아침을 고스란히 걸렀다. 비상식량이 있기는 하지만 그것은 굶어 죽을 정도가 아니면 꺼내 먹어서는 안 되는 것이다. 몸을 움직일 힘이 있을 때는 먹어선 안 된다. 그것은 과거 그가 특수 부대에 근무할 때 몸에 익힌 것이었다. 자기의 비상식량은 옆에서 동료가 죽어 가도 절대로 꺼내 놓아서는 안 되는 것이다. 자기 목숨과 바꿀 때에만 그것을 사용하는 것이다.

'버틸 수 있을 때까지 버티어 보자.'

담배를 한 대 꺼내 물었다. 빈속에 담배를 피우자, 핑하고 어지러웠다.

오후가 되자 춥고 배가 고팠다. 비상식량에 자꾸만 눈이 갔다. 그러나 절대 손을 대지는 않았다. 이 정도에서 비상식량을 축낼 수는 없다.

비상식량이라고 해서 특별한 것은 아니었다. 날씨에 관계없이 변하지 않는 것이라면 아무것이나 비상식량이 될 수 있었다. 그가 지금 가지고 있는 것은 쇠고기 통조림 두 개, 라면 4봉지, 미숫가루 한 되 등이었다.

날씨는 활동하기에 여간 나쁘지 않았다. 혹시 억구가 돌아올지도 모르고 피리 소리가 들려올지도 몰라 조 형사는 그곳을 떠날 수가 없었다. 안개와 비도 그를 온 종일 텐트 속에 붙들어 매

놓은 원인이었다.

비가 계속 내리는 가운데 날이 다시 저물었다. 그날 밤도 그 신비한 피리 소리는 들려오지 않았다.

그는 언제라도 발사할 수 있게 권총의 안전장치를 풀어 머리 맡에 놓고 어둠 속에 누워 있었다. 배가 몹시 고팠지만 아직은 견딜 수가 있었다. 견딜 때까지 견디다가 움직이기 시작할 때나 조금 먹을 생각이었다.

얼핏 잠이 들었다가 깨어났을 때 빗소리가 그쳤다. 구름이 걷혔는지 달빛이 텐트 안으로 비쳐들고 있었다.

"컹컹!"

"컹컹!"

"컹컹!"

늑대들의 울음소리가 어둠의 적막을 깨뜨리고 있었다. 여러 마리가 울어대는 것 같았다. 아마 먹이라도 발견했는지 여느 때보다 울음소리가 더 시끄러웠다.

오줌이 마려워 텐트 밖으로 나왔다. 먹은 것, 마신 것도 없는데 오줌이 마렵다니……. 푸르스름한 달빛이 골짜기와 숲의 바다 위로 하염없이 쏟아지고 있었다.

자신도 모르게 소름이 쭉 끼쳤다. 냉기가 감도는 것 같았다. 늑대의 울음소리가 갑자기 뚝 그쳤다.

육감이었지만 무엇이 자기를 노리고 있는 것 같았다. 뒷걸음으로 텐트로 돌아가 그대로 주저앉았다. 그리고 슬그머니 피스톨을 손에 쥐고 방아쇠에 손가락을 걸었다. 그리고 뒤로 돌아 천천히 일어섰다.

불과 십여 미터 저쪽에 있는 아름드리 소나무 가지 위에서 두 개의 불덩이가 움직이지 않고 이쪽을 노려보고 있었다. 그것을 보는 순간 그는 숨이 컥 하고 막혔다. 그것은 형형하게 빛나는 푸른빛 도는 눈빛이었다.

"호랑이다! 놈이 또 나타났구나!"

가슴 속에서 고함이 들려왔다. 그는 얼어붙은 듯 꼼짝 않고 서서 두 개의 불덩이를 바라보고 있었다.

권총을 들어 올려 불덩이를 향해 겨누어야 한다고 생각했지만, 손끝 하나 움직일 수가 없었다. 몸이 말을 듣지 않았다. 마치 깊은 꿈을 꾸고 있는 것 같은 기분이었다.

호랑이는 4~5미터쯤 되는 높이의 나뭇가지 위에 떡 버티고 올라앉아 있었다. 호랑이가 나무를 탄다는 말은 들었지만, 막상 그것을 두 눈으로 보고 있으려니 그놈이 마치 날아다니는 짐승처럼 생각되었다. 독수리처럼 날아다니다 먹이를 낚아채려고 노리고 있는 것 같았다.

왜 나는 움직일 수 없을까, 하고 그는 자문해 보았다. 팔을 들고 손가락으로 방아쇠만 당기면 된다. 호랑이가 제아무리 날쌔다 해도 총알보다 빠르지 않을 것이다.

그런데 왜 이렇게 몸이 굳어지는 것일까. 저놈이 너무 무서워서 그러는 것일까. 단지 공포 때문만은 아닐 것이다. 저놈에게는 사람을 얼어붙게 하는 위엄 같은 것이 있다.

그것은 공포와는 다른 신비한 힘이다. 나는 지금 그 힘에 홀려 있는 것이다.

저놈이 가만있는 걸 보니 나를 해칠 생각은 없는 것 같다. 만일 저놈이 나를 해치려고 달려든다면 나는 대항해서 싸워야 한다. 아무리 위엄 있는 놈이라 해도 가만둘 수는 없다. 그렇지만 움직일 수가 없으니 야단인데.

그가 거기까지 생각했을 때 '휘익' 하고 바람 소리가 나는 듯했다. 찬바람에 머리칼이 빳빳이 일어섰다가 흐트러졌다. 그는 얼결에 몸을 돌렸다.

불덩이는 어느새 반대쪽 바위 위에서 빛나고 있었다. 상상도 할 수 없을 정도의 날랜 움직임에 그의 혼은 반쯤 빠져 달아나 버렸다. 손에 들고 있는 권총이 마치 장난감같이 아무 쓸모 없는 것처럼 생각되었다.

불덩이가 천천히 움직이기 시작했다. 조 형사의 눈도 그것을 쫓았다. 불덩이는 원을 그리면서 돌아갔다. 점점 속도가 빨라지고 있었다.

그것을 따라 조 형사는 원무를 추고 있었다. 눈이 빙빙 돌아가고 있었다. 불덩이는 눈으로 쫓을 수 없을 정도로 빠르게 돌아가고 있었다. 휙휙 돌풍이 일고 있었다.

자신의 몸이 파란 불로 감기는 것 같았다. 아득히 현기증이 일었다. 이를 악물고 정신을 차리려고 했지만 마음대로 되지가 않았다. 자신을 포위한 불길이 빙빙 돌면서 점점 가까이 접근하고 있는 것 같았다.

몸이 공중으로 부웅 뜨는 것 같았다. 비틀거리다가 금방이라도 쓰러질 것 같았다. 어질어질하고 방향을 잡을 수가 없어 주저앉고 싶었다.

두 발로 대지를 꽉 밟았지만, 다리에서 힘이 빠져 버틸 수가 없었다. 팔도 힘이 빠져 축 늘어졌다. 손목도 마비된 것 같았다. 손에서 권총이 떨어지려 하고 있었다.

마침내 불덩이가 그의 얼굴을 향해 확 날아오는 것 같았다. 엉겁결에 뒤로 물러서다가 쿵하고 나가떨어졌다. 반사적으로 권총을 움켜쥐면서 무턱대고 방아쇠를 당겼다.

"탕!"

"타앙!"

적막에 싸인 산이 갑자기 일진광풍에 휘말려 들어 소용돌이치는 듯했다.

"어흥!"

"어흥!"

호랑이가 몇 번 울었다. 하늘이 무너지고 땅이 꺼지는 듯 한 큰 소리였다. 그는 호랑이 울음소리에 정신이 번쩍 들었다. 무릎으로 몸을 버티면서 주위를 둘러보았다. 아무것도 없었다. 불덩이는 보이지 않았다. 온데간데없이 사라져 버린 것 같았다. 호랑이는 그림자도 보이지 않았다.

그는 털썩 주저앉았다. 온몸이 땀에 젖은 것만이 아니었다. 바지가 오줌으로 질펀하게 젖어 있었다. 비참한 기분이 들었다. 부끄럽고 수치스러웠다. 그것은 난생 처음으로 느껴 보는 기분이었다. 세상을 헛살아 온 느낌이 들었다. 자신이 한낱 겁에 질린 빈껍데기 같았다.

입에서는 아직도 거친 숨결이 흘러나오고 있었다. 비틀거리면서 자리에서 일어났다. 바짓가랑이에서 오줌이 뚝뚝 떨어지고 있었다. 아무도 없는 것이 천만 다행스러운 일이었다. 하늘에 떠 있는 달을 바라보기가 부끄러웠다.

자신이 어쩌다가 그토록 겁 많은 사나이가 됐는지 이해할 수가 없었다. 과거에, 적진에 침투해서 퇴로를 끊기고 죽음을 기다리고 있을 때에도 이처럼 비참한 기분을 느끼지는 않았다. 물론 겁에 질려 오줌을 싸지도 않았다.

만일 호랑이가 해칠 의사가 있었다면 그를 얼마든지 물어뜯을 수가 있었을 것이다. 그 생각을 하자 그는 더욱 자신이 초라하게 여겨졌다. 왜 그놈은 나를 공격하지 않았을까. 이 얼빠진 놈을 왜 해치지 않았을까.

해칠 의사가 없었다면 그놈은 나를 한낱 장난감처럼 가지고 놀았던 게 아닐까. 그것도 모르고 나는 겁에 질려 오줌까지 줄줄 싸면서 권총을 마구 쏘아 댔다. 만일 권총이 없었다면 지금쯤 기절해서 쓰러져 있겠지.

그는 텐트 속으로 기어들어 가 비참한 기분으로 바지와 팬티를 벗고 다른 것으로 갈아입었다.

자리에 누웠지만, 호랑이에게 한바탕 시달린 끝이라 잠이 올 리가 없었다. 자신이 호랑이에게 홀려 한동안 혼이 빠져 있었다고 생각하니 모든 의욕이 한꺼번에 눈 녹듯이 사라져 버렸다. 그런 주제에 오현미를 어떻게 찾겠다는 것이냐. 그는 자신을 힐책하면서 거듭 괴로운 한숨을 토해냈다.

이번으로 그는 호랑이를 두 번 만난 셈이었다. 장재인 부자가 말한 대로 이 지리산에 호랑이가 한 마리밖에 없다면 그는 같은 호랑이로부터 두 번이나 목숨을 건진 셈이 되는 것이다. 그 늙은 호랑이가 그를 해칠 의사가 없었기 때문에 그가 살아났다고 보는 편이 옳을 것이다.

그러나 그가 생각하기에 두 번째의 경우에는 호랑이가 상당히 위협적으로 나온 것이 틀림없었다. 다시 말해 위세를 보임으로써 그에게 단단히 겁을 주었다고 보는 것이 옳을 것이다. 겁을 주었다는 것은 무슨 뜻일까.

그는 그 문제에 대해 골똘히 생각해 보았다. 그리고 다음과 같은 결론에 도달했다. 산은 네가 돌아다닐 만한 곳이 아니다. 수색을 그만두고 빨리 내려가거라. 호랑이가 하고 싶은 말은 아마 이와 같았을 것이다.

잠을 설친 조 형사는 날이 새자마자 비상식량으로 아껴 둔 라면 두 개를 끓여 먹었다. 통조림도 한 개 먹어 치웠다. 오래 굶은 뒤에 먹은 맛인지 꿀맛 같았다.

식사 후 텐트를 걷어 내고 짐을 꾸리기 시작했다. 하산할 생각이었다.

도전은 완전히 실패로 끝났다. 더는 산에서 방황하다가는 호랑이의 밥이 될 것 같았다. 초라한 모습으로 산에서 내려갈 것을 생각하니 수치심으로 얼굴이 화끈거렸다. 그를 비웃을 사람들의 얼굴이 떠올랐다.

"거 보라구, 내가 뭐라고 그랬는가. 혼자서 사람을 찾겠다고 산 속에 들어가는 사람이 어디 있어. 보나마나 흔적도 발견하지 못했겠지. 쯧쯧쯧."

"우리는 오히려 자네가 죽어서 돌아올까 봐 걱정했었지. 무사히 돌아와서 정말 다행스런 일이야. 목욕이나 하고 푸욱 쉬라구. 그리고 그 사건은 깨끗이 잊어."

돌아가자마자 그들은 이렇게 지껄일 것이다.

그러한 소리들을 들으며 모욕을 감수해야 할 것을 생각하니 돌아가고 싶지가 않았다. 그렇다고 산 속에 남아 짐승을 잡아먹는 사냥꾼이 될 수도 없는 노릇이었다. 애초에 오현미를 찾겠다고 산 속에 들어온 것부터가 잘못이었는지도 모른다.

"오현미는 죽었다! 죽었어!"

"그럼 피리 소리는?"

"그건 환청이었어!"

그는 편리할 대로 단정을 내려 버렸다. 그것이 차라리 속이 편할 것 같았다. 이제 하산하면 두 다리를 쭉 펴고 마음대로 잘 수 있을 것 같았다.

배낭을 짊어 멘 그는 주위를 한 번 둘러보고 나서 그곳을 떠났다. 아침 해가 막 산등성이 위로 떠오르고 있었다.

이슬을 털며 나뭇가지를 헤치고 앞으로 걸어가는데 무엇이 발에 툭 걸렸다. 밑을 내려다본 그는 소스라치게 놀랐다.

"어!"

놀랍게도 그것은 엽총이었다. 다름 아닌 억구의 엽총이었다. 불길한 예감이 번개처럼 머리를 스치고 지나갔다. 이게 왜 여기에 떨어져 있을까. 잘못하여 잃어버리고 못 찾은 것일까. 이젠 사냥을 포기하고 산을 내려가 살겠다고 버린 것일까.

포기했을 리가 없다. 잃어버렸을 리도 없다. 사냥꾼에게 있어 총은 목숨과도 같은 것이다.

무슨 사고가 일어난 것이 틀림없다. 도망친 줄 알았는데 그게 아닌 것 같았다.

모골이 송연해진 조 형사는 엽총을 집어 들고 두리번거렸다. 총에는 실탄이 들어 있었다. 한 방도 쏘지 않았는지 탄실 가득 들어 있었다.

마침내 그의 눈에 무엇인가 걸리는 것이 있었다. 뚜렷하지는 않았지만, 관목 숲 저쪽의 균형이 깨진 것 같았다. 풀과 나무가 흩어져 있고 숲 속에 무엇인가가 흩어져 있는 것 같았다. 그는 배낭을 내려놓고 총구를 앞으로 한 채 허리를 굽히고 조심스럽게 그쪽으로 다가가 보았다.

아마 다른 사람이었다면 비명을 질렀을 것이다. 그러나 조 형사는 다만 낮은 신음만 토했다.

실로 눈앞에 벌어져 있는 것은 소름 끼치는 광경이었다. 그는 전율했다. 총을 쥐고 있는 손이 부르르 떨리고 있었다. 억구는 하늘을 보고 누워 있었는데 온통 여기저기 살점이 뜯겨 나가 얼굴을 알아보기 어려울 정도였다.

목은 거의 잘리다시피 되어 있었고, 복부는 헤쳐져 내장이 온통 밖으로 흘러나와 있었다. 시체 주위에는 피가 잔뜩 말라붙어 있었고 손바닥만 한 발자국들이 어지럽게 찍혀 있었다. 직감으로 호랑이의 습격을 받았다는 것을 알 수 있었다.

그러니까 억구는 밤중에 텐트에서 빠져나와 집으로 돌아가다가 호랑이의 기습을 받은 것 같았다. 그렇지만 호랑이가 내장을 파먹은 것 같지는 않았다.

호랑이가 억구를 물어 죽인 다음 사라지자 늑대들이 피 냄새를 맡고 달려든 게 아닐까. 그는 어젯밤 늑대들의 울음소리가 유난히도 요란스러웠던 것을 기억했다.

몸을 돌린 그는 허리를 구부리면서 토하기 시작했다. 견딜 수 없을 정도로 고통스러웠다. 속에 있는 것을 모두 토해내고서야 겨우 숨을 돌릴 수 있었다. 허리를 편 그는 눈물을 흘리면서 담배를 피워 물었다.

담배 한 대를 피우고 나서 또 담배에 불을 붙였다. 손끝이 계속 떨리고 있었다. 이를 어쩌면 좋단 말인가. 억구가 그를 따라오지 않았다면 이런 변을 당하지 않았을 것이다. 결과적으로 나를 도와주려다가 변을 당한 것이다.

무거운 책임감이 가슴을 짓눌러 왔다. 장재인의 얼굴이 떠올랐다. 아들의 죽음을 알게 되면 노인은 어떻게 나올까. 내 아들을 살려내라고 달라붙을까.

그렇지는 않겠지. 생과 사를 초월한 사냥꾼이 아닌가. 상황 설명을 들으면 이해하겠지.

억구는 별로 말이 없는 무뚝뚝한 사내였다. 사람 접촉이 없이 외롭게 사냥질하며 사는 사람이라 성격이 부드럽지 못하여 거칠고 딱딱할 수밖에 없었다. 비록 그런 사내이긴 했지만, 그와 함께 며칠 지내는 동안 조 형사는 그에게서 사내다운 매력과 정을 느꼈던 것이 사실이었다.

조 형사는 무릎을 꿇으며 억구의 차가운 손을 잡았다. 차마 그의 시체를 똑바로 보지 못하고 외면한 채 명복을 빌어 주었다.

"잘 가시오, 억구 씨. 나를 원망하시오, 내가 이 산 속에 들어오지 않았으면 아직도 평화롭게 살 수 있을 것인데……."

늙은 사냥꾼의 죽음

조 형사는 억구의 시체를 놓고 어떻게 처리해야 할지를 몰라서 몹시 난감해했다. 엉망이 되어 버린 이 시체를 어떻게 하면 좋단 말인가. 슬퍼하는 것은 다음 문제였다.

무엇보다 먼저 억구의 죽음을 그의 아버지인 장재인 노인에게 알려야 했다. 노인은 불구의 몸이라 손수 시체를 거두지는 못할 것이다. 따라서 당연히 조 형사 자신이 시체를 둘러메고 노인을 찾아가는 것이 도리일 것이다.

그러나 그게 쉬운 일이 아니었다. 배낭과 함께 무거운 시체를 둘러메고 달궁까지 간다는 것은 거의 불가능한 일이다. 지게 같은 것이라도 있으면 또 모른다. 그런 것도 없이 어떻게 시체를 달궁까지 운반한단 말인가. 달궁까지의 거리도 만만치가 않았다. 한나절은 족히 걸리는 거리일 것이다.

그러나 그를 가장 난처하게 한 것은 시체가 짐승들에 의해 참혹하게 훼손되었다는 점이었다. 그런 시체를 차마 직접 거둘 수가 없었다. 너무 끔찍해서 어디서부터 손을 대야 할지 그는 도무지 막막하기만 했다.

생각 끝에 그는 시체를 우선 임시로 매장하기로 했다. 그밖에는 달리 방법이 없는 것 같았다. 묻어 두고 노인에게 알려주면 알아서 처리할 것이다.

그는 담배 한 대를 피우고 나서 작업에 들어갔다. 배낭에서 야전삽을 꺼내 땅을 파기 시작했다. 심사가 사나워지고 억구가 너무 안됐다 싶어 견딜 수가 없었다. 억구가 죽은 것이 순전히 자기 자신 때문인 것 같았다. 그의 죽음에 대한 책임을 면할 길이 없을 것 같았다.

깊은 산 속에서 외롭게 사냥만 하던 사나이가 맹수에게 물려 죽다니!

어쩌면 그는 갈 길을 갔는지도 모른다. 결국, 언젠가는 맹수에게 물려 죽을 운명을 타고났으니까 그렇게 당했을 것이다. 외로운 죽음이었고 그 다운 죽음 같았다.

죽은 사람은 그렇다 치고, 불구자로 남아 있는 재인 노인이 너무 불쌍한 처지가 됐다. 아들의 죽음을 알면 노인이 얼마나 슬퍼할까. 마지막 남은 혈육을 그런 식으로 잃었으니 얼마나 애통한 심정이겠는가.

호랑이는 복수한 셈이었다. 아내를 잃고 복수에 불타 울부짖던 호랑이는 억구를 죽임으로써 마침내 재인에게 또 한 번의 복수를 한 셈이다. 손주를 물어 가고 아들을 죽인 것이다. 복수의 직접 대상인 재인은 아직 죽이지 못했지만, 병신이 되었으니 이젠 복수를 모두 마쳤다고 해도 될 것이다.

호랑이의 그 무서운 집념에 조 형사는 놀라운 마음을 금할 수 없었다.

조 형사는 야전삽으로 적당히 땅을 판 다음 잔나무 가지들을 꺾어 바닥에다 수북이 깔았다. 그런 다음 다 떨어진 신발을 벗기고 시체를 구덩이 속에 눕혔다. 시체 위를 다시 나뭇가지로 덮었다. 그것이 끝나자 흙으로 구덩이를 메우고 흙을 쌓아 조그만 무덤을 만들었다. 무덤 위에 억구의 농구화를 올려놓았다. 자신도 모르게 눈물이 나왔다.

부모님이 돌아가셨을 때 외에는 거의 눈물을 흘려 보지 않았던 조 형사는 자기도 모르게 흘러내리는 눈물에 약간 놀랐다. 가만히 억구의 무덤을 내려다보니 인생이 너무 허무하다는 생각이 들었다.

"잘 가시오, 억구 씨. 정말 미안하게 됐소. 나 때문에 이렇게 당했으니……, 뭐라고 말할 수가 없구료."

그는 무덤 곁에 주저앉아 중얼거렸다. 술이라도 한 잔 있으면 무덤 주위에 뿌려 주고 싶었으나 어젯밤 조금 남은 것을 모두 마셔 버려 한 방울도 없었다. 자신도 한 잔 마시고 더 많은 눈물을 흘리고 싶었다.

이상하게도 호랑이에 대한 저주스러움이나 증오감이 일지 않았다. 호랑이와 늙은 사냥꾼 재인, 양자의 싸움에 끼어들고 싶지가 않았다. 그것은 그가 상관할 일이 아닌 것 같았다.

억구의 무덤 위치를 재삼 확인한 다음 그는 배낭을 지고 일어났다. 이제 내려가려던 계획을 바꾸어야 했다. 억구의 죽음을 그의 아버지에게 알려주어야 했기 때문이다.

달궁에 닿았을 때 그곳에는 이미 땅거미가 내리고 있었다. 조형사는 집이 아래로 내려다보이는 바위 옆에 배낭을 내려놓고 걸터앉아 잠시 쉬기로 했다.

담배를 피워 문 조 형사는 지난 며칠간의 일을 떠올렸다. 야수에게 총을 쏜 일, 억구의 실종, 다시 나타난 호랑이, 시체의 발견 등 사건의 연속이었다.

노인을 어떻게 대할 것인가. 결과적으로 나 때문에 노인의 아들이 죽지 않았는가.

조심스럽게 다가갔는데도 노인은 인기척을 느꼈는지 방안에서 물었다.

"뉘시오?"

자기 아들의 인기척과는 다르다는 것을 느낀 것 같았다.

"접니다. 조 형사입니다."

그는 발길을 돌려 도망치고 싶은 것을 눌러 참았다. 차마 노인을 마주 대할 수가 없을 것 같았다.

"어서 오시오. 어째 혼자다요?"

방안에 있으면서도 밖에 조 형사만 서 있다는 것을 훤히 알고 있는 눈치였다. 조 형사는 더는 뭐라고 말할 수가 없었다. 그가 머뭇거리고 있는데 문이 벌컥 열렸다.

노인의 허연 모습이 나타났다. 그의 형형한 눈빛이 조 형사의 어깨 위에 걸려 있는 엽총에 머물렀다. 일순 노인의 얼굴 위로 짧은 경련이 스치고 지나갔다. 조 형사는 그 자리에 선 채 꼼짝하지 못하고 노인을 바라보았다.

"그 애한테…… 무슨 사고가 났나요?"

노인의 허연 수염이 떨리고 있었다.

"네, 그만……."

노인은 밖으로 나왔다. 조 형사가 배낭을 내려놓고 부축해 주려고 하자 그는 뿌리쳤다. 목발을 짚고 일어서는데 쓰러질 듯 비틀거렸다.

"어쩌다가 그 애가……?"

조 형사는 고개를 숙였다.

"뭐라고 말씀드릴 수가 없습니다."

노인의 목쉰 소리가 다시 들려왔다.

"죽었는가요?"

"네……."

조 형사는 노인의 시선과 마주칠까 봐 조심했다. 죽을죄를 지은 죄인의 심정인들 이렇게 난감하겠는가.

"어디 있는가요?"

"혼자 힘으로는 안 돼서……."

"묻었단 말인가요?"

"예, 능선 위에……. 업고 내려올까 했는데 배낭도 있고 해서…… 죄송합니다."

벼락같은 소리가 떨어질 것 같았는데 그렇지가 않았다. 감정을 억제한 몹시 쉰 한숨 소리가 들려왔을 뿐이다.

"허……!"

노인은 허공을 바라보았다. 새떼가 능선을 넘어가고 있는 것이 보였다.

두 사람은 무거운 침묵을 안고 한동안 서 있었다. 노인이 입을 다물고 있으므로 조 형사도 그러고 있을 수밖에 없었다.

"어떻게 죽었는가요?"

비로소 노인이 고개를 돌려 조 형사를 바라보았다. 조 형사는 가슴이 찢어지는 것 같았다.

"어제 아침에 일어나 보니…… 아드님이 아무데도 보이지 않았습니다. 밤새에 집으로 돌아가 버린 줄 알았습니다. 소리쳐 부르고 찾아보았지만 보이지 않았습니다. 그래도 혹시나 하고 어제 하루 동안 천막 속에 앉아 기다렸지만 나타나지 않았습니다. 그래서 오늘 일어나자 저도 수색을 포기하고 하산하려고 했는데…… 도중에……."

"도중에 어쨌단 말인가요?"

"아드님의 시체를 발견했습니다."

"누가 죽였단 말인가요?"

"아마 호랑이에게 당한 모양입니다. 집으로 돌아오다가 당한 것 같았습니다."

"대호가…… 그놈이……."

그렇게 중얼거리는 노인의 전신이 부들부들 떨렸다. 증오에 찬 목소리였다.

"보지 못해 확실히 말씀드릴 수는 없지만…… 주위에 호랑이 발자국 같은 것이 있었습니다. 그놈은 어젯밤 저한테도 나타났습니다. 불을 켜고 저를 노려보다가 빙빙 돌면서 혼을 빠지게 했습니다."

"그놈이…… 그럴 수가…… 결국 그놈이……."

노인의 몸이 흔들리는 것 같더니 옆으로 힘없이 쓰러졌다. 조 형사는 황급히 노인을 부축해 일으켰다.

"안으로 들어가시죠."

"괜찮소. 그놈이…… 대호가……."

"모든 게 제 탓입니다. 저 혼자 행동했다면 그런 변을 당하지 않았을 건데…… 정말 뭐라고 위로의 말씀을 드려야 할지 모르겠습니다."

"당신은 상관이 없소!"

노인은 소리를 버럭 지르고 나서 발로 땅을 한 번 찼다. 그리고 가래를 칵하고 긁어모으더니 퉤 하고 뱉었다.

"아닙니다. 제 잘못입니다."

노인은 못마땅한 듯 조 형사를 한 번 쳐다보더니 물었다.

"그런디 억구가 밤에 왜 살짝 없어졌지요?"

"글쎄요. 저도 그걸 모르겠습니다. 식량도 다 됐고 하니까, 미안해서 말은 못하고…… 살짝 떠난 것이 아닌가 하고 생각해 봤습니다만……."

"아니, 우리 애는 그런 애가 아니요. 의리 없이 말도 안 하고 떠날 애가 아니구만요. 나는 그렇게 가르치지 않았구만요. 식량이 떨어졌다고 하니 여기 와서 먹을 것 좀 가져가려고 했던 것 같구만요."

"아, 그랬었군요. 이제 이유를 알 것 같습니다."

조 형사는 노인의 비위를 상하지 않게 조심스럽게 맞장구를 쳐주었다.

"내 아들 묻어 둔 데를 가르쳐주시오! 내 두 눈으로 봐야겠소이다."

조 형사는 당황했다.

"안 됩니다. 그런 몸으로는 가실 수 없습니다. 길이 몹시 험합니다."

"무슨 소릴 허능기요! 평생을 산 속에서 살아온 몸이오. 기어서라도 갈테닝께 가르쳐주시오."

노인의 고집은 완강했다.

"알겠습니다. 그러나 오늘은 안 됩니다. 벌써 날이 저물고 있어서 안 됩니다."

"상관 마시오!"

아들을 잃은 노인의 심정이 얼마나 애통하리라는 것은 충분히 짐작이 가고도 남았다. 그러기에 조 형사는 노인을 대하기가 더욱 어려웠다.

그가 한사코 만류했지만, 노인은 듣지 않았다. 아들을 묻어 둔 곳에 가야겠다고 자꾸만 고집을 피웠다.

"어두워서 제가 길을 찾을 수가 없습니다. 날이 새면 모시고 갈 테니까 오늘밤은 그대로 계십시오."

노인은 한동안 허공만 바라보더니 한숨을 한 번 쉬고 나서 겨우 고집을 꺾었다.

"미안허우. 고집을 부려서……. 대호가 어젯밤 여기도 왔었구만요. 이 집을 뱅뱅 돌면서 밤새 울다가 갔구만요. 그 울음소리가 심상치 않다고 생각했는데 기어코……."

"그 나쁜 놈의 호랑이가 여기도 왔었군요."

"그렇구만요. 놈이 내 아들까지 죽일 줄은 몰랐구만요. 억구란 놈도 잘못했지. 깊은 밤중에 홀로 나서다니…… 아이고…… 아이고……."

"아무리 밤이라도 그놈에게 그렇게 당하다니…… 총을 들고 쏘지도 못했던 것 같았습니다."

노인은 목발을 내던지고 땅바닥에 털썩 주저앉았다. 그리고 목 놓아 통곡하기 시작했다.

"아이고…… 아이고…… 아이고……… 이놈, 대호야! 이 늙은 것을 해칠 것이지 왜 내 아들을 해쳤냐? 네가 노망했구나! 노망했어! 이리 나오너라! 이제 우리 둘만 남았으니 단판에 승부를 가리자! 이 나쁜 놈! 이 천하에 악한 놈! 아이고…… 아이고…… 아이고……."

땅을 치고 통곡하는 노인의 모습은 처절했다. 깊은 산 속에 혼자 남은 불구의 늙은 사냥꾼. 일찍이 조 형사는 그렇게 외로운 사람의 울음소리를 들어본 적이 없다.

노인의 통곡 소리는 달궁의 적막을 흔들어 놓으면서 밤하늘로 멀리 퍼져 나갔다. 산짐승들도 놀랐는지 잠잠했다. 감히 접근해서 위로할 엄두가 나지 않아 조 형사는 어둠 속에 가만히 웅크리고 앉아 담배만 피워 댔다.

아마 서너 시간은 족히 지났으리라. 노인은 그제야 울음을 그치고 조 형사에게 사과했다.

"손님을 내버려두고 내가 너무 실례가 많았구만요. 용서해 주시오."

"아, 아닙니다. 전 괜찮습니다."

노인은 처마 밑에 등불을 내다 걸었다. 그리고 방 문턱에 걸터앉아 하염없이 어두운 허공을 바라보았다. 조 형사도 억구가 사용하던 방 문턱에 걸터앉아 밤하늘을 바라보았다.

그날 밤 따라 달이 크게 떠 있고 별들이 무수히 많이 보였다. 맑고 상쾌한 밤이었다.

그날 밤엔 호랑이 울음소리가 들려오지 않았다.

꼬박 밤을 밝힌 그들은 동이 트는 것과 함께 길을 떠났다. 앞 아서 밤을 새웠기 때문에 조 형사는 몹시 피곤했다.

노인은 어깨에 엽총을 걸고 목발을 짚으며 조 형사의 뒤를 따라왔다. 땀을 뻘뻘 흘리며 따라오는 그 모습이 측은해서 조 형사가 몇 번 업고 가겠다고 했지만, 노인은 완강히 거절했다. 허긴 산에 익숙하지 못한 조 형사가 사람을 업고 산에 오른다는 것은 쉬운 일이 아닐 것이다. 금방 지쳐서 쓰러질 것이다.

자연히 속도가 매우 느릴 수밖에 없었다. 노인은 자주 넘어졌다. 그럴 때는 미안한 표정을 지으면서 다시 재빨리 일어나 따라오는 것이었다.

도중에 점심때가 되어 라면을 끓였지만, 노인은 입에도 대지 않았다. 할 수 없이 조 형사가 모두 먹느라고 배가 너무 불렀다. 그들은 다시 길을 떠났다.

그들이 억구를 묻은 곳에 도달한 것은 해가 서서히 서쪽으로 기울기 시작한 오후 5시경이었다.

노인은 조그만 흙 무덤 위에 놓여 있는 아들의 농구화를 집어 들더니, 그것을 가슴에 껴안고 통곡했다.

그가 울음을 그치기를 기다려 조 형사는 이렇게 말했다.

"시신이 많이 훼손됐습니다. 아마 짐승들이 밤새에 훼손한 것 같았습니다. 웬만하면 시신을 보지 마십시오. 보여 드리고 싶지 않습니다."

"아니오. 보고 싶소이다. 내 아들인디 안 볼 수 있소? 봐야 속
이 풀릴 것 같구만요."

노인은 조 형사의 야전삽을 들려고 했다.

"안 보시는 게 좋을 겁니다. 너무 참혹해서⋯⋯."

"그래도 여기까지 왔는데⋯⋯."

노인은 중얼거리다가 그의 의견에 따르겠다는 듯 고개를 끄
덕거렸다.

"할 수 없제. 보면 뭐 허겄소. 그냥 놔두시오."

"이대로 두시겠습니까? 아니면 나중에 다른 곳으로 옮기시겠
습니까?"

"나중에 누가 허겄소. 다 늙은 다리병신이 헐 수도 없고⋯⋯.
이대로 여기다 그냥 놔두는 수밖에 없구만요. 여기가 그놈 묻혀
있을 땅인갑구만요."

노인은 자조적으로 말했다.

"그럼 흙을 더 덮도록 하지요."

조 형사는 옷을 벗어부치고 흙을 퍼다 나르고 노인은 손바닥
으로 흙을 다지면서 연신 눈물을 흘렸다.

"고생을 시켜 드려서 미안하구만요."

"무슨 말씀을⋯⋯."

그것은 누가 보기에도 기묘한 광경이었다.

날이 어두워져서야 그들은 일을 끝낼 수 있었다.

조 형사는 억구의 묘 옆에다 텐트를 치고 저녁 식사 준비를 했다. 노인의 집에서 퍼 온 양식이 있어서 그것으로 밥을 했다. 마지막 남은 비상식량은 꺼내지 않아도 됐다.

노인은 아무것도 입에 대지 않았다. 점심도 걸렀기 때문에 무척 시장할 것인데, 조 형사가 아무리 권해도 숟갈을 들지 않았다. 하는 수 없이 조 형사 혼자 식사를 했다.

노인이 텐트 속으로 들어오지 않고 무덤 곁에만 앉아 있었으므로 조 형사는 모닥불을 피워 주었다. 죽은 나뭇가지들이 많았기 때문에 모닥불을 피우기는 아주 손쉬웠다.

두 사람은 모닥불을 사이에 두고 앉아서 나무가 타는 것을 바라보고 있었다. 문득 조 형사는 노인의 앞날이 걱정되었다.

저 노인은 앞으로 어찌될까. 한쪽 다리가 없어 사냥도 못 다닐 것이고, 그렇다고 곁에서 돌봐 줄 사람이 있는 것도 아니다. 그야말로 외롭고 불쌍한 신세가 되어 버린 것이다. 어떻게 살아갈까. 남의 일 같지가 않아 그는 안타까웠다.

불빛에 비친 노인의 표정은 절망적인 고독과 슬픔 바로 그것이었다. 이마에 깊이 팬 주름 골은 한 번도 펴지지 않았다. 그의 얼굴은 석고처럼 단단히 굳어 있었다. 그런 모습으로 그 자리에 굳어져 버릴 것 같았다.

"앞으로 어떻게 하시겠습니까?"

참다못해 조 형사가 물어보았다. 그러나 노인은 아무 반응이 없었다.

"달궁에서는 이제 더 못 사십니다. 세상에 나가서 살도록 하시지요."

"……."

"제가 힘이 닿는 대로 도와드리겠습니다."

"……."

"저도 마침 혼자 살고 있으니까…… 함께 살아도 됩니다. 잘 모시겠습니다."

"……."

노인의 표정이 조금 움직였다. 조 형사는 자신의 무책임한 말을 후회했다. 자신의 그런 말이 어쩐지 의례적이고 천박스럽게 느껴졌다. 그 말을 지킬 수 있을지 자신할 수 없었다.

"제가 너무 실례되는 말을 한 것 같습니다."

조 형사는 곧 사과했다. 노인은 무겁게 고개를 저었다.

"말씀은 고맙지만…… 내 걱정은 허지 않아도 좋구만요. 나야…… 어떻게든 살아가겠지요. 이 나이에 내가 여기를 떠나 무얼 허겠소."

"무엇보다 외로워서 견디기 힘들 텐데요."

"살믄 얼마나 살겠소? 5년을 더 살겠소, 10년을 더 살겠소. 외로움 같은 것은 문제도 아니구만요."

"그래도 혼자라는 게……."

"고기가 물을 떠나 살 수 없듯이 나는 이 지리산을 떠나서는 살 수 없을 거요. 내가 어디를 가서 살겠는가요? 내가 노망을 해도…… 이 산은 나를 멸시허지는 않을 거구만요. 외롭기는 허겄지만 산에서 살 수 밖에 없구만요."

"이해할 수 있을 것 같습니다."

"고맙소이다, 조 선생."

노인의 결심은 굳은 것 같았다. 혼자서라도 꿋꿋이 살아갈 것으로 보였다. 그때까지만 해도 그렇게 생각하고 조 형사는 입을 다물어 버렸다.

밤이 깊어 가고 있었다.

노인이 자려고 들지를 않아 조 형사도 모닥불 곁에서 밤을 지새우고 있었다. 그런데 시간이 흐름에 따라 조 형사는 너무 피곤했으므로 끄덕끄덕 졸았다.

그는 불안한 꿈을 꾸었다. 자신이 피리 소리를 따라가다가 벼랑 밑으로 굴러떨어지는 꿈이었다. 한없이 밑으로 떨어지는데, 갑자기 하늘에서 벼락이 떨어졌다. 천지가 무너지는 듯 한 소리가 났다.

그는 소스라치게 놀라 눈을 떴다. 그리고 몸을 벌떡 일으켰다.

노인이 피투성이가 되어 쓰러져 있었다. 그 옆에 엽총이 뒹굴고 있었다.

그는 모닥불을 뛰어넘어 노인을 부둥켜안았다.

"이게 무슨 짓입니까?"

노인의 가슴은 이미 검은 피로 흥건히 젖어 있었다. 가슴에 대고 방아쇠를 당긴 것 같았다.

"왜 호랑이와 싸우지 않고 이렇게……."

"허, 그거야…… 내가 졌구만요. 대호 그놈에게 내가 졌단 말이오. 이제 내가 그놈 대호와 어떻게 싸우겠는가요. 당하기만 헐 뿐이지."

"그렇지만 자살을 하시다니……."

"다 죽었는디 나만 살아서 뭐 허겄는가요. 대호, 그놈을 원망허지는 않는구만요. 애초에 내가 잘못했으니까."

"……."

"젊은 양반, 미안하오. 수고스럽지만…… 나를 내 아들 곁에 좀 묻어 주실 수 있겠는가요?"

노인은 헐떡거리며 말했다.

조 형사는 눈물이 핑 돌아 얼른 대답을 못하고 고개를 끄덕거리기만 했다.

"……알……알겠습니다. 염려 마시고 가십시오."

조 형사는 노인이, 늙은 사냥꾼이, 지리산 명포수가 숨을 거둘 때까지 부둥켜안고 있었다.

노인은 5분쯤 지나 숨을 거두었다. 조 형사는 노인의 눈을 감겨 준 다음 그를 땅위에 내려놓았다.

노인의 유언은 아들 곁에 묻어 달라는 것뿐이었다.

그는 아들 곁에 묻히기 위해 스스로 목숨을 끊은 것이다. 그 길밖에 다른 길이 없었을까. 조 형사가 떠난 뒤에 죽으면 묻어 줄 사람도 없을 것 같아 자살했는지도 모른다.

산짐승들의 먹이가 되고 싶진 않았을 것이다. 땅에 묻히지 못하면 원혼이 산 속을 헤매기만 할 뿐 하늘로 올라가지도 못할 것이다.

그래. 노인이 죽은 이유는 바로 그것이다.

조 형사는 모닥불 위로 나무토막을 던지면서 이마에 흐르는 땀을 손등으로 닦았다. 갑자기 재인 부자의 죽음에 부딪힌 그는 정신을 차릴 수가 없었다.

날이 밝아질 때까지 그는 모닥불 곁에 앉아 노인의 시신을 지켰다. 또 늑대 떼들이 달려들지 몰랐기 때문이었다.

하산(下山)하다

　조 형사는 재인의 유언에 따라 그를 아들 곁에 묻어 주었다. 봉분을 만드는 동안 내내 꿈을 꾸고 있는 것 같은 기분이었다. 사람을 찾으러 산에 올랐다가 사냥꾼 부자 두 사람의 묘를 만들어 주게 되었으니 참으로 묘한 기분이었다.

　일을 대충 끝낸 다음 땀을 닦으면서 두 개의 붉은 무덤을 보고 있자니 너무 허무한 생각이 들었다. 사냥꾼 부자의 일생이 더없이 가련하게 생각되었다.

　두 개의 임자 없는 무덤은 앞으로 어찌 될까. 잡초에 덮인 채 자꾸만 낮아지다가 나중에는 형체마저 사라져 버리겠지. 벌초도 해주고 술도 따라 줄 후손 하나 없는 무명의 묘가 되어 버렸으니 너무 허무하다는 생각이 들었다.

　그는 너무 지쳤고 허탈에 빠졌다.

나무에 기대앉아 하늘을 올려다보았다. 구름 한 점 없이 푸르다. 이름 모를 산새 두 마리가 날개를 푸득이며 날아간다. 어디선가 노랑나비 한 마리가 날아와 그의 무릎 위에 살포시 내려앉는다. 숨을 죽이고 나비를 바라본다. 몹시 외로운 모양이다. 계속 날개를 접었다 폈다 하고 있다. 그가 무릎을 조금 움직이자 나비는 놀란 듯이 하늘로 높이 날아오른다.

오현미는 어찌됐을까. 어디에 숨어 있을까. 두 사람의 죽음 때문에 며칠 잊고 있던 현미 양 생각이 떠올랐다. 궁금했지만 더는 찾고 싶은 의욕이 일지 않았다. 그는 정말 지쳐 있었다. 심신이 너무 피곤했다.

하산하기로 마음을 결정하고 짐을 모두 꾸렸을 때는 이미 석양 녘이었다.

사냥꾼 부자의 묘지에 하직을 고하고 드디어 산에서 내려가기 시작했다. 입산한 지 꼭 12일 만이었다.

큰소리치고 올라왔다가 아무 소득도 올리지 못하고 돌아가려니까 발길이 무거웠다. 조 형사는 몹시 기다리고 있을 동료 생각을 그제야 했다.

일단 하산 길로 접어들자 그는 미친 듯이 달리듯 내려갔다. 상상할 수 없는 빠른 속도였다.

해가 지자 바로 어둠이 밀려왔다. 산 속이라 어둠이 지는 것이 빨랐다. 배가 고파 밥을 해먹고 싶었지만, 마음이 조급한데다 너무 늦어 그만두었다.

곧 달이 떴다. 그는 달빛을 등에 지고 부지런히 걸었다. 부엉이, 늑대, 여우 같은 산짐승들이 여기저기서 울어대고 있었다. 혹시 호랑이가 나타날지 몰라 신경을 곤두세우고 걷자니 더욱 힘들었다. 어깨가 뻐근하고 다리가 무거웠다.

그는 쉬지 않고 걸었다. 땀이 비 오듯이 흘러내렸지만 닦을 생각도 하지 않은 채 정신없이 걸음을 옮겼다.

그렇게 꼬박 다섯 시간을 걸은 뒤, 멀리 산 아래로 불빛이 보였다. 그는 비로소 몸을 굽혀 계곡물을 벌컥벌컥 들이켰다. 물을 마신 뒤 세수를 하고 잠시 쉬었다.

다시 내려가기 시작한 지 30분 후에 그는 최초의 마을을 지났다. 자정이 다 된 시각이었다.

다음 마을에서 그는 통제를 받았다. 지서 순경이 검문하려다가 그를 알아보고 깜짝 놀라는 표정을 지었다.

"아니, 조 형사님이 아니십니까?"

그의 몰골이 하도 험해서 쉽게 알아보지 못한 것 같았다. 조형사는 고개를 끄덕였다.

"지금 산에서 내려오시는 겁니까?"

"네, 그렇소."

"이 밤중에 말입니까?"

"그래요."

순경의 눈이 놀란 표정을 지었다.

"대단하십니다. 무서워서 어떻게……. 그건 그렇고 본서는 야단났습니다."

"야단이라니요?"

"조 형사님이 실종된 줄 알고 내일쯤 수색에 나서려던 참이었습니다."

"내가 실종되었다구?"

"네."

"허허……."

조 형사는 너무 어이가 없어 웃었다. 그러나 사태가 시끄러워진 데 대한 책임은 면할 수 없을 것 같았다.

순경의 설명에 의하면 그가 돌아오지 않자 2~3일 전부터 소동이 났었다는 것이다. 주재 기자가 눈치를 채고 그가 혼자 입산한 후 소식이 끊어졌다고 집중적으로 보도하는 바람에 문제가 더욱 시끄러워지게 된 모양이었다.

"신문은 형사 한 사람을 산 속에 들여보냈다는 사실을 놓고 마구 비판하는 기사를 실었습니다. 어떻게 그럴 수 있느냐는 거였습니다. 그리고 십중팔구 조 형사님도 살아 있을 가능성이 희박하다고 했습니다. 도경에서는 감사반이 나오고, 서장님은 상부로부터 야단을 맞은 모양입니다."

대충 이야기를 듣고 난 조 형사는 처음에는 어리둥절했다가 나중에는 언짢은 기분이 들었다.

본서로 연락해서 차를 부르겠다는 순경의 제의를 뿌리치고 그는 읍 쪽으로 걸어갔다. 다리가 아팠지만 걷고 싶었다. 거기서 읍까지는 걸어서 한 시간 거리였다.

20분쯤 걸었을 때 어둠 저쪽에서 자동차의 헤드라이트가 나타났다. 한 대가 아닌 두 대였다. 지서 순경의 연락을 받고 자기를 마중 나오는 것으로 생각한 그는 그들 눈에 띄지 않게 길을 벗어나 논 가운데로 들어갔다.

떠들썩하게 서에 돌아가기는 싫었다. 내일 아침 조용히 서장에게 보고하고 야단을 맞아도 맞을 생각을 했다.

잠시 후 경찰 순찰차와 신문사 차가 쏜살같이 지나쳐 갔다. 지서까지 갔다가 되돌아오는 것일 게다. 그는 차도를 피해 냇가의 둑을 타고 걸어갔다.

그는 몹시 피로했다. 그래서 사람을 만나는 것이 귀찮았고, 우선 잠이나 실컷 자고 싶었다.

한 시간 후 읍에 도착한 그는 아무래도 하숙집에 동료 직원들이 몰려와 있을 것 같아 거기에 가지 않고 근처에 있는 여관을 찾아들었다.

그 여관 주인은 그가 아는 사람이었다. 자다 깨어난 주인은 그의 몰골을 보고 깜짝 놀라는 표정을 지었다.

"조 형사님, 이 밤중에 웬일이십니까? 그렇지 않아도 소문을 듣고 걱정했었는데……."

조 형사는 손을 저었다.

"다음에 이야기합시다. 나 지금 피로해서 잠을 좀 자야 하니까. 방이나 하나 주시오."

"서에 연락할까요?"

"전화해 두었으니 놔두시오. 누가 오면 없다고 하시오. 아무 데도 연락 말아요."

조 형사는 단단히 다짐했다.

"알겠습니다. 푸욱 쉬십시오."

그는 대충 얼굴과 손발을 씻고 나서 방으로 들어가 벌렁 드러누워 버렸다.

이튿날 그는 요란스런 문소리에 눈을 떴다.

창문에는 햇빛이 가득했고, 방문 밖 복도에서는 몇 사람의 웅성거림이 들려왔다.

"조 형사! 조 형사! 자나?"

그것은 과장의 목소리였다. 아마 여관 주인의 연락을 받고 달려온 모양이었다.

"조 형사, 문 열어!"

과장은 문을 두어 번 두드렸다. 조 형사는 얼굴을 찌푸리면서 자리에서 일어나 문을 열었다.

과장을 비롯한 몇몇 수사관들의 얼굴들이 거기에 서 있었다. 모두 어이없다는 표정들이었다. 플래시가 계속 번쩍번쩍 터지고 있는 것이 기자들도 몰려온 듯했다.

"예끼! 이 사람! 사람을 걱정시켜도 분수가 있지. 왜 여기서 자고 있어?"

과장은 화난 얼굴로 야단을 쳤다.

"죄송합니다."

조 형사는 고개를 숙여 반성하는 표시를 했다.

"꼭 빨치산 같군."

"……."

"조 형사님, 실종된 여학생을 찾았습니까?"

기자들이 물었다. 조 형사는 머리를 저었다.

"시체도 못 찾았습니까?"

"아아, 이따 발표할 테니까 가만 좀 있으시오."

과장이 기자들을 밀어내면서 조 형사를 재촉했다.

"가자구. 서장님이 기다리고 계셔."

조 형사는 죄인이나 된 듯 한 기분으로 경찰서로 갔다. 여러 사람이 그를 에워싸듯이 하고 따라갔다.

서장실로 들어가 경례를 하자, 서장은 한동안 그를 멀거니 바라보다가 기가 막힌다는 듯이 웃었다. 애초에 혼자 입산해도 좋다고 허락을 내렸던 터였으므로 나무랄 수도 없고, 그렇다고 칭찬할 수도 없어 퍽이나 난처해하는 것 같았다.

"죄송합니다. 심려를 끼쳐 드려서."

"하여튼 살아 돌아와서 다행이야. 우리야 좀 시달렸지만, 사람이 다치지 않았으니 말이야."

확실히 서장은 다른 사람들과는 달랐다. 다른 서장들 같으면 화를 내고 욕까지 퍼부을 건데 그는 아무런 야단도 치지 않고 웃어넘겼다.

"저 때문에 곤란한 일을 당하셨다구요?"

"아, 뭐 좀 시끄러웠지. 이젠 다 끝난 일이다. 책임은 나 혼자
지면 되는 거니까. 상관하지 않아도 돼. 자네가 무사히 돌아왔으
니까 별 잔소리 없을 거야. 그건 그렇고 일은 잘됐나? 오현미는
어떻게 됐나?"

조 형사는 입안이 바짝 타들어 갔다. 이야기를 모두 끝내고 나
면 조롱밖에 돌아오는 게 없으리라는 것을 그는 잘 알고 있었다.
그러나 말하지 않을 수도 없는 노릇이었다. 그는 보고할 의무가
있었던 것이다.

"오현미는 찾지 못했습니다. 할 말은 많지만…… 오 양을 찾
지 못한 처지에 무슨 말을 하겠습니까?"

풀이 죽어 말하는 그를 보고 모두가 비아냥거리는 듯 한 웃음
을 지었다. 그러나 서장만은 진지한 얼굴로 그를 바라보며 무엇
인가 나오기를 기다렸다.

"우리도 큰 기대를 걸었던 건 아니야. 할 말이 많다고 했는데
숨기지 말고 말해 봐."

"좀 엉뚱한 일들이라……."

조 형사는 머뭇거렸다. 사실 같지 않은 일들이 많아서 믿을 사
람이 아무도 없을 것 같았다.

"상관없어. 말해 봐."

서장은 다시 재촉했다. 그의 명령을 거역할 수는 없었다.

조 형사는 담배를 피우려고 호주머니를 뒤졌으나 담배가 없었다. 여관에 두고 온 것 같았다.

"담배 한 대 피우겠습니다."

"아, 피우라구."

서장은 담뱃갑을 밀어준 다음 고물 론손라이터로 불까지 붙여 주었다. 조 형사는 담배를 두어 모금 뱉어내고 나서 그가 겪었던 일들을 하나씩 털어놓기 시작했다.

"그럼 말씀드리겠습니다."

"아, 그래. 부담 갖지 말고 모두 말해 봐."

— 호랑이를 만났던 일,

— 정체불명의 피리 소리,

— 달궁에서의 하룻밤,

— 야수의 출몰,

— 사냥꾼 부자인 장억구의 죽음,

— 장재인의 자살.

하나하나 이야기하는 동안 실내는 차츰 무거운 침묵과 긴장 속으로 빠져들어 갔다.

화술이 능란하지 못한데다 서장을 위시해서 간부들이 지켜보고 있었기 때문에 그는 약간 더듬거리며 이야기했다. 그래서 시간이 상당히 많이 걸렸다.

마침내 그가 이야기를 마쳤을 때 사람들은 긴 여행을 막 끝낸 것 같은 얼굴로 깊은 한숨들을 토해냈다. 동화 같은 이야기에 홀린 것 같았다. 분위기가 자못 심각해진 것을 휘저어 놓으려는 듯, 한 간부가 이죽거리는 투로 말했다.

"살다 보니까 별소릴 다 듣는군."

그의 말에 모두가 기다렸다는 듯이 웃어댔다.

"호랑이를 두 번씩이나 만나고도 살았다니 억세게 운이 좋은 사나이로군."

또 다른 사람이 이죽거렸다. 조 형사는 사람들을 한 번 훑어보고 나서 내뱉듯이 말했다.

"운이 좋았는지 어쨌는지 잘 모르겠습니다."

"산 속에서 그렇게 호랑이에게 홀리다 보면 제정신을 유지하기가 어렵지. 그런 상태에서 환영을 보고 환청을 듣는 경우는 허다하니까."

"맞아. 자네 아무래도 홀린 것 같네."

누군가 놀리듯 말했다.

"홀리지 않았습니다. 환청을 들은 게 아닙니다."

모두가 재미있어 하면서 킬킬거리고 웃었다.

"미친 사람이 자기를 미쳤다고 생각하는 줄 아나? 절대로 안 그런다구."

모두가 한 마디씩 지껄이고 있었다. 조 형사는 대꾸한다는 것이 어리석은 짓인 줄 알면서도 참지 못하고 그들이 한마디씩 할 때마다 맞붙곤 했다.

"웃지들 마세요. 저는 아직 정상입니다. 환영이나 환청 정도는 구별할 줄 압니다."

"하하하. 상식적으로 생각해 보자구. 산 속에서 피리 소리가 들리다니…… 그것도 밤에만 말이야. 그게 어디 말이 되나? 그리고 그 야수도 그래. 환각 상태에서는 귀신이나 도깨비 같은 것이 보일 수도 있어."

"도깨비가 아닙니다."

조 형사가 화난 얼굴로 말한 사람을 노려보자 상대편도 진지한 얼굴로 말했다.

"이거 봐. 그런 인간이 어떻게 존재할 수 있단 말인가? 모든 건 상식의 선에서 생각하고 판단해야 된다구."

"그렇지 않은 것도 있습니다. 상식으로도 통할 수 없는 것이 이번 사건입니다."

그는 자기가 겪은 일들이 사실로 받아들여지기를 바랐다. 그러나 그들은 믿지 않으려고 기를 쓰는 듯 한 인상이었다. 어떻게든지 조 형사가 옳지 않다는 것을 인식시켜 주려는 것 같았다. 터무니없는 얘기로 변명하려고 하지 말라는 것 같았다.

그때까지 입을 다물고 묵묵히 듣고 있던 서장이 과장에게 손짓했다.

"산악 지도 가져와 봐요."

잠시 후 지도를 가져오자 서장은 그것을 탁자 위에 펴놓고 상체를 숙였다. 한참 지도를 훑어보고 난 서장이 손가락으로 한곳을 짚으면서 말했다.

"음, 달궁이 여기 나와 있군. 우리 관할구역이군. 두 사람이 죽었다면 가서 확인해야지. 유족이 없으니 뒤처리는 우리가 할 수밖에 없겠지. 즉시 가서 확인해 보도록 해요. 묘지도 확인하도록 하고!"

"제가 안내하겠습니다."

조 형사가 일어서려는 것을 서장이 막았다.

"자넨 조금 지쳐 있는 것 같으니까 며칠 좀 쉬도록 해. 달궁은 이 지도대로 찾아가면 되니까. 사냥꾼 부자의 무덤이 어디 있는지, 그 위치만 알려주게."

조 형사는 자신이 가야만 일이 쉽게 처리되겠지만, 서장 말대로 피곤하기도 했다. 그는 기억을 되살려 가며 백지 위에다 자세히 위치를 그렸다.

"여기 그리긴 하지만 찾기가 쉽지 않을 겁니다. 지도보다도 달궁에서부터 무덤이 있는 곳까지 띄엄띄엄 헝겊 조각을 매달아 놓았으니까, 그것만 찾아 따라가면 될 겁니다."

"알았네."

수사과장이 직접 다녀오겠다고 신고하고 나갔다. 그는 다섯 명의 부하들을 데리고 즉시 출발했다.

조준기 형사는 그날 하루를 집에서 쉬기로 했다. 목욕을 하고 이발소에 들러 이발을 한 다음 하숙집으로 돌아왔다. 주인집 식구들이 반갑게 맞았다.

조 형사가 밀린 잠을 자려고 드러누웠는데, 문밖이 소란스러워지면서 그를 찾는 여자 목소리가 들려왔다. 문을 열고 내다보니 현미의 어머니 월례 무당이었다. 어느새 소문을 듣고 달려온 모양이었다.

"아이고, 조 형사님! 내 딸 찾았소. 못 찾았소?"

월례는 마루에 털썩 주저앉으며 울음부터 터뜨렸다. 조 형사는 난처해서 몸 둘 바를 몰랐다. 뭐라고 대답해 주어야 할지 그야말로 난감하기 짝이 없었다.

"왜 대답을 안하요? 아이고, 시상에…… 또 못 찾았는갑네. 아이고, 이를 어쩌믄 좋당가! 아이고 불쌍한 거…… 아이고 불쌍한 거……."

무당은 몸부림치며 목 놓아 울어댔다. 사람들이 웬일인가 하고 몰려들었다.

"부인 그만 울고 고정하십시오. 운다고 현미가 돌아오는 것도 아니지 않습니까?"

"나는 어쩌면 좋아! 나는 어쩌면 좋아!"

무당은 남의 집 마루 위에 퍼져 앉아 주먹으로 죄 없는 마루를 꽝꽝 쳐 댔다.

"딱 잘라서 말허시요! 이렇게 애간장 태우지 말고 딱 잘라서 말허시요! 우리 현미가 죽었다고 말허라구요. 차라리 죽었다믄 이렇게 매일 속을 태우지는 않을 거라구요."

"아직 뭐라고 단정할 수는 없습니다. 괴로우시겠지만 참고 기다리십시오."

조 형사는 빨리 돌려보내고 싶어 무당을 달랬다.

"기다리라구요? 여보 젊은 양반…… 하하…… 내가 그것을 어떻게 키운 지나 알고 허는 말이요. 아이고, 현미야! 아이고, 우리 현미야!"

월례는 울다 말고 갑자기 웃음을 터뜨렸다. 그리고 다시 또 울었다. 꼭 미친 여자 같았다. 머리가 뒤엉키고 옷매무새가 아무렇게나 흐트러진 것이 이미 실성기가 있어 보였다.

"이러지 말고 돌아가세요."

"흥, 못 가겠소. 내 딸 내놓으시오!"

무당은 갑자기 조 형사를 노려보았다. 조 형사가 현미를 없애기라도 한 듯 앙탈을 부렸다.

"허참! 현미 어머니, 이러지 마시고……."

"내 딸 내놓으라니까. 내 딸 내놔요! 아이고…… 아이고 내 팔자야……."

할 수 없이 조 형사는 하숙집을 나왔다. 무당이 어디 가느냐고 소리쳤지만 모른 척했다. 사람들도 안됐다는 표정으로 혀를 끌끌 차며 돌아섰다.

조 형사는 가까운 다방으로 들어가 커피를 한 잔 마시고 피로가 좀 풀리기를 바라며 눈을 감았다.

한 시간쯤 후에 돌아오니 무당은 보이지 않았다. 조 형사는 다시 자리에 누웠으나 도무지 잠을 잘 수가 없었다.

몸을 뒤척이다가 조금 잘 수 있었다. 만족스러운 잠은 아니었다. 해질녘에 선잠을 깬 조 형사는 집을 나와 경찰서로 갔다.

동료 경찰들이 그를 보고 모두 실실 웃는 바람에 기분이 여간 언짢지가 않았다. 이대로 주저앉을 수 없다는 생각이 가슴에서 불덩이가 되어 치밀었다.

"어디 두고 보자. 기어코 얼굴에서 웃음들이 사라지게 하고 말 테다!"

이렇게 속으로 작심을 한 뒤, 보안과에 근무하는 늙은 순경을 만나러 갔다.

곽원식(郭元植)이라고 하는 그 순경은 정년퇴직을 눈앞에 두고 있는 K군 출신의 토박이 경찰관이었다. 사람이 워낙 순해 빠지고 주변머리가 없어 그 나이가 되도록 말단 순경 자리에 머물러 있었다.

그렇다고 자기 직업과 위치에 대해 불만을 느낀다거나 그런 것도 아니었다. 오히려 대단한 만족을 느끼고 있는 편이었다. 그러한 그에게도 자랑거리가 있었다. 그것은 토박이 출신이라 이 지방 사정에 대해 누구보다도 정통 하다는 점이었고, 또 하나는 무기에 대해 아는 것이 많다는 사실이었다.

조 형사가 은근한 목소리로 저녁에 술 한 잔 사겠다고 하자 곽 순경은 눈을 깜박거리며 군침부터 흘렸다.

"흐흐흐흐…… 그거 듣던 중 반가운 말이군. 조 형사가 나한 테 술을 다 사겠다니, 이거 서쪽에서 해가 뜨는 것 아니여. 산에

갔다 오더니 돌았나?"

"원 별 말씀을……."

"무슨 좋은 일이라도 있는가?"

"아닙니다. 젠즉 한 잔 살려고 했는데 차일피일하다 이렇게 늦었습니다."

"이왕이면 다홍치마라고 색시 있는 데가 좋겠지? 안 그래? 흐흐흐……."

이빨이 빠져 웃음소리가 이상하게 들렸다.

"그런 데가 좋죠. 멋있는 애들 있는 데 있습니까?"

"물론 있지. 서울 물 먹은 애들이라 좀 까지긴 했지만 아주 삼삼하다구. 나만 따라와."

"알겠습니다. 선배님만 따라가겠습니다."

한 시간쯤 지나 그들은 장터에서 조금 떨어진 곳에 있는 방석집으로 찾아갔다. 분을 하얗게 바르고 요란한 색깔의 한복을 입은 색시 두 명이 술상을 차려서 들어왔다. 곽 순경은 입이 쩍 벌어지면서 허리끈부터 풀었다.

"워따, 무슨 안주가 이렇게 푸짐 하다냐! 오늘 포식을 좀 혀야 겄다. 너 이리 좀 와서 주물러라."

술이 두어 순배씩 돌고 나자 노랫가락이 흘러나오기 시작했다. 조 형사는 원래 술자리를 좋아하지 않는 사람인지라 흥이 나지 않았지만, 일부러 즐거운 척하며 마셨다.

조 형사는 기회를 보고 있다가 슬그머니 탄피를 꺼내 곽 순경

앞에 내놓았다.

"이거 한 번 봐주십시오."

"이게 뭐야?"

곽 순경이 놀란 얼굴로 물었다.

"탄핍니다."

"감정해 달라 이건가?"

"네, 그렇습니다."

조 형사는 심각한 얼굴로 곽 순경을 바라보았다.

"흐흐흐, 역시 세상에 공짜는 없다니까."

곽 순경은 안경을 꺼내 코에 걸치더니, 탄피를 손바닥 위에 올려놓고 가만히 들여다보았다.

빨치산 거물

이윽고 곽 순경은 안경을 벗고 조 형사를 빤히 쳐다보았다. 매우 놀랍다는 표정이었다.

"이, 이거 어디서 구했는가?"

"이번에 산에서 주워 온 겁니다. 몇 개 더 갖고 있습니다."

"음, 그래? 모두 똑같은 건가?"

"네, 같은 것들입니다."

"거 참, 이상하군. 오래된 탄피 같지 않으니 말이야."

"저도 그런 것 같아서……."

곽 순경은 고개를 좌우로 흔들었다.

"이건 일제 때 일본군이 사용하던 99식 소총 탄피야. 그 총 아마 보지 못했을걸……."

"네, 말만 들었지 보지는 못했습니다."

"지금은 찾아볼래야 찾아볼 수도 없지. 워낙 구식 총이라서…… 헌데 이상하단 말이야. 이 탄피를 보니까 발사된 지 얼마 안 된 거 같단 말야."

"네, 저도 그런 것 같아서 이상스럽게 생각하고 이렇게 가져온 겁니다."

"한군데서 주웠는가?"

"아닙니다. 여기저기서 주웠습니다."

조 형사는 포수로부터 받은 것은 말하지 않았다. 그걸 말하면 말이 길어질 것 같아서였다.

"아직도 99식 소총을 가지고 써먹는 사람이 있다니…… 거 참 이상한데……. 산 속에서 주웠다면 누군가가……."

곽 순경의 표정이 순간 굳어지기 시작했다. 눈을 굴리는 것이 무엇인가 깊이 생각해 보는 눈치였다. 그러더니 고개를 설레설레 젓는 것이었다.

"아니야. 그럴 리가 없지. 그럴 리가 없어."

"뭐가 그럴 리 없다는 말씀입니까?"

"아직도 산에……."

"예? 아직 도라니요?"

조 형사는 어떤 대답을 얻어내고 싶어 곽 순경을 재촉했다. 무엇인가 사건의 실마리를 얻을 수 있을까 해서였다.

"아니야. 가만있어 봐……."

곽 순경은 넋 나간 사람처럼 한참 동안 고개를 가로저으며 얼른 대답하기를 주저했다. 옆자리에 앉은 색시들도 호기심이 동하는지 조용히 곽 순경의 얼굴만 바라보았다.

"말씀해 보십시오."

조 형사가 다시 재촉하자 그는 천천히 입을 열었다.

"일본군이 사용하던 소총은 해방되자 한국인들 손에 많이 들어갔지. 지리산에서 준동하던 빨치산들도 대부분 99식 소총을 갖고 있었어."

"여순반란사건 때 말입니까?"

"음, 그래. 6·25 때 빨치산들이 더 많았지."

지리산에서 인민군 패잔병들을 비롯한 그 동조자들이 큰 세력을 형성하고 본격적으로 빨치산 활동을 벌인 것은 1950년 9·28 수복 직후부터였다. 물론 여순반란사건 직후에도 빨치산이 몰려 들어와 활동하긴 했지만, 그것이 본격화되기는 전쟁이 일어나고 몇 개월 지난 뒤부터였다.

50년 9월 28일, 연합군의 인천 상륙작전으로 퇴로를 차단당한 공산군들과 거기에 동조하던 좌익 세력들은 하는 수 없이 각지의 산 속으로 숨어들었는데, 그중에서 지리산으로 들어간 사람들이 제일 많았다.

"조 형사는 아마 모를 것이구만. 벌써 40년 가까운 세월이 흘러가 버렸으니까…… 참 세월은 빨라. 난 여기 출신이고 나이 많아서 아직도 생생히 기억하고 있지. 지리산 공비들…… 빨갱이들이라고 해야 더 실감이 나지. 생각만 해도 끔찍하고 비참한 모습들이었지. 산 속에 갇혀 군경 합동의 토벌군에게 쫓겨 다니던 그들은 낮에는 산에서 활동하다가 밤이면 먹을 것을 찾아 마을로 내려오곤 했었는데…… 그 몰골들이 꼭 거지나 짐승 같았다구. 거지도 그렇게 몰골 흉한 거지가 없었다구. 그 바람에 산간 마을에 사는 사람들이 제일 피해가 많았어. 곡식이란 곡식은 모두 그들에게 빼앗기고, 낮이면 이쪽 세상에서 밤이면 저쪽 세상에서 살아가야 하는 괴롭고 이상한 생활을 해야 했지."

"고생들 많았겠군요?"

"말도 못할 정도였지. 자칫 잘못하면 반동 또는 빨갱이로 몰려 저쪽이나 이쪽 사람들에게 처형당할 수도 있었으니까 처신이 무척 어려웠지."

곽 순경은 생각을 더듬는 듯 허공을 멀거니 바라보다가 술 한 잔을 단숨에 들이켰다. 아가씨가 잔에 술을 다시 채웠다. 그의 눈은 이미 벌겋게 충혈되어 있었다.

"우리 아부지도 그때 빨갱이들한테 당했지."

"그러셨군요. 왜 당하셨나요?"

"면사무소 직원이었거든. 빨리 도망치지 못해서…… 당하신 거야."

"그러셨군요."

"어쨌든 지리산에 우글거리던 그 공비들도 시간이 흐르니까 결국은 없어지더군. 굶어 죽고, 얼어 죽고, 병들어 죽고, 총에 맞아 죽고……. 그렇게 해서 모두 죽어 갔어. 비극이었지. 지리산은 말없이 그 모든 것을 지켜봤어."

곽 순경은 입맛을 다시며 거푸 술을 들이켰다.

"너무 많이 마십니다."

"아냐, 아냐. 이까짓 것 아무것도 아냐. 밤새 마셔도 끄떡없어. 이봐, 자네도 한 잔 해."

곽 순경이 자꾸 권하자 조 형사는 할 수 없이 한 잔 더 마셨다. 색시들은 재미가 없는 듯 하품을 해댔다. 그렇다고 분위기가 심각한데 헤헤거리고 웃을 수도 없어 그녀들은 교대로 방 밖으로 들락거리고 있었다.

"카아, 꽤 독한데…… 아까 내가 왜 그랬는고 하니…… 이 탄피를 보니까 문득 아직도 지리산에 공비가 있을까 하는 생각이 들더라구. 그렇지 않고서야 이렇게 깨끗한 탄피가 어디서 나오겠나? 이것이 그 옛날 그 시절에 써먹은 것이라면 몰라도. 그런데 이것이 얼마 전에 발사된 것이란 말야. 참 이상해. 그렇다고 40년이나 지난 이 마당에 아직도 지리산에 공비가 살고 있을 턱이 없단 말이야. 만일 살아 있다면 그건 귀신이지. 하믄 귀신이고말고. 99식 소총은 경찰서 창고에도 없어. 밀렵꾼들도 그런 건 가지고 있지 않아."

"혹시 민간인이 갖고 있는 게 아닐까요?"

조 형사가 의문을 제기해 보았다.

"글쎄…… 그런 걸 지금까지 가지고 있는 사람이 있겠는가? 불법 무기를 숨겨 놓고 뭐하겠다는 거겠어? 그럴 가능성은 거의 없다구."

"그 당시 토벌군들은 무슨 총을 사용했습니까?"

"미제 카빈총이나 M1 소총을 사용했었지. 이건 M1 탄피가
아니구만."

곽 순경의 눈이 게슴츠레해지면서 조 형사를 가만히 바라보
았다. 무엇인가 탐색하려는 기미가 엿보였다.

"조 형사, 그거 정말인가?"

"뭐 말씀입니까?"

"그러고 보니까 조 형사 말이 근거가 있는 것 같구먼. 이 탄피,
다른 사람들한테도 보여주었는가?"

"아닙니다. 아무에게도 보여주지 않았습니다. 곽 순경님에게
처음 보여드리는 겁니다."

"음, 그렇다면…… 조 형사 말을 믿고 싶군. 산에서 봤다는 그
도깨비 말이야."

곽 순경은 알겠다는 듯 고개를 끄덕거리며 무엇인가 생각하
는 듯 한 표정을 지었다.

"아, 네…… 그건 사실입니다."

"그 말을 듣고 모두가 웃었지? 나도 웃음이 나오더구만. 산 속
에 오래 있다가 나와서 머리가 돈 줄 알았었구만. 헌데 이 탄피를
보니까…… 생각이 달라지는구먼. 조 형사 말이 터무니없는 건
아니라는 생각이 드는군."

"그렇게 생각해 주시니 고맙습니다."

"고맙기는…… 그런데 왜 서에서 탄피를 꺼내지 않았지? 이유가 있나?"

"이유가 있는 것은 아닙니다. 다만, 내놓으려고 했는데 모두가 웃어대자 화가 나서 내놓지 않았습니다."

조 형사는 씁쓸한 얼굴로 웃었다. 왠지 굳이 주장하고 싶은 마음이 없어지고 있었다. 남들이 믿든 말든 그런 것에 신경을 쓰고 싶지 않았다.

"그 도깨비는 정말 사람이었는가?"

"네, 그렇습니다. 두 발로 서서 달리는 걸 봤으니까요. 어깨에는 총을 메고 있었습니다."

"총을?"

곽 순경의 충혈된 눈이 번뜩였다.

"예, 총이었습니다. 손에는 도끼를 들고 있었죠. 머리는 장발이었고 비호같이 빨랐습니다."

"마치 타잔 같았겠구만?"

"네, 말하자면 그렇죠. 아니 그런데 곽 순경님도 타잔을 아십니까?"

"이 사람, 날 뭘로 보는가? 영화로도 보고 텔레비전으로도 보고 그랬다구."

"알겠습니다. 곽 순경님 말씀대로 타잔 같았습니다."

"으음…… 그렇다면"

곽 순경은 다시 탄피를 들여다보았다. 그가 무슨 생각을 하고 있는지 조 형사는 알 수 있을 것 같았다.

"그 총, 혹시 99식 아닐까?"

"어떤 총인지는 잘 모르겠습니다. 밤에 그것도 눈 깜짝할 순간에 잠깐 봤기 때문에…… 저도 그 생각을 하긴 했습니다만…… 확인할 수가 없으니……."

"가만 있자, 이러고 있을 게 아니라……."

곽 순경은 눈을 깜박거리며 무슨 생각을 하는 것 같았다. 이윽고 그는 상체를 앞으로 기울이며 물었다.

"빨치산 출신 생존자가 한 사람 있는데 만나 보겠는가? 생각 있으면……."

조 형사의 눈이 번쩍 뜨였다.

"어, 어디서 살고 있습니까?"

"꽤 멀어. 여기서 한 30리 떨어진 곳에 살고 있는데…… 그 사람, 빨치산 거물이었지. 운이 좋아 용케 살아남았는데, 지금은 많이 늙었지."

조 형사는 이제 뭔가 실마리가 풀리는 것 같아 조급히 다시 물었다.

"당장이라도 그 사람을 만나보고 싶습니다. 어디에 사는 누구입니까?"

"워따, 성질도 급허네. 지금 밤이여 이 사람아. 날이 새야 뭘 해도 해야 할 것이여."

"호기심이 동해서 말입니다. 어느 마을에 삽니까?"

"산성(山城)에 살고 있지."

"산성이라면 거 이순신 장군이 쌓았다는 성터가 있는 마을 말입니까?"

"맞아. 거그야."

"누굴 찾으면 되죠?"

"거그 가서 땅꾼 노인을 찾으면 다 알 거야."

"땅꾼 노인이라니요?"

"아, 땅꾼도 몰라? 뱀 잡는 사람 말이여. 그 앞에서는 뱀들이 옴짝달싹 못하고 발발 떨제."

취기가 오르자 곽 순경은 사투리를 심하게 썼다.

"그 사람 이름이 무엇입니까?"

"이름? 에또, 이름이 뭐드라."

"모르십니까?"

"아니, 전엔 알았었는데…… 오래 잊고 있었더니 생각이 안 나는구먼. 아, 그거 그 마을에 가서 땅꾼만 찾으면 모르는 사람이 없으니까 몰라도 돼."

"그래도 이름은 알고 가야죠."

"허 이 사람, 가만있자. 이름이 뭐드라. 원 이젠 늙어서 통 생각이 안 난단 말이여."

"잘 생각해 보십시오."

곽 순경은 머리를 긁으며 한참 생각을 더듬다가 마침내 무릎을 탁 쳤다.

"옳지! 이제 생각이 나는구면. 염가야, 염가! 이름은 일표구. 한자로는 이렇게 쓸 거야."

그는 젓가락에 물을 묻히더니 안주를 한쪽으로 밀어붙이고 상 위에 "廉一彪"라고 썼다.

"빨치산 생활하면서 뱀을 많이 잡아 묵는 바람에…… 결국 땅꾼이 된 모양이여."

"가족은 많습니까?"

"아마 지금까지 혼자 살아 왔을걸. 이젠 죽을 때도 가까웠으니…… 혼자 살고 있을 거네."

"평생을 혼자 산단 말이죠?"

"그래. 그 사람 좀처럼 입을 열지 않으니까…… 아마 애 좀 먹을 걸세. 잘 구워삶아 봐. 뭔가 나올지도 모르니까. 에또, 그건 그렇고…… 이제 그런 이야기는 그만하고…… 얘들아. 노래 한 곡씩 뽑아라."

곽 순경은 이제 더 관심이 없다는 듯 술을 한 잔 마시고 나서 입술을 손바닥으로 쓰윽 닦았다. 색시들은 젓가락 장단에 맞춰 유행가 가락을 흐드러지게 뽑아내기 시작했다. 곽 순경은 너무 많이 마셔 결국 술집에 드러눕고 말았다.

조 형사가 방석집을 나온 것은 밤이 꽤 깊어서였다.

그는 그 길로 경찰서로 갔다. 밤이 깊어 나타난 그를 보고 당직 경찰들이 의아한 표정으로 바라보았다.

"아니, 이 밤중에 웬일이오?"

"음, 뭐 좀 찾아볼 게 있어서요……."

"한 잔 하셨군요?"

"네, 요 아래서……."

"술을 드셨으면 들어가서 쉬셔야지……."

"네, 갑자기 궁금한 게…… 생각나서……."

모두가 이상하다는 눈초리로 그를 쳐다보았다. 조 형사는 젊은 당직 순경을 앞세우고 각종 수사자료철이 비치된 자료실로 들어갔다.

조그마한 실내에는 자료들이 빽빽이 들어차 있었다. 농토도 적고 인구도 얼마 안 되는 조그마한 관내인데도 자료가 무척 많은 것은 이 고장이 과거에 얼마나 복잡한 사건이 많았는가를 말해 주는 것 같았다.

"신상 카드는 이쪽입니다."

그는 당직 순경이 가르쳐주는 쪽으로 다가갔다. 거기에는 주민들의 신상 카드가 가지런히 꽂혀 있었다.

"누구를 찾으십니까?"

"산성리에 사는 염일표라는 사람인데……."

그들은 카드를 뒤지기 시작했다. 그러나 염일표란 사람은 없었다. 당직 순경은 고개를 갸우뚱했다.

"그런 사람 없는데요. 뭐하는 사람입니까?"

"뭐, 뱀 잡는 땅꾼이라나 봐. 과거에는 지리산에서 준동하던 빨치산이었다더군."

젊은 순경은 알겠다는 듯 고개를 끄덕거렸다.

"그렇다면 따로 비치되어 있을 겁니다. 전향자 카드는 분리해서 보관하고 있습니다."

조 형사는 이곳에 온 지 얼마 안 돼 내부 사정을 잘 모르고 있었다.

"음, 그래?"

당직 순경은 한쪽에 있는 철제함을 열쇠로 열더니 잠시 후 여러 장으로 된 카드 묶음을 꺼내 들었다.

"염일표라고 했지요?"

"음, 그래."

당직 순경은 잠시 뒤적거리더니 카드 한 장을 뽑아 조 형사에게 내밀었다.

"여기 있습니다."

"음, 맞군. 수고했네."

"사상범이라도 잡았습니까?"

"아니야, 아무것도. 그냥 뭐 좀 알아볼 게 있어서. 별거 아냐."

"알겠습니다. 그럼 수고하십시오."

"고맙네."

그 방을 나온 조 형사는 자기 책상 앞에 앉아 그 카드를 들여다보기 시작했다.

◆ 염일표

△전과= 1920년 5월 2일생. 원적은 평안북도 정주군 OO 면 OO리. 현주소는 전남 K군 동산면 산성리 318번지. 가족 관계는 없음. 일찍이 평양 제일고보(第一高普)를 나온 그는 일본으로 유학, 와세다 대학 경제학과에 재학 중 좌익 운동에 가담하여 활약하다가 체포되어 일본에서 2년간 옥고를 치름. 그로 말미암아 학업은 중단되었고 귀향하여 은신하던 중 8·15해방을 맞이하자 본격적으로 공산주의 혁명운동을 전개하였음. 6·25전쟁이 발발하자 북괴군 제 766 유격부대 간부로 동해안에 상륙하여 남침 대열에 참가하였음. 이후 연합군의 인천 상륙작전으로 퇴로를 잃고 패잔병이 되어 지리산에 입산, 인민유격대 제 10지구 지휘자로 빨치산 활동을 벌이다가 1953년 1월 자수하여 전향함.

△동태= 전향 이후 수상한 점은 발견되지 않음. 지금까지 홀몸으로 살아오고 있으며, 생계는 뱀 사냥으로 유지하고 있는 것으로 밝혀짐.

△의견= 완전 전향자로 판단되며, 감시 대상에서 제외시켜도 무방할 것으로 사료됨.

조 형사는 카드에 붙어 있는 세 장의 명함판 사진들을 들여다 보았다. 하나는 정면에서 찍은 것이었고, 나머지 두 개는 옆면에서 찍은 것들이었다.

자수 직후에 찍은 것인 듯 젊은 모습이었는데, 깡마른 얼굴에 떠 있는 듯 한 두 눈이 음울하게 빛나고 있었다. 턱 주변은 온통 수염투성이였다.

조 형사는 카드를 덮고 한숨을 깊이 들이마셨다. 그것을 보고 나자 왠지 기분이 착잡했다. 전쟁이 한 인간을 어떻게 만들었는 가를 눈으로 볼 수 있게 되었다는 사실이 두려웠다. 어떻게 뱀만 잡아먹고 살 수 있을까? 최소한도의 의식주만 해결하고 살겠다 는 것일까? 많은 전향자가 결혼하고 직장을 얻어 잘 살아가고 있 는 것으로 알고 있는데 그 사람은 왜 몇십 년 동안 산골에 묻혀 혼 자 살아가고 있을까?

경찰서를 나온 그는 어두운 길을 천천히 걸어갔다. 유난히 달 이 밝은 밤이었다. 너무 달이 밝아 하숙집으로 곧장 돌아가고 싶 지 않았다.

그는 발길을 돌려 강변으로 나갔다. 물 흐르는 소리가 어둠 저 쪽으로부터 조용하게 들려왔다.

가까운 곳에 섬진강이 흐르고 있었다. 강물이 무척 깨끗하고 강변 경치가 무척 아름다운 곳이어서 그는 시간이 나면 가끔 산 책을 나왔으나 밤에 나온 것은 처음이었다.

이윽고 강물을 바라보고 강둑 위에 섰다. 달빛이 밝았다. 강물 위에 부서져 내리는 달빛이 마치 은빛으로 반짝이는 고기 비늘처 럼 보였다.

미풍이 여인의 손길처럼 부드럽게 얼굴을 어루만져 주었다.

담배를 피워 물고 쭈그리고 앉았다. 강 저쪽 어디선가 밤 개 짖는 소리가 커컹하고 들려왔다.

그는 강물을 따라 천천히 걸음을 옮겼다.

아까부터 염일표라는 사람에 대한 생각이 머리를 떠나지 않고 있었다. 어떤 사람일까? 평안북도 정주 출신의 인텔리가 지금은 홀몸으로 지리산 산골에 묻혀 뱀을 잡으며 살아가고 있다. 젊은 시절은 공산주의 사상에 물들어 파괴와 살육과 약탈 속에서 지낸 사람이 지금은 초야에 묻혀 황혼의 인생을 뱀이나 잡으며 쓸쓸히 살아가고 있는 것이다. 괴이하다 못해 신비한 느낌마저 들었다. 도대체 어떤 사람일까?

그는 돌멩이를 집어 들고 물 위로 힘껏 던졌다.

어둠을 가르며 유성이 떨어지는 것이 보였다. 강 아래쪽에서 수군거리는 소리가 들려왔다. 밤낚시를 하는 낚시꾼들이 탄 고깃배에서 들려오는 소리 같았다.

재인과 억구의 모습이 뇌리를 스쳐갔다. 장발을 날리며 도망치던 야수의 모습이 떠올랐다가 사라졌다. 호랑이의 모습이 나타났다. 형형한 파란 눈빛이 생각났다. 눈을 감았다. 그러자 피리 소리가 들려왔다. 산 속에서 듣던 피리 소리의 환청이었다. 그는 머리를 흔들며 눈을 떴다.

보름달을 쳐다보았다. 오현미는 과연 살아 있을까? 살아 있다면 지금쯤 저 달을 바라보고 있겠지. 만일 살아 있다면 왜 돌아오지 않는 것일까?

그는 새벽 두 시가 지나서야 하숙집으로 돌아왔다.

대문은 잠겨 있었다. 초인종을 누르자 주인집의 과년한 딸이 달려나와 문을 열어 주었다.

스물다섯 살의 그녀는 통통한 몸매에 순박한 얼굴, 수줍어하는 심성을 지니고 있었는데, 어느 때부터인지 조 형사에게 정성을 기울이고 있었다. 조 형사는 그것이 부담스러워 가능한 한 그녀를 피하고 있었다. 공연히 순박한 처녀의 가슴에 파문을 일으키고 싶지 않았기 때문이다.

서울에서 직장 생활을 3년 동안 하고 시집가기 위해 내려왔다고 주인댁에게 들은 적이 있다. 주인댁은 딸이 돈을 많이 벌어 시집갈 준비를 모두 해 두었다며 자랑스럽게 말했었다. 그러면서 아직 마땅한 신랑감이 없어 걱정이라며 은근히 조 형사의 눈치를 살폈다. 조 형사는 모른 척하며 시치미를 떼었다. 결혼하고 싶은 마음이 생기지 않아서였다.

"아, 미안하군…….”

"늦으셨네요."

그녀는 대문 한쪽 어둠 속에 비켜서서 고개를 숙이고 그가 들어오기를 기다렸다. 그녀 곁을 지날 때 짙은 화장 냄새가 코를 찔렀다. 남편도 없는 처녀가 잠자리에 웬 화장을 그리 많이 했는지 모를 일이었다.

수돗가에서 세수하고 방으로 들어와 잠자리를 펴는데 문밖에서 그녀의 목소리가 들려왔다.

"저기, 진지 갖고 왔어요."

"아, 그래? 먹었는데…… 미안해서 어쩌지? 물이나 한 잔 주실까……."

방문을 열자 그녀가 두 손으로 물그릇을 받쳐 들고 있었다. 물그릇을 옮겨 들면서 조 형사는 그녀의 두 손이 떨리고 있음을 느꼈다. 거기에서 이미 성숙해 버린 여자의 짙은 감정을 느끼고 그는 심히 난처해졌다.

가끔 피곤하고 외로울 때는 그녀를 안아 버릴까 하는 생각이 들 때도 있었다. 그가 잡아당기기만 하면 그녀는 기다렸다는 듯이 그의 가슴을 파고들 것이다. 그러나 그녀는 여자에게 관심이 별로 없는 조 형사의 감정을 자극할 만한 여자가 못 되었다. 매력도 없고 미인도 아닌 평범한 여자였다.

지리산 땅꾼

산성리까지는 교통편이 없었다. 중간까지는 버스가 가는데 나머지는 걸어가야 했다. 택시를 대절할 경우에는 두 배의 요금을 지불해야 하고, 자전거 이용은 도로면이 너무 나빠 오히려 불편할 것 같았다. 생각 끝에 중간에서부터 걸어가기로 하고 11시쯤에 길을 떠났다.

날씨가 포근해서 처음에는 걷기에 아주 좋았으나 한참 걷다 보니 꽤 더웠다. 연신 땀을 닦으면서 그는 한가롭게 걸어갔다.

산과 들은 온통 초록빛이었고, 하늘은 구름 한 점 없이 맑았다. 지리산은 그 웅자를 뚜렷이 드러내고 있었다. 그는 자신이 혼자서 10여 일 동안 산 속에서 지냈다는 것이 도무지 사실로 믿어지지가 않았다.

12시쯤 되었을 때 삼거리에 외따로 있는 구멍가게를 겸한 주점에서 라면을 하나 끓여 먹었다. 아침을 조금 먹은 탓인지 무척 맛이 좋았다.

산성리에 닿은 것은 오후 1시경이었다.

마을 앞으로 조그만 개울이 흐르고 있었다. 그는 개울을 건너다 말고 징검다리 위에 쪼그리고 앉아 땀에 젖은 얼굴을 씻었다. 개울물은 너무도 맑아 바닥의 자갈이며 송사리 떼의 모습이 환히 들여다보였다.

산성리는 백여 호쯤 되는 조그만 산간 마을로 K군에서 제일 외지고 낙후된 곳이었다. 산성리라는 이름이 붙은 것은 마을 뒤 능선에 돌로 쌓은 성터가 2백여 미터 있기 때문이다. 그 성은 임진왜란 때 이순신 장군이 쌓았다고 했다.

마을은 산 밑에 자리 잡고 있었다. 마을 뒤에는 높은 산이 병풍처럼 둘러싸고 있고 마을 앞에는 조그마한 냇물이 흐르고 있었다. 남향이어서 따뜻한 마을이었다.

징검다리를 건너 넛마을로 들어서면서 조준기 형사는 그곳이 마치 이 세상에서 버림받은 땅인 것 같은 생각이 들었다. 경치는 좋은데 가난한 동네인 듯 마을은 황폐되어 있었고, 주민들 또한 초라해 보였던 것이다.

만나는 사람마다 거의가 나이 든 노인들뿐이었다. 여기저기 웅크리고 앉아 담배를 피우고 있던 그들은 하나같이 생기 없는 눈으로 낯선 방문객을 바라보았다.

조 형사는 따가운 시선을 느끼면서 걸음을 옮기다가 지게 짐을 놓고 쉬고 있는 노인에게 물었다.

"여기…… 땅꾼 노인이 살고 있다고 하던데 어디쯤 되는지 알
려주실 수 있습니까?"

"아, 염 노인 말이구면요……."

"네, 염일표 씨라고 합니다."

"저그 저 대밭이 조금 보이지요?"

"네, 보입니다."

"이 길로 주욱 가면 거그로 갈거요."

노인은 자상하게 가르쳐 주었다.

"고맙습니다."

땅꾼 노인의 집은 어렵지 않게 찾을 수가 있었다.

그 집은 마을에서도 상당히 떨어진 외딴곳에 자리 잡고 있었
는데, 처음 그것을 보았을 때는 너무도 초라한 나머지 도저히 사
람이 살고 있다고 생각되지가 않을 정도였다.

산 밑 대밭 속에 자리 잡은 그 초옥은 지붕이 폭삭 내려앉고
흙벽이 군데군데 떨어져 나간 데다 기둥마저 비스듬히 기울어져
있어 폐가처럼 보였고, 금방이라도 쓰러질 것만 같았다. 거기다
가 대나무 이파리들이 모두 죽어 온통 붉은빛을 띠고 있어서 더
욱 황폐하고 을씨년스러워 보였다.

대밭 속에서는 까마귀 떼가 울고 있었다. 하도 요란스럽게 울
어대고 있어서 불쾌할 정도였다.

그는 돌멩이를 집어 들고 대밭 쪽으로 던지려다가 자기도 모

르게 밑으로 떨어뜨렸다. 갑자기 대밭 속에서 노인이 한 사람 나타났기 때문이다. 쩔룩거리는 것을 보고 직감적으로 땅꾼 노인임을 아는 순간 가슴이 뛰기 시작했다.

땅꾼 노인 염일표의 짧은 머리는 눈처럼 희었다. 얼굴은 검은 빛이었고 강파르게 마른 모습이었다. 눈은 움푹 들어가 있었는데 낯선 방문객을 보는 순간 거의 본능적으로 한 번 번쩍 빛났다가 이내 음울하게 가라앉았다. 낯선 방문객을 보면 습관적으로 보이는 경계심일 것이다.

그는 닳고 색이 많이 바랜 검정 옷을 입고 있었기 때문에 더욱 음침한 분위기를 주위에 풍기고 있었다. 그 옷은 군복을 물들인 것 같았다.

염 노인은 오른손에 뱀을 한 마리 움켜쥐고 있었는데, 그것이 조 형사를 더욱 놀라게 했다. 뱀은 꿈틀대면서 노인의 오른팔을 휘어 감고 있었다. 그런데도 노인은 뱀에 대해서는 조금도 신경을 쓰고 있는 것 같지 않았다. 마치 미꾸라지라도 한 마리 잡고 있는 것 같은 표정이었다.

조 형사가 미처 인사하기도 전에 염 노인은 마당을 가로질러 뒤편으로 휙 하니 가 버렸다. 그 모습을 보고서야 조 형사는 호주머니에 들어가 있는 노인의 왼팔 소매가 헐렁하게 비어 있다는 것을 알았다. 노인은 왼팔이 없는데다 왼쪽 다리까지 절고 있는 심한 불구자였던 것이다.

조 형사는 엉거주춤 서서 노인이 다시 나타나기를 기다렸다.

그러나 한참을 기다려도 노인은 좀처럼 모습을 드러내지 않았다. 뱀을 가둬 두고 나올 줄 알았는데 나오지 않았다. 기다리다 못해 뒤편으로 돌아가 보았다.

노인은 아무 일도 하고 있지 않았다. 햇빛 속에 앉아 멍하니 허공을 바라보고 있었다. 거기에는 키 큰 감나무 한 그루가 있었는데, 노인은 그 둥치에 기대어 앉아 있었다. 그가 가까이 다가서도 거들떠보지도 않았다.

"실례합니다."

조 형사는 예의를 갖추어 조심스럽게 인사했다. 노인은 그래도 반응을 보이지 않았다.

"실례합니다."

조 형사는 좀 더 큰 소리로 말했다. 비로소 노인이 몸을 움직였다. 이쪽을 힐끗 보더니 입을 열었다.

"무슨 일이오?"

아무 감정도 없는 담담한 목소리였다.

"서에서 왔습니다."

"알고 있소이다."

조 형사는 깜짝 놀랐다. 어떻게 알았을까. 누가 연락했을 리도 없다. 짐작으로 알았다면 매우 날카로운 관찰력을 지녔다고 볼 수 있었다.

"제가 여기 올 거라고 연락을 받으셨던가요?"

노인은 천천히 고개를 저었다.

"연락은 무슨 연락이요."

"그럼 어떻게 저를 알아보셨습니까?"

"냄새가 나는군요. 형사 냄새가……."

조 형사는 얼굴을 확 붉혔다. 자신만은 절대 형사 냄새를 피우지 않겠다고 자부해 온 그였다. 그런데 보기 좋게 당한 것이다. 역시 이 노인은 보통 사람들과 다르구나, 하고 그는 생각했다.

"죄송합니다. 티를 내려고 하지 않았는데……."

"당신이 점잖은 분이란 것도 알 수 있을 것 같소."

"고맙습니다."

노인이 몸을 일으켰다. 그리고 음울한 눈빛으로 젊은 형사를 바라보았다.

"보다시피 나는 이런 생활을 하고 있소. 가족도 없이 뱀이나 팔아 모진 목숨 부지하고 있소. 죽으면 시체를 거둬 줄 사람도 없어요. 뭘 알아보겠다는 거요?"

눈에 적의가 번뜩이는 것을 보고 당황한 조 형사는 마른침을 삼켰다.

"그런 일로 찾아온 게 아닙니다. 달리 생각하지 마십시오. 그냥 개인적으로……."

그들은 앞으로 돌아와 찌그러진 마루 위에 걸터앉았다. 담배를 권하자 노인은 거절하면서 독한 엽초 가루를 종이에 말더니 침으로 종이를 붙이고는 담배 끝을 손가락으로 다졌다. 그러고 나서 낡은 라이터를 꺼내 불을 붙였다.

"그럼 무슨 일로 나 같은 사람을 찾아오셨소? 뱀을 사려고 온 건 아닐 테고……."

"네, 뭣 좀 여쭤 볼 게 있어서 왔습니다."

조 형사는 어디서부터 말을 꺼내야 할지 몰라 잠시 망설였다. 잠시 생각을 가다듬어 정리한 다음 찾아온 이유를 간략하게 설명하기 시작했다.

그가 이야기를 끝냈을 때 염 노인은 자리를 털고 일어섰다. 갑자기 노인이 말없이 움직였기 때문에 조 형사는 당황했다. 화가 난 것 같지는 않았다.

노인은 한숨을 몰아쉬더니 잠자코 걷기 시작했다. 그의 말에 불쾌해진 것 같지는 않았다. 조 형사의 눈에는 그것이 마치 가슴 속에 쌓인 한을 삭이려고 그러는 것만 같았다. 그래서 그는 더욱 조심스러워졌다.

뒤따라갈까 말까 망설이고 있는데, 노인은 벌써 사립짝을 벗어나 저만치 절뚝절뚝 걸어가고 있었다. 찾아온 손님한테 한마디 말도 없이 자기 혼자 나가 버리다니, 원 이럴 수가 있담. 조 형사는 은근히 화가 났다. 그러면서도 왠지 노인의 행동을 이해할 수 있을 것 같았다.

노인은 되돌아보는 법도 없이 그대로 내처 걸어갔다. 놓쳐서는 안 된다는 생각으로, 마침내 조 형사도 움직이기 시작했다.

마을을 벗어난 노인은 둑 위로 걸어갔다. 그 뒷모습이 고독에

찌들대로 찌든 사람의 그것이었다.

둑은 들판을 가로지르는 큰 개울을 따라 양쪽으로 나란히 나 있었다. 둑 위로 올라선 노인의 걸음이 갑자기 느려졌기 때문에 조 형사는 곧 따라잡을 수 있었다.

"생각하시는 것이 있으시면 이야기해 주십시오. 모르시면 모르신다고……."

조 형사는 숨을 몰아쉬며 말했다.

"내가 모른다고 하면 어쩌겠소?"

노인은 뒤돌아보지도 않고 쉰 목소리로 말했다. 조 형사는 담담하게 대답했다.

"그냥 돌아가겠습니다."

노인은 혀를 한 번 찼다.

"그렇게 쉽게 포기할 수 있겠소?"

"……."

조 형사는 말문이 막혔다.

"그럴 거요. 쉽게 포기할 수 없을 거요. 그냥 포기해서도 안 되고……."

노인은 둑 위에 털썩 주저앉더니 또 엽초를 말기 시작했다. 조 형사도 옆에 나란히 앉아 담배에 불을 붙였다. 한낮이라 그런지 햇볕이 상당히 따가웠다.

그들은 약속이나 한 듯 함께 담배를 피우면서 한참 동안 말없이 들판만 바라보았다. 염 노인이 가끔씩 기침을 하는 것이 귀에 거슬렸다.

"지금 나이가 몇이오?"

노인이 갑자기 물었기 때문에 조 형사는 당황했다.

"서른넷입니다."

노인은 고개를 한두 번 끄덕거렸다.

"그럼 잘 모르겠구먼."

"……."

그는 노인이 스스로 이야기하도록 자신은 가능한 한 입을 다물려고 했다.

"지금은 이렇게 평화로운 것 같지만…… 40년 전을 생각하면 여기도 참혹했지요. 사람들이 수없이 죽고, 집이 불타고…… 특히 저 지리산은 지옥이나 다름없었지요."

노인은 담배 연기와 함께 한숨을 길게 내쉬고 나서 지리산 쪽을 한번 올려다보았다.

"나는 저 산 속에서 만 2년을 견뎌 냈소. 환상을 안고 말이오. 지금 생각하면 어처구니없는 일이지만…… 그때는 꼭 무엇에 홀린 듯 미친놈처럼 돌아다녔었소. 나중에 그 환상이 깨졌을 때…… 나에게 남은 것은 죽음밖에 없었소. 나는 그때 죽은 거요. 한 번 죽은 사람이 다시 살아나는 법이 있소? 없지요. 없고말고요. 그때부터 나는 죽은 거요. 나는 나 자신이 살아 있다고 생각한 적이 한 번도 없소."

'내가 알고 싶은 것은 당신에 관한 것이 아닙니다' 하고 조 형사는 말하고 싶었다. 그러나 그런 말을 할 수는 없었다.

"내가 지금까지 자살하지 않고 목숨을 부지하고 있는 것은…… 두 가지 이유 때문이오. 하나는 내 몸을 천대함으로써 내가 지은 죄에 대해 속죄하려는 것이고, 또 하나는 내가 죽인 사람들의 원혼들이 무서워서 차마 죽지 못하고 있는 거요. 저 세상에 가서 어떻게 그들을 대할 수 있겠소. 그들이 나를 가만 놔두겠소? 그러니 죽은 몸이나 다름없어요. 나를 이미 죽은 걸로 알고 세상이 나를 잊어 줬으면 좋겠소."

비장한 말이었다. 조 형사는 기회를 놓치지 않고 탄피를 꺼냈다. 상대의 기분을 완전히 무시해 버린 짓이었다.

"예, 알겠습니다. 선생님의 심정을 어찌 모르겠습니까. 제가 찾아온 것은 다름이 아니고, 바로 이 탄피 때문입니다. 한번 봐주시겠습니까?"

노인은 탄피를 받아 들고 가만히 들여다보더니 몸을 부르르 떨었다.

마치 거기에서 과거의 환영을 보기라도 하는 듯 몸서리를 치는 것이었다.

"99식 탄피요. 옛날 빨치산들이 많이 사용하던 거요. 정말 오랜만에 보는군."

조 형사는 노인에게 바짝 다가앉았다.

"이야기해 주십시오. 아시는 대로 이야기해 주십시오. 아무거라도 좋습니다. 생각나는 대로."

"난 아는 게 없소!"

노인은 고개를 설레설레 저었다.

"그러지 마시고……."

"난 그런 거 몰라요!"

"제발…… 부탁합니다!"

"허어, 내 참. 난 모른단 말이오! 모르는 걸 어떻게 말하라는 거요!"

노인은 버럭 역정을 냈다. 그러나 조 형사는 물러나지 않았다. 왠지 노인이 무엇인가를 알고 있을 것만 같았다. 그것을 꼭 알아 내야만 한다고 작정했다.

"과거의 환상 속에 살 필요는 없습니다. 왜 망령을 붙들고 있는 겁니까? 지금 우리 사회는 활짝 열려 있습니다. 모든 것을 받아들이고 있는데, 왜 피하시는 겁니까!"

노인의 두 눈이 커졌다. 뚫어질 듯 조 형사를 바라보더니 한숨을 토해 낸다.

"이미 지나간 과거 일인데, 왜 자꾸만 들추려는 거요? 난 이해할 수 없소."

"지리산에서 여학생이 실종됐습니다! 젊은이 다섯 명은 시체로 발견되고! 그런데도 모른 체하라는 겁니까?!"

"그게 과거와 무슨 상관이 있다는 거요?"

"상관이 있다고 단정하지는 않습니다. 저는 수사관으로서 모든 가능성을 알아봐야 합니다. 아시는 데까지 말씀해 주십시오.

지금도 산 속에 빨치산 생존자가 있을 수 있습니까?"

마침내 조 형사는 알고 싶은 것을 물었다. 노인은 머리를 세차게 흔들었다.

"그럴 리가 없어! 그럴 리가 없다구! 어떻게 지금까지 살아 있단 말이오?"

"아닙니다. 이 두 눈으로 봤으니까 저는 믿을 수밖에 없습니다! 저는 환영을 본 게 아닙니다! 분명히 사람을 봤습니다! 그 야수 같은 사람이 메고 있는 것은 99식 총입니다! 이제 의심할 필요도 없습니다!"

"무슨 말을 하는 건지 난 도무지 모르겠소."

염 노인은 화난 얼굴로 담배꽁초를 던져 버리고 벌떡 일어섰다. 조 형사도 따라 일어섰다.

"40년 동안 산 속에서 지내보십시오! 모든 사람이 야수처럼 될 겁니다. 야수가 되지 않고는 그 오랜 세월을 산 속에서 버틸 수가 없습니다!"

"야수는 산 속에서 살아야 해요. 인간사회로 내려오면 숨이 막혀 죽어요!"

"인간으로 돌아올 수가 있습니다! 그런 예가 많습니다. 저는 자신할 수가 있습니다."

"허어……."

노인은 문득 허공을 향해 실소했다.

"제발 나를 따라오지 마시오. 나는 더는 할 말이 없으니까. 만일 계속 나를 괴롭히면 저 물에 빠져 죽어 버리겠소. 어서 돌아가 시오."

조 형사는 얼어붙은 듯 그 자리에 서버렸다.

노인은 절뚝거리며 둑 위로 마냥 걸어갔다. 헐렁한 왼팔 소맷 자락이 바람에 펄럭이고 있었다.

조 형사는 노인이 보이지 않을 때까지 그 자리에 우두커니 서 있었다. 어디로 가는 것일까. 둑 위로 조그맣게 사라지는 노인이 왠지 영영 돌아오지 않을 것만 같아 그는 불안한 느낌이었다. 마 침내 노인이 보이지 않았다.

조 형사는 포기하고 돌아섰다. 오늘은 아무래도 노인을 설득 하기 어려울 것 같았다.

추레한 모습으로 본서로 돌아오니, 산에 들어갔던 수사과 직 원들이 하루 만에 돌아와 있었다. 그들은 잔뜩 흥분해 있었다.

"어디 다녀오십니까? 서장님이 찾으십니다."

젊은 순경이 서장실을 가리켰다.

"알겠네."

조 형사는 곧장 서장실로 들어갔다. 거기에는 이미 간부들이 모여 있었다.

"조 형사 말이 맞았어! 자네 말 그대로야! 모든 게 사실로 밝 혀졌어!"

서장이 어깨를 두드리며 큰 소리로 말하는 바람에 조 형사는 민망한 생각이 들었다.

"장재인 부자의 무덤도 찾았습니까?"

"음 찾았어. 달궁의 집에도 가 보았고……."

수사과장은 왠지 초조한 빛을 보이고 있었다. 그 이유를 조 형사는 조금 후 알 수가 있었다.

"피리 소리도 들었어. 나뿐만 아니라 모두가 들었어. 처음에는 잘못 들은 게 아닌가 하고 생각했는데…… 두 번째 들었을 때에는 피리 소리가 확실했어."

피리 소리를 들었다는 말이 무엇보다 반가웠다.

"이젠 제 말을 믿으시겠군요."

"물론이지. 이젠 그 일대를 중심으로 대대적인 수색을 벌어야 할 것 같아. 차제에 호랑이도 사살하고 말이야. 헌데 그 피리 소리의 정체가 무엇일까? 분명히 사람이 불 것인데…… 난 도무지 믿어지지가 않아."

서장이 미심쩍다는 듯 고개를 갸우뚱했다. 조 형사는 그것이 오현미의 피리 소리일 가능성이 크다고 말하려다가 그만두었다. 믿지 않을 것 같았다. 수사과장이 다시 불안한 눈으로 조 형사를 바라보며 입을 열었다.

"그런데 그 야수는 보지 못했어. 그걸 꼭 보고 싶었는데 나타나지 않아."

"만나면 어떡하시려고 했습니까?"

"모두 일류 사격수들이니까, 아마 만났으면 백발백중 사살했을 거야."

"안 됩니다!"

조 형사는 자기도 모르게 소리쳤다.

"그건 안 됩니다! 생포해야 합니다!"

"그런 위험인물은 사살해도 돼."

"아닙니다. 그도 인간입니다. 무슨 사정이 있어 동물 같은 생활을 하고 있을 겁니다. 생포해서 인간 같은 생활을 하도록 하고, 그동안의 생활을 알아보면 흥미 있는 것도 많을 겁니다. 대단한 흥밋거리가 아니겠습니까?"

"알겠네. 조 형사 말대로 하지. 될 수 있는 대로 생포하도록 하시오."

서장이 이렇게 나오자 수사과장은 더는 아무 말도 안하고 입을 다물었다.

"될 수 있는 대로가 아닙니다. 꼭입니다. 절대로 죽여서는 안 됩니다."

"허, 그 사람 참……."

서장이 어이없다는 듯 실소했다.

"이 사람, 서장님에게 대들 참인가?"

과장이 나무라듯 말했다.

"대드는 것이 아닙니다."

"알았네. 나가세."

그들은 모두 서장실을 나왔다.

월례의 죽음

　본서에서 30명, 군내 각 지서에서 2명씩 뽑아낸 20명 등 50
명으로 구성된 타격대가 목표 지점을 향해 출발한 것은 다음 날
이른 새벽이었다. 마치 전쟁터에나 나가는 듯 그들은 완전히 무
장한 상태였고, 표정까지도 굳어 있었다.

　주민들 눈을 피해 날이 새기도 전에 출발했지만, 소문은 삽시
간에 퍼져 나갔다. 뒤늦게 이를 안 취재기자들은 허둥지둥 타격
대를 따라갔다. 경찰은 위험하다는 이유로 기자들의 동행을 막았
지만 그들이 들어먹을 리 만무했다. 그러나 기자들은 등산로 입
구에서 더는 따라갈 수 없었다.

　호랑이는 생포할 수 없으므로 생포가 어려울 때는 사살해도
좋다는 지시가 내려져 있었다. 거기에 완강히 반대한 사람은 조
형사 혼자뿐이었다. 그는 파면 당할 것을 각오하고 반대했지만,

그의 주장은 먹혀들어 가지 않았다.

처음엔 조 형사를 타격대에 끼우려고 했으나 조 형사가 계속 반대하자 과장은 그를 타격대에 포함시키지 않았다. 조 형사도 그들과 행동을 같이 하고 싶지 않았다.

타격대가 출발하고 난 뒤, 조 형사는 곧 배낭을 꾸려서 산성리로 향했다.

그곳에 닿았을 때는 해가 막 떠오를 때였다.

염 노인은 냇가에서 세수를 하고 있다가 그를 맞았다. 조 형사가 인사를 해도 받는 둥 마는 둥 하고 그는 다시 자기 할 일을 계속할 뿐이었다.

집안으로 들어가 뒤꼍으로 돌아간 그는 큰 독에서 뱀을 끄집어내어 자루에다 담기 시작했다. 맨손으로 뱀을 잡아 올릴 때마다 뱀들은 꿈틀거리며 그의 팔을 휘어 감곤 했다. 다섯 마리의 뱀을 그렇게 자루에 담고 난 그는 그것을 어깨에 걸치더니 아무 소리 않고 집을 나서려고 했다.

"어디 가시는 겁니까?"

조 형사는 그를 가로막다시피 하며 물었다.

"그런 것도 신고해야 하오?"

노인은 퉁명스럽게 대꾸했다.

"아니, 그런 뜻이 아니라…… 바쁘지 않으시면 말씀 좀 나눌까 해서 그럽니다."

"무슨 말을 하라는 거요. 난 할 말이 없소."

"아닙니다. 하실 말씀이 있다는 걸 압니다."

"읍에 갈 겁니다. 이걸 팔려구요. 팔아야 먹고 살지 않겠소?"

"알고 있습니다. 그렇지만 저와 이야기를 좀 나눈 후에 가셔도 될 겁니다."

"도대체 무슨 이야기를 하자는 거요? 할 이야기가 없다는데, 왜 이러는 거요? 미안하오. 갈 길이 바빠서……."

절뚝이며 걸어가는 염 노인을 노려보다가 조 형사는 참을 수 없다는 듯 급히 뒤따라가 노인의 팔을 움켜잡았다. 노인이 화난 얼굴로 돌아섰다.

"기동타격대 50명이 오늘 새벽에 산에 들어갔습니다! 그 야수를 사살하기 위해서 말입니다!"

염 노인은 주춤하고 멈춰 섰다.

"50명이나?"

"그대로 두면 그 야수는 사살될 겁니다! 그래도 모른 체하실 겁니까?"

노인의 음울한 눈이 갑자기 광기 빛을 발하기 시작했다. 이윽고 노인은 부들부들 떨기 시작했다. 노인의 어깨에서 자루가 굴러 떨어졌다. 자루 속에서 뱀들이 빠져나와 뿔뿔이 기어가는데도 노인은 잡으려고 하지 않고 떨어 대고만 있었다.

"노인장, 왜 이러십니까?"

조 형사가 놀란 얼굴로 물었다.

"으윽!"

노인의 입에서 괴로운 신음이 터져 나오더니 노인의 몸뚱이
가 땅바닥 위로 스르르 넘어졌다. 노인은 눈을 허옇게 뒤집으면
서 입에서는 거품을 뿜기 시작했다. 경련은 계속되고 있었다.

조 형사는 당황했다. 너무 갑작스레 당한 일이라 어찌할 줄 몰
라 망설이다가 노인을 끌어안았다. 자신의 말 때문에 노인이 충
격을 받은 것 같았다.

"여보세요! 여보세요! 정신 차리세요!"

마구 흔들었지만, 노인은 정신을 잃은 채 심하게 경련하고 있
었다. 순간적으로 노인이 간질병 환자라는 생각이 들었고, 그래
서 그는 노인을 안아 들었는데 놀라울 정도로 그의 몸은 가벼웠
다. 비쩍 말라 있으니 무게가 나갈 리 없을 것이다.

노인을 마루 위에 눕힌 다음, 손을 꼭 잡아 주었다. 그런 것을
처음 겪어본 그는 그밖에 아무 조치도 할 수가 없었다. 그야말로
속수무책이었다.

노인은 한참 동안 무섭게 경련했다. 그대로 죽을 것만 같아 당
황하고 있는데, 경련이 다소 수그러지는 것 같았다. 조 형사는 겨
우 한숨을 돌렸다.

이윽고 경련이 멈추자 노인은 슬그머니 일어나 앉았다. 그리
고 허탈에 빠진 모습으로 멀거니 허공을 바라보았다. 아직도 얼
떨떨한 표정이었다.

"괜찮으십니까?"

조 형사는 노인의 표정을 살피면서 조심스럽게 물었다. 노인

은 고개를 끄덕이면서 되물었다.

"내가 넘어졌던가요?"

"네……."

"그대로 죽을 것이지."

노인은 한숨을 길게 내쉬면서 옷에 묻은 흙을 털었다. 그런 다음 서서히 일어나 우물로 가서 물을 퍼마시더니 마루로 되돌아와 앉았다.

"빨치산 생활을 할 때 얻은 병인데, 지금까지 낫지를 않고 이렇게 사람을 괴롭히고 있소."

"담배 피우시겠습니까?"

노인은 머리를 저었다.

"머리가 아파서 못 피우겠소."

"두통이 심합니까?"

"발작 후엔 항상 그렇소."

"치료는 받고 있습니까?"

"치료는 무슨…… 약만 먹고 있소."

"부디 몸을 아끼십시오."

"허허…… 이까짓 몸뚱아리……."

"그래도 몸이 아프면 더욱 괴로우실 겁니다."

조 형사는 혼자 담배를 피워 물었다. 노인은 대밭 위 하늘을 물끄러미 바라보고 있었다.

"산에 들어가실 거요?"

한참 후, 노인이 조 형사의 옷차림과 배낭을 바라보더니 가만히 물었다.

"네, 어떻게든 그 야수가 사살되는 것을 막아야겠기에…… 이렇게 나섰습니다."

노인은 한동안 말없이 무엇인가 깊이 생각하는 눈치였다. 조 형사는 말없이 노인이 말하기를 기다렸다.

이윽고 그는 낮은 목소리로

"벌써 40년이 지났군. 40년…… 길다면 길고, 짧다면 짧은 세월이지. 아마 그 사람한테는 길었겠지. 어쩌면 세월을 잊어버렸는지도 몰라."

하고 중얼거렸다.

조 형사는 숨을 죽인 채 귀를 기울였다.

"그는 사람이 40년 동안 산 속에서 짐승처럼 혼자 살아갈 수 있다는 것을 증명한 거야. 놀라운 일이지. 아무렴 굉장한 일이야. 초인적인 의지가 없이는 그 고통과 외로움을 당해 낼 수는 없지. 놀라운 일이야."

그는 마치 곁에 아무도 없다는 듯 혼자 중얼거렸다.

"사실이라면 그렇지요. 그러나 거의 불가능한 일이지요. 그런 사람이 있을 수 있겠습니까?"

"사실이오! 그건 사실이란 말이오!"

노인은 부들부들 떨다가 벌떡 일어섰다.

"갑시다! 사살되기 전에 구해 내야지요!"

마침내 노인이 앞장을 섰다. 조 형사는 회심의 미소를 지으며 노인의 뒤를 따랐다.

월례는 마침내 그 나름대로 단정을 내렸다. 점을 쳐본 끝에 내린 단정이었다. 점에 나타난 그림은 이미 외딸 현미가 원혼이 되어 헤매고 있음을 나타내 주고 있었다. 월례는 밤마다 귀신이 되어 울부짖는 딸의 모습을 볼 수 있었고, 그 울음소리에 잠을 이룰 수가 없었다.

딸은 짐승이 뜯어 먹었는지 눈도 코도 입도 귀도 없었다. 월례는 매일 밤 식은땀에 젖어 신음했고, 이윽고 그것은 그녀를 막다른 골목까지 몰고 갔다. 그녀는 참을 수 없었다. 딸의 원귀를 어떻게든 위로해 주어야 했다.

기동타격대가 입산한 바로 그날 아침 월례는 드디어 생애 최대의 무당굿을 벌였다.

큰 굿을 벌인다고 하자 그것을 구경하려고 인근 마을에서까지 사람들이 몰려들었다. 월례의 무당굿이 재미있다는 것은 누구나 다 아는 사실이었다. 더구나 오늘은 딸의 혼을 빈다고 하니 더욱 볼만한 것으로 소문이 나 있었다.

월례네 오막살이는 울긋불긋한 천으로 단장되고 집 안팎은 만수향 타는 냄새로 가득했다.

둥둥 둥둥둥.

둥둥 둥둥둥.

북소리와 함께 월례의 몸뚱이가 공중으로 솟구치기 시작했다. 그녀는 뛰었다 내렸다 할 때마다 두 팔을 폈다 오므렸다 하면서 소리를 질러 댔다.

마당에는 멍석이 깔렸고, 멍석 위에는 제상이 차려져 있었다. 돼지 머리까지 있는 것이 꽤나 정성들여 차린 것 같았다. 월례 밑에서 무당 수업을 받고 있는 두 여인이 북과 꽹과리를 치고 있었고, 거기에 맞춰 무당 옷차림의 월례는 미친 듯이 돌아가고 있었다. 제상 위에서는 두 개의 촛불이 귀신 바람을 탄 듯 펄럭이고 있었다. 월례는 땀을 비 오듯이 흘리며 날카로운 삼지창을 쳐들고 소리를 쳐 댔다.

"하아이코! 하아이코! 우리 아기 원귀 되어, 오늘도 에미 찾어, 울고불고 또 왔네! 오냐, 오냐! 내 여기 있다! 이리 오소! 이리 오소! 이리 와서 보드라고!"

월례의 목소리가 작아지면서 울음 섞인 소리로 변했다. 북과 꽹과리 소리도 그치고 무당의 주절거리는 목소리만 주위에 흐르고 있었다.

"하아이고, 우리 딸, 어디 손 좀 보자! 이 손이 웬 손이냐! 그 곱던 손이 어찌 이리 험해졌냐! 아이고, 옷 좀 보소! 우리 딸 옷 좀 보소."

갑자기 월례는 앞으로 달려가더니 닭 피를 묻힌 흰 저고리를 집어 들었다.

"이리 찢기고 저리 찢기고, 거지도 이런 거지가 없네! 이 피가 웬 피냐!"

넋두리는 한없이 계속되었다. 그러다가 다시 북과 꽹과리가
울리고, 무당녀는 더욱 길길이 날뛰기 시작했다.

"오메, 그대로 보인 갑네."

"보이고말고."

"자기 딸이니까 더 잘 보이겠제."

"하믄. 그라고말고."

"쯔쯧, 참 안됐네."

"하나뿐인 혈육인디 오죽허겄어."

아낙네들이 주고받는 말이었다.

월례의 몸이 멍석 위로 폭삭 내려앉더니 갑자기 제상으로 다
가가 거기에 차려져 있는 쌀밥을 숟가락으로 퍼먹기 시작했다.
사흘 굶은 사람처럼 허겁지겁 퍼먹었다. 현미의 혼이 그렇게 먹
는다는 뜻이었다.

"쯔쯔쯧, 얼마나 배가 고팠으문……."

"그러게 말이여. 먹은 것이 있어야제."

"맞아. 도토리뿐이니까."

"산 속에서 오죽이나 굶었을까."

"아이구, 저 먹는 것 좀 봐."

태양이 가장 눈부시게 빛나는 정오경이었다.

그때까지 신들린 듯 뛰고 있던 월례가 갑자기 방안으로 뛰어
들었다. 방문을 그대로 훤히 열어 놓은 채 그녀는 방에다가 무엇

인가 뿌렸다. 마지막으로 자신의 몸에도 뿌리고 나더니 느닷없이 성냥불을 그어 당겼다. 석유를 뿌린 듯 월례의 몸은 순식간에 불이 붙었고 방안도 금방 화염에 휩싸였다.

너무 갑작스런 일이라 구경꾼들은 처음에는 어리둥절했다. 누군가가 "불이야!" 하고 소리치자 그제야 정신을 차리고 발을 굴러 댔다.

"불이야!"

"불이야!"

"불! 불!"

"불을 꺼라!"

"무당 죽는다!"

여기저기서 고함을 질러 대고 우물물을 퍼 날랐지만, 불길은 걷잡을 수 없이 퍼져 나가고 있었다.

월례는 불길에 싸인 채 마당으로 뛰쳐나왔다.

그녀는 불길 속에서 껑충껑충 뛰고 있었다. 그 기세가 하도 맹렬해서 사람들은 감히 그녀 곁으로 접근을 못 하고 바라보고만 있었다.

"어허!"

불길 속에서 그녀가 소리쳤다. 삼지창이 높이 흔들리는 것이 보였다. 조금 후

"아악!"

하는 비명이 주위를 울렸다. 소름끼치는 처절한 비명이었다.

월례는 비틀거리다가 멍석 위로 풀썩 쓰러졌다. 그제야 사람들이 가마때기로 그녀의 몸을 덮쳐 불길을 잡았다.

불을 끄고 나서 가마때기를 젖혔을 때 월례는 이미 새까맣게 그을린 채 숨져 있었다. 옷이며 머리칼이 온통 불타 버린 새까만 몸뚱이는 사람 같지가 않아 보였다. 가슴팍에는 삼지창이 박혀 있었고, 거기서 선혈이 철철 넘쳐흐르고 있었다.

"아이고, 갔구나! 갔어!"

"딸 찾아 저세상으로 갔구만, 쯧쯧……."

갑자기 북과 꽹과리 소리가 어우러지면서 질러 대는 젊은 두 여인의 외침이 허공을 울렸다.

"오메, 불쌍허네."

"월례가 저리 죽을 줄 누가 알았을까."

"그러게 말이여. 오래오래 무당 잘 헐 줄 알았는디……."

"참으로 안됐구만."

"사람 불타 죽는 거 처음 보누만."

"못 볼 것을 봤구만."

조 형사는 헐떡거리면서 염 노인을 따라갔다.

절름발이에다 한쪽 팔마저 없는 노인은 상상할 수 없을 정도의 빠른 속도로 산을 올라가고 있었다. 조 형사는 혀를 내두르며 열심히 노인을 쫓아갔다. 만일 노인이 절름발이만 아니었다면 지금보다 훨씬 더 산을 잘 탔을 것이고, 그러면 조 형사는 따라붙지 못했을 것이다.

　배낭의 무게가 어깨를 파고드는 것을 참으면서 그는 기를 쓰고 힘한 산길을 올라갔다. 좀 쉬었다가 가고 싶지만, 염 노인을 놓칠까 봐 그럴 수도 없었다. 그렇다고 쉬어 가자고 말할 수도 없었다. 그런 말을 하기에는 그의 자존심이 허락지 않을 뿐 아니라 부끄러웠기 때문이다.

　노인은 한 번도 쉬는 법이 없이 곧장 걸어갔다. 빨치산 출신인데다 땅꾼 생활을 하고 있으니 그럴 만도 했다. 그런데 그때까지도 노인은 야수에 대해 아무 말도 해주지 않고 있었다.

　그들은 가파른 길로 접어들었다.

　조 형사는 이를 악물고 기어올랐지만, 중간쯤 되는 곳에서 마침내 주저앉아 버렸다.

　그는 벌렁 드러누운 채 숨을 헐떡거리며 원망스러운 눈으로 계속 걸어가는 염 노인을 바라보았다. 노인은 여전히 일정한 속도로 올라가고 있었다. 따라가야 한다고 생각하면서도 그는 너무 지쳐서 움직일 수가 없었다.

　10분쯤 지나서야 그는 일어날 수가 있었다. 그때는 이미 노인의 모습은 보이지 않았다. 그는 노인을 뒤따라 잡으려고 기를 쓰고 올라갔다.

　그런데 그가 고개 위에 가까스로 올라갔을 때 거기에 노인이 있었다. 가지 않고 그를 기다리고 있었던 모양이다.

　"힘든 모양이군."

"네, 등산을 가끔 하긴 하지만 영감님은 도저히 못 따라가겠습니다."

"좀 쉬었다 갑시다."

"고맙습니다."

노인은 그대로 앉아서 조 형사에게 휴식을 취할 시간을 주었다. 조 형사는 노인 옆에 앉아 땀을 닦았다.

그들은 담배를 나누어 피웠다. 두 사람 모두 별로 말이 없었지만, 조 형사는 사실 노인이 비밀을 말해 주기를 애타게 기다리고 있었다.

날씨는 어느새 비가 오려는지 잔뜩 흐려 있었다. 산에 높이 오를수록 일기가 변화무쌍해서 적응하기가 쉽지 않았다.

그들이 앉아 있는 주위로 어느새 안개가 몰려오고 있었다. 그러자 노인이 일어났다. 그는 잠자코 출발했고, 조 형사도 그 뒤를 따라붙었다.

얼마 가지 않아 그들은 비를 만났다. 보슬비였지만 금방 옷이 젖어 들었다. 노인이 비옷을 준비 안한 것 같아, 조 형사도 비옷을 꺼내 입지 않았다.

조 형사는 끈질기게 기다렸다. 곧 모든 것을 알게 될 것이라고 생각하면서 그는 굳이 캐묻지 않았다.

마침내 노인이 걸음을 멈추더니 헛기침을 몇 번 하고 나서 입을 열었다.

"이렇게 된 이상…… 내가 말을 해야겠지. 형사 양반, 내 말 들고 있소?"

"네, 듣고 있습니다. 말씀하십시오."

"좀 앉읍시다."

그들은 길가 바위 위에 걸터앉았다. 옷이 젖고 있었지만 두 사람 다 그런 것은 상관하지 않고 있었다.

노인은 담배 연기와 함께 자꾸만 한숨을 길게 내쉬더니 오랫동안 가슴 속에 감춰 두었던 비밀의 껍질을 한 꺼풀 두 꺼풀 벗겨 내기 시작했다.

왕 우(王羽)

　40여 년 전, 천하의 바보 하나가 지리산 빨치산 소굴에 굴러 들어왔다. 제 발로 걸어 들어온 것이 아니라 공비들에게 이끌려 들어온 것이다.

　빨치산들은 밤이 되면 마을로 내려가 먹을 것과 입을 것들을 탈취해 왔는데, 약탈품이 많을 때는 양민들을 동원해서 그들에게 짐을 지워서 돌아오곤 했다. 동원된 양민들은 총부리를 겨누는 데야 싫어도 하는 수 없이 짐을 져 나를 수밖에 별도리가 없었다. 그들은 죽이지만 말아 달라고 비는 것이 고작이었다.

　그들은 짐이 무거워 허리가 끊어질 것같이 아파도 불평 한마디 못하고 그들이 시키는 대로 짐을 날랐다. 잘못했다간 총알이 날아오기 때문에 끽소리 한 번 못했다.

　그 천하의 바보 역시 짐을 지고 끌려온 양민 중의 하나였다.

그런데 그는 남보다 세 배 정도의 짐을 지고 있었다. 그만큼 그는 몸집이 우람하고 힘이 천하장사였다.

그가 바보인 것은 겉모습에 그대로 드러나고 있었다. 그는 말도 못하고 듣지도 못하는 벙어리인데다 입을 항상 헤벌리고 있었고, 그 벌어진 입에서는 끊임없이 침이 흘러내리고 있었다. 그리고 왕방울 같은 눈을 디룩디룩 굴리고 있는 폼이 보기만 해도 웃음이 나올 정도였다. 기골이 장대한 자가 그런 모습을 하고 있으니 더욱 바보스러워 보일 수밖에 없었다.

누가 놀리거나 욕을 해도 그냥 웃기만 할 뿐이었다. 빨치산 소굴에 끌려와서도 그는 겁을 내지 않고 신기한 듯 사나운 모습의 공비들을 바라보았다.

함께 온 사람들의 말에 의하면 그의 이름은 왕 우(王羽)라고 하며, 나이는 스물 댓 살이 넘은 것 같다고 했다. 어릴 때 엄마의 등에 업혀 어디선가 굴러 들어와 주저앉아 살았는데, 일찍 어머니를 여의고 이집 저집 전전하며 성장했다고 한다.

마을 사람들은 그의 어머니 생전에 그녀를 미친 여자라고 손가락질했는데, 아무튼 그녀의 말에 의하면 왕 우의 선조는 중국인으로 천하장사였으며, 역적모의하다가 발각되어 조선으로 탈출, 대대로 조선에서 살아왔다는 거였다. 따라서 왕 우는 그 몇 대 후손으로 장차 크면 천하장사가 될 거라는 거였다.

마을 사람들은 그녀의 말을 황당무계한 헛소리 정도로 들었는데, 수년 후 왕 우가 커짐에 따라 그녀의 말이 빈말이 아니었음을 차츰 깨닫게 되었다.

　왕 우는 성장하면서 그야말로 황소 같은 힘을 소유하게 되었다. 힘이 워낙 장사인지라 마을의 궂은일들은 혼자 도맡다시피 하면서 동네 머슴으로 굴러 살았다. 왕 우는 일을 잘해서 인기가 좋았다. 밥만 많이 먹여 주면 되었으니까 농사철엔 서로 데려가려고 싸우기까지 했다.

　나이가 차면서 동네 어른들이 의논해서 살림을 차려 주려고 했으나 워낙 바보라 장가를 보낼 수가 없었고 본인도 여자에 도통 관심이 없었다. 그냥 아무 데서나 구겨져 잤고, 주는 대로 아무거나 먹었다. 그런데도 감기 한 번 걸리지 않고 배앓이 한 번 안 하면서 황소처럼 튼튼히 자랐다.

　그러한 그가 빨치산 소굴에 끌려온 것이다. 함께 끌려온 마을 장정들은 살해되거나 풀려났지만, 그만은 살해되지도 않았고 풀려나지도 못했다. 공비들은 천하장사의 힘을 이용하기 위해 그를 산 속에 묶어 둔 것이다.

　그때부터 왕 우는 마음에도 없는 산 속 생활을 하게 되었다. 아무리 힘이 장사라고는 하지만 총부리 앞에서는 그도 어찌하는 도리가 없었다.

　그는 공비들과 함께 먹고, 자고, 도망 다니고, 그들의 짐을 운반했다. 듣지도 못하고 말하지도 못하는 그는 소처럼 시키는 대로 묵묵히 일만 했다.

　그러는 동안 그는 자기도 모르는 사이에 공비 아닌 공비가 되어 있었고, 붙잡히면 죽는다는 것을 알게 되자 필사적인 도망자 생활을 계속했다. 군경의 소탕전이 시작되면 그는 제일 먼저 도망을 쳤다. 이젠 내쫓아도 마을로 내려가지 않을 판이었다.

산 속에서 모진 고생을 겪는 동안 그는 어느새 과거의 바보스러움에서 벗어나고 있었다. 짐승처럼 산 속 생활에 적응하는 방법을 스스로 터득해 갔고, 위험이 닥치면 재빨리 피하든가 방어할 줄도 알게 되었다. 그리고 총을 쏘는 법도 배웠다.

그는 언제나 천대받으면서도 가장 위험하고 힘든 일들만 도맡아 했다. 그의 생활은 항상 살얼음을 딛고 있는 것처럼 극한 상황의 연속이었다.

그런데도 그는 죽지 않고 버티어 나갔다. 혹독한 추위와 굶주림 속에서도 그는 끈질기게 목숨을 부지해 나갔다. 그가 그럴 수 있었던 것은 바위같이 단단한 체력과 장애자 특유의 발달된 반사작용 때문이었음은 말할 나위도 없다.

토벌군의 끊임없는 추적과 굶주림 그리고 혹독한 추위로 공비들은 자꾸만 죽어나갔다. 왕 우가 산에 끌려온 지 1년이 지났을 때 소굴에는 불과 수명만이 남아 있었는데, 그 가운데는 왕 우와 염일표도 끼어 있었다.

다시 한 해가 또 지났을 때는 생존자는 그들 두 사람뿐이었다. 그들은 천연 동굴을 발견하고 거기에다 은신처를 마련했다.

그 동굴은 절벽 윗부분에 입을 벌리고 있었는데, 잡목과 칡넝쿨로 뒤덮여 있어서 절대로 발견될 리가 없었다. 동굴은 그들 두 사람이 지내기에는 너무 넓고 깊었다.

　그 속에서 염일표는 왕 우와 2년을 더 버티었다. 그리고 그 이상은 더 버틸 수 없다는 것을 깨닫고 하산하여 자수하기로 마음먹었다. 그는 손짓 발짓으로 왕 우에게 함께 하산할 뜻을 비쳤다. 그러나 왕 우는 그의 제의를 거절했다. 천부당만부당한 소리라는 듯 고개를 설레설레 흔드는 거였다. 죽어도 산 속에서 죽겠다는 각오가 대단한 것 같았다. 그는 황소고집이라 한 번 마음을 정하면 돌릴 줄을 모르는 사람이었다.

　하는 수 없이 염일표는 혼자 하산하지 않을 수 없었다. 두 사람이 헤어지던 날 왕 우는 처음으로 눈물을 보였다. 염일표도 눈물을 흘렸다. 이상하게 만나 인연을 맺게 된 그들이었지만 그동안 생사고락을 같이하면서 정이 들 대로 들어 있었던 것이다. 염일표는 그때 처음으로 자신이 걸어온 길에 대해 가슴이 찢어지는 것 같은 회한을 느꼈다.

　눈물을 뿌리며 하산한 그는 자신이 살아날 수 있을 것이라고는 거의 생각지 않았다. 자신이 처벌받는 것은 당연한 일이라고 생각했다. 그는 처벌받기 위해 자수했고, 조사 과정에서 진정으로 전향할 뜻을 보였기 때문에 5년 징역형을 받았다. 사형당할 것을 각오하고 있었던 그로서는 그 파격적인 선고에 크게 감동하지 않을 수 없었다.

　그는 옥중에서 참회의 나날을 보냈고, 반성문도 많이 썼다. 워낙 성실하게 복역한 것이 인정되어 2년 만에 감형되어 출옥함으로써 마침내 자유의 품에 안겼다.

"자유의 몸이 되었다고는 하지만…… 나는 그 자유를 차마 받아들일 수가 없었지요. 너무도 큰 죄를 지었기 때문에 말입니다. 그래서 남은 인생이나마 속죄하면서 살아가려고 마음먹었지요. 나는 그동안 뱀을 잡아다 팔고 닥치는 대로 품을 팔아 5백만 원 정도를 저금했는데, 그것을 적당한 곳에 기부했으면 합니다. 지금까지 아무에게도 밝히지 않았는데 이렇게 인연이 닿았으니 조 형사가 적당한 곳을 알아봐 주시오. 그것으로나마 내 죄의 일부를 사할 수 있다면 더는 바랄 것이 없겠소."

"아직도 여생이 많이 남았는데 돈을 가지고 있어야지요. 큰 병이라도 들면 돈이 있어야 합니다."

"아니오. 살면 얼마나 더 살겠소. 죽을병이 들어도 병원엔 안 가겠소. 천명을 그대로 따라야지."

부슬비는 어느새 굵은 빗방울로 변해 있었다. 그렇지만 그들은 자리를 뜨려고 하지 않았다. 빗물이 머리를 타고 얼굴 위로 줄줄 흘러내리는데도 조 형사는 그대로 내버려두고 있었다. 한참 동안 침묵만 지키다가 그는 마침내 입을 열었다.

"왜 혼자만 살아남으시고 왕 우를 거기에 버려두셨나요? 그동안 그를 구할 수가 있었을 텐데요. 경찰에 신고하시지 않았던가요?"

"안했소이다."

"왜 그러셨죠? 한 인간이 산 속에 숨어서 짐승처럼 살아가고 있다는 것을 알면서도 왜 지금까지 경찰에 알리지 않았죠? 이유가 있습니까?"

조 형사는 분노가 서서히 솟아오르는 것을 억누르며 물었다.

염 노인의 표정은 태연했다. 자신의 행동에 대해 자신감을 갖는 것 같았다.

"그건…… 그가 자수할 리도 없고, 경찰과 대치하다가 사살될 것 같아서 그런 거요. 설령 잡힌다 해도 자수가 아니니 감옥을 오래 살 것 아니오. 그에게는 차라리 그 생활이 어울릴 것 같이 생각되고 해서……."

"아니, 그게 말씀이라고 하십니까?!"

"나는 왕 우를 위해 입을 다물어 준 것뿐이오. 그리고 그가 벌써 죽은 줄 알고 오래전부터 잊고 있었지…… 지금까지 살아 있다니 믿을 수 없는 일이오. 믿을 수가 없어요……."

노인은 고개를 세게 젓다가 땅이 꺼지는 한숨을 내쉬었다. 조 형사는 날카로운 눈으로 노인을 바라보았다.

"자수한 이후 한 번도 왕 우를 못 만나 보셨나요? 자주 산에 가시니까 한 번쯤은 만나셨을 텐데……."

"그곳은 깊은 산 속이라 잘 안 가지요. 뱀은 야산에서 많이 잡히니까요. 그러나 딱 한 번 가본 적이 있소이다. 자수하고 나서 3년쯤 지나서 한 번 찾아갔는데…… 저를 죽이려고 했지요. 그만 놀라서 내려오고 말았지요. 그 뒤로는 무서워서 한 번도 가보지 못했소이다."

"그가 왜 죽이려고 했지요?"

"일단 헤어진 이상 나도 이젠 자기의 적이라고 생각하고 그런 거겠지요. 경찰을 이끌고 자기를 잡으러 왔다고 생각했을지도 모르지요."

"거짓말을 잘하시는군요!"

조 형사의 쏘아붙이는 말에 염 노인은 멈칫해서 그를 바라보았다. 조 형사는 노인을 똑바로 쏘아보았다.

"영감님께서는 왕 우가 지금까지 살아 있다는 것을 알고 있었습니다! 알고 있으면서도 모른 체하신 겁니다! 모른 체하고 내버려둔 겁니다."

"처, 천만에! 내가 왜 그런 짓을 하겠어요. 먹고 살다 보니 잊어버렸단 말이오."

염 노인은 당황해서 부인했는데, 어쩐지 자신이 있어 보이지가 않았다.

"왕 우를 구하지 않고 지금까지 거기에 내버려 둔 이유라는 것도 납득이 안 갑니다. 구할 마음이 조금이라도 있었다면 40년 동안에 왜 못했겠습니까?"

노인은 고개를 설레설레 흔들었다.

"무, 무슨 오해를 하고 계신 것 같은데, 아무리 형사라고 하지만 그런 말은 삼가주시오."

빗물이 흘러내리는 노인의 얼굴은 말할 수 없이 참담해 보였다. 그러나 조 형사는 밝힐 것은 끝까지 밝혀야 한다고 생각하고 있었으므로 그대로 넘어갈 수가 없었다. 기왕 말을 꺼낸 김에 모두 물어보기로 했다.

"영감님은 일부러 왕 우를 구하지 않은 겁니다. 처음부터 함께 자수하자는 뜻을 비치시지 않았는지도 모르죠. 그와 같이 자수하면 죗값이 커질까 봐 그랬는지도 모르죠. 혼자 자수해서 목숨을 구한 다음, 왕 우가 언제까지 버틸 수 있는지, 그걸 보시고 싶었던 게 아닙니까?"

"벼락 맞을 소리 하지 마시오!"

노인은 얼굴을 붉히며 화를 냈다.

"영감님, 바른대로 말씀하십시오. 인제 와서 뭘 어쩌자는 게 아닙니다. 고발하려고 그러는 게 아닙니다. 단지 사실을 알아야겠기에 그러는 겁니다."

"난 몰라요! 난 아무 관계도 없어요!"

노인은 경련하고 있었다. 조 형사는 노인을 붙잡으려다가 그만두었다.

"관계가 있습니다! 왕 우가 산 속에서 40년을 짐승처럼 보내게 된 데에는 영감님의 책임이 제일 큽니다! 듣지도 못하고 말도 못하는 바보를 강제로 끌어다가 실컷 부려먹고 나서 끝내 산 속에다 버리고 혼자서 도망쳐 내려오지 않았습니까? 그 바보는 영감님이 시킨 대로 산 속에 숨어 있었겠지요. 붙잡히면 넌 죽는다. 동굴을 떠나서는 안 된다. 이렇게 엄포를 놓았겠지요. 그리고 가끔씩 거기에 찾아가 그가 어떻게 살고 있나 관찰했겠지요. 인간이 혼자서 산 속에서 어느 정도 견디어 낼 수 있는지 그 한계에 흥미를 느끼셨겠지요. 그러고 보면 왕 우는 영감님의 실험 대상이었습니다. 실험은 성공이었습니다. 왕 우는 40년을 산 속에서 버티어 냈으니까요!"

조 형사는 노인을 마구 몰아붙이고 나서 말을 끊었다.

"예끼! 이 사람!"

염 노인은 소리치며 벌떡 일어섰다. 어느새 그의 손에는 시퍼런 칼이 들려 있었다. 조 형사는 별로 놀라는 기색도 없이 천천히 일어섰다.

"왜 이러십니까? 어쩌시겠다는 겁니까? 그것으로 저를 찌르시겠다는 겁니까? 맘대로 해보십시오! 저를 찌른다고 해서 문제가 덮어지는 건 아닙니다."

조 형사는 염 노인 앞으로 다가가서 가슴을 내밀었다. 그러한 그의 모습은 마치 바위덩이 같았다. 노인은 한 걸음 물러서더니 부들부들 떨며 저주스런 눈으로 젊은 형사를 노려보았다.

"당신을 죽이려는 게 아니라 나를, 내 이 더러운 목숨을 죽이려고 그러는 거야."

"뭐라구요!"

조 형사는 재빨리 노인의 칼 든 손목을 움켜쥐고 비틀었다. 노인의 손에서 칼이 굴러떨어지자 그는 그것을 집어 들더니 멀리 던져 버렸다.

"자살한다는 것은 못난 짓입니다. 지금까지 잘못한 것이 있다면, 그를 구해 내는 것으로 속죄하십시오."

"나라는 놈은 자살할 용기도 없어."

노인은 비참한 얼굴로 힘없이 중얼거리더니 도로 털썩 주저
앉았다.

기동타격대 50명은 야수가 출몰했다는 지역 일대에 산개해
서 조용히 행동을 개시했다.

풀잎으로 위장한 그들은 두 명씩 짝을 지어 보이지 않게 소리
없이 움직였다.

곧 어둠이 내렸기 때문에 그들은 제각기 적당한 곳에 몸을 숨
긴 채 야수가 나타나기를 기다렸다. 비가 내리고 있어서 지척을
분간할 수 없을 정도로 어두웠고, 그 어둠이 대원들의 가슴에 불
안을 심어 주고 있었다.

비 내리는 소리 외에는 산은 무거운 적막 속에 잠겨 있었다.
빗방울이 풀잎이나 나뭇잎에 부딪히는 소리가 음악 소리처럼 감
미롭게 들려왔다.

자정이 지나자 대원들은 경계심을 풀고 우비를 머리끝까지
뒤집어쓴 채 잠을 청했다. 그러나 두려움 때문인지 모두 잠이 쉽
게 오지 않았다.

어둠을 뒤흔드는 호랑이의 포효가 들린 것은 그때였다. 무전
기들이 일제히 울어댔다.

"호랑이다! 사살하라!"

서장의 명령이 떨어졌다.

어둠 속에서 두 개의 푸른 불덩이가 휙휙 움직이는 것이 보였다. 그것을 향해 대원들의 총구가 일제히 불을 뿜었다.

탕탕!

탕탕!

불덩이는 총소리에도 아랑곳하지 않고 원무를 추는 것처럼 대원들의 주위를 빙빙 돌았다.

산 속은 갑작스런 총성으로 소용돌이치기 시작했다. 호랑이는 도망치지 않고 그 일대를 뛰어다니면서 미친 듯이 울부짖었다. 한 번씩 울부짖을 때마다 산은 쩌렁쩌렁 울렸고, 대원들은 소름끼치는 공포감에 제대로 총을 다룰 수가 없었다.

그러나 그 무섭던 울부짖음도 한참 후에는 사라졌고, 뒤이어 총성도 멎었다.

"호랑이가 총에 맞았다!"

"호랑이가 잡혔다!"

어둠 속에서 소리치는 소리가 들렸다. 대원들은 누가 지시하지 않았는데도 한 곳으로 모여들었다.

집중된 플래시 불빛 아래 늙은 호랑이는 피투성이가 되어 누워 있었다. 미동도 하지 않는 것이 이미 숨이 끊어져 있었다.

"무지무지하게 크군."

어둠 속에서 누군가가 중얼거렸다.

"송아지만한 것 같아."

"송아지보다 더 크게 보이는데……."

호랑이는 벌집이 되어 있었지만, 만일을 염려해서 대원 하나가 이마에다 대고 한 발을 더 명중시켰다.

불빛 속에 비를 맞으며 누워 있는 호랑이의 모습은 짐승의 단순한 주검이 아닌, 지리산 호랑이의 멸종을 의미하는 것이었고, 그래서 그를 사살한 대원들은 갑자기 일말의 죄의식을 느끼면서 슬픈 눈으로 호랑이의 주검을 내려다보고 있었다.

"다친 사람은 없지?"

서장이 부하들을 둘러보며 물었다.

"예, 없습니다."

수사과장이 대답했다.

"지난번에는 나타나지 않던 놈이 왜 이번에 나타났지?"

"글쎄 말입니다. 아마 죽을 작정한 모양이지요."

"죽을 작정?"

"그렇습니다. 짐승들은 때가 되면 죽을 자리를 찾는다지 않습니까."

"죽을 자리라…… 허허……."

서장이 이렇게 중얼거리며 손짓을 하자 수사과장은 부하들에게 지시했다.

"자 그럼, 다시 제자리로 돌아가서 잠복하도록…… 아직도 남은 목표가 있으니까."

호랑이의 죽음을 애통해 하는 듯 갑자기 빗발이 거세지면서 번개가 번쩍하고 쳤다. 뒤이어 뇌성이 어둠을 뒤흔들었다. 산이 우르르 무너지는 것 같았다.

우르르르—.

우르르르—.

지진이라도 나는 것 같은 진동 소리에 대원들은 불안한 시선을 교환했다. 뇌성 소리에 이어 으르렁거리는 소리가 들려왔다.

"저게 무슨 소리지?"

서장이 주눅이 들린 목소리로 물었다. 무슨 소리인지 모르는 대원들은 꿀 먹은 벙어리처럼 서로 얼굴만 쳐다보았다. 그때 그들의 뒤쪽 어둠 속에서

"산이 울고 있는 겁니다."

하는 소리가 들려왔다.

"누구야!"

모두가 그쪽을 바라보았고, 그중에는 총구를 겨누는 사람도 있었다.

"접니다!"

앞으로 나선 사람은 조준기 형사였다. 그는 비에 흠뻑 젖어 있었고, 그의 뒤에는 노인 한 사람이 따라붙고 있었다.

"조 형사가 웬일이지?"

"앉아 있을 수 있어야죠. 그래서 뒤따라 왔습니다."

야수와 소녀

조준기 형사는 피에 젖은 호랑이를 언제까지나 내려다보고 있었다.

한참 후 그는 고개를 돌려 거기에 둘러서 있는 경찰들을 둘러보았다. 그의 눈에는 빗물인지 눈물인지 모를 물기가 가득 고여 있었다.

"꼭 이렇게 죽여야 했나요?"

그는 모든 사람을 향해 물었다.

모두가 입을 다문 채 그를 묵묵히 바라보고 있었다.

"죽이지 않으면 안 되었나요?"

"그럴 수밖에 없었어. 사살하라는 명령을 내린 건 나야. 사람이 다칠 순 없잖아."

서장이 우울한 목소리로 말했다.

"마지막 남은 지리산 호랑이입니다! 이렇게 사살하다니 너무 잔인합니다! 이제 지리산 호랑이는 멸종입니다!"

"이 호랑이는 사람을 많이 해쳤어. 이렇게 위험한 호랑이는 처치해야 해."

수사과장이 퉁명스럽게 말했다.

"생포할 수는 없었나요?"

조 형사는 울 것 같은 표정으로 말했다. 빗물이 얼굴을 적시며 흘러내리고 있었는데, 어떻게 보면 그것은 눈물 같기도 했다.

"어쩔 수 없었어."

다시 수사과장이 대답했다.

"자네 심정 어떻다는 거, 나도 알고 있어. 나 역시 마찬가지 기분이네. 그렇지만 어쩔 수가 없었어. 생포할 수도 없었어. 빙빙 돌면서 우리들을 위협했어. 이해해 주게."

서장의 시선이 한쪽에 우두커니 서 있는 초라한 노인에게 향했다.

"저분은 누구인가?"

"염일표 씨라고…… 옛날 공비 출신입니다."

수사과장이 옆에서 낮은 소리로 재빨리 설명하자 서장은 그제야 알겠다는 듯 고개를 끄덕이면서 노인에게 정중하게 오른손을 내밀어 악수를 청했다.

"존함은 일찍부터 듣고 있었는데, 인사가 늦었습니다. 서장입니다."

"수고하십니다."

염 노인은 서장의 두 손을 붙잡고 고개를 깊이 숙였다.

"헌데 어쩐 일이십니까?"

"네, 조 형사님이 같이 오자고 해서 왔습니다."

"왜 같이 오자고 했죠?"

"네…… 도와 달라고 해서……."

노인이 머뭇거리며 조 형사를 바라보았다.

"이분이 어쩌면 많은 도움이 될 것 같아서 부탁한 끝에 모시고 왔습니다."

"어떻게 이분을 알게 되었나?"

"곽 순경님이 알려주셨습니다."

"곽 순경이?"

곽 순경은 나이가 많아 타격대로 편성되지 않았다.

"그렇다면 뭘 좀 알고 계신다는 건가?"

수사과장이 눈을 빛내며 물었다.

"그럴지도 모릅니다."

"그, 그게 무슨 말인가?"

다그쳐 묻는 바람에 조 형사는 망설여졌다. 그는 조심스럽게 염 노인을 바라보다가 말했다.

"이분께서 이 부근에 동굴이 있다고 합니다."

"동굴이!"

"네, 동굴입니다."

수사과장은 고개를 갸우뚱했다.

"아무리 뒤져봐도 동굴 같은 것은 없던데……?"

"있다고 했습니다. 없어지진 않았을 겁니다."

"물론이지. 무너지지 않았으면 그대로 있겠지."

"여간해서는 발견하기가 어렵답니다."

"그래? 그런데 그 동굴에 야수가 있단 말인가?"

모든 사람의 눈에 일제히 긴장이 감돌았다. 조 형사는 약간 당황하면서 손을 흔들었다.

"그건 잘 모르겠습니다."

"무슨 대답이 그래?"

"아직은 뭐라고 말씀드릴 수 없습니다. 단지 이렇게 경찰이 뒤지는데 안 걸리는 걸 보니까, 아주 안전한 곳에 숨어 있지 않나 생각됩니다."

"으음, 그 동굴을 수색할 필요가 있겠는데."

"한번, 수색해 봅시다."

서장이 한마디 했다.

수사과장은 염 노인 쪽으로 시선을 돌렸다.

"도대체 어디에 동굴이 있다는 건가요?"

"저기, 저쪽…… 절벽에……."

염 노인은 초원의 저편 어둠 속을 가리켰다.

"절벽에……?"

"네, 절벽에 입구가 있소이다. 나무에 가려서 잘 보이지 않을 겁니다만……."

"아니 저런 절벽에 동굴이 있단 말이오?"

과장은 노인이 가리킨 쪽으로 플래시를 비춰 보았다. 그러나 어둠뿐 아무것도 보이지 않았다.

"밤엔 못 찾을 겁니다."

"거기에 들어가 본 적이 있소?"

"네…… 옛날에……."

"공비 때 말이오?"

"네……."

염 노인은 부끄러운 듯 고개를 숙이고 기어들어 가는 목소리로 대답했다.

바로 그때였다. 어디선가 피리 소리가 은은히 들려오기 시작한 것이다.

"피리 소리다!"

누군가가 소리를 죽이며 외쳤다.

"그렇군. 피리 소립니다. 서장님."

과장이 그렇게 말했다.

서장이 명령했다.

"불을 꺼!"

일제히 불이 꺼지고, 칠흑 같은 어둠 속에서 모두가 얼어붙은 채 피리 소리에 귀를 기울였다.

나뭇잎에 떨어지는 쏴아 하는 빗소리 사이로 피리 소리는 끊어질 듯 말 듯 가냘프게 이어지면서 사람들의 가슴을 눅눅이 적셔 주고 있었다.

피리 소리는 그렇게 10분쯤 계속되다가 사라졌다.

"어느 쪽에서 들려온 거지?"

서장이 떨리는 목소리로 물었다.

"저기, 절벽 쪽에서 들려온 것 같습니다."

수사과장의 대답이었다.

"귀신이 곡할 노릇이군."

"거기에 정말 동굴이 있다면…… 거기서 누군가가 피리를 분 것이 틀림없습니다."

"동굴 안에 사람이 있단 말이지?"

"그런 것 같습니다."

"아주 기막힌 피리 소리였어. 그렇게 가슴을 적셔 주는 피리 소리는 처음이야."

서장은 넋이 빠진 듯 중얼거렸다.

조 형사는 기회를 놓치지 않고 말했다.

"이제 제 말이 거짓말이 아니었다는 게 분명하게 증명된 셈인가요, 서장님?"

"그래, 증명된 셈이야."

"다행입니다."

조 형사는 이 시간에 피리를 불어 자신의 체면을 살려준 피리 소리가 고마웠다.

"저건 누가 부는 걸까?"

"제 생각에는…… 현미가 부는 것 같습니다."

"현미? 실종된 학생?"

"네, 그렇습니다."

"자넨 그 애가 아직 살아 있다고 보나?"

"네, 그렇게 믿고 싶습니다. 그 애는 아버지가 불던 피리를 가지고 실종됐습니다. 그 애 어머니의 말이 현미도 피리를 아주 잘 불었답니다. 기막힐 정도로……."

"피리를 갖고 갔어?"

"예, 항상 갖고 다녔답니다. 학교 갈 때도……."

"집에 있나 잘 찾아보았나?"

"네, 샅샅이 뒤져보았지만 보이지 않았답니다."

"제발 자네 말대로 살아 있었으면 좋겠군. 여섯 명 중의 한 명이라도 살려내야지."

"한 가지 부탁이 있습니다."

"응, 뭔가?"

조 형사는 서장 앞으로 바짝 다가갔다.

"야수를 사살하지 않겠다고 약속해 주십시오."

조 형사는 경찰서에서 하던 부탁을 다시 했다. 그러나 서장은 고개를 저었다.

"그런 부탁이라면 좀 곤란한데……."

그들 사이로 수사과장이 끼어들었다.

"이봐, 조 형사, 만일 야수가 덤벼들면 어떡하지? 총까지 가지고 있다고 하지 않았나?"

"그는 야수로 불릴지 모르지만, 분명히 인간입니다! 인권은 최대한 보장되어야 합니다."

"아무리 인간이라 하더라도 경찰을 해치는 놈은 가만둘 수가 없어. 물론 사로잡고야 싶지. 하지만 여의치 않을 때는 정당방위로 사살할 수밖에 없어."

"알고 있습니다. 그렇지만 어떤 상황에서도 사살해서는 안 됩니다! 죽이지 말고 꼭 생포해야 합니다! 그는 정말 기막힌 인간입니다!"

"기막힌 인간이라니, 무슨 사연이 있단 말인가? 자네가 어떻게 알고 그런 말을 하지?"

수사과장이 말꼬리를 붙잡고 늘어졌다.

"……."

조 형사는 아차 했지만 이미 뱉어 놓은 말이었다.

"왜 대답 못해? 기막힌 인간이라니, 무슨 뜻이야? 어디서 무얼 알아냈지?"

"산 속에서 동물처럼 돌아다니는 사람이니까요. 그래서 해본 말입니다."

"얼버무리지 마! 솔직히 털어놔 봐!"

"나중에 이야기하겠습니다."

"지금 이야기해!"

"지금은 곤란합니다."

"명령이야! 이야기해 조 형사! 서장님도 말하기를 기다리고 계셔!"

수사과장은 집요하게 나오고 있었다. 그러나 조 형사도 그에 못지않게 고집이 세었다.

"누가 뭐래도 지금은 말할 수 없습니다."

조 형사는 완강하게 버티었다.

"뭐라구! 좋아, 그럼 그 야수를 발견하는 즉시 사살해 버리도록 하겠어."

빛이 조금이라도 있었다면 수사과장은 조 형사의 얼굴이 무섭게 일그러지는 것을 보았을 것이다.

"그렇다면 안내해 드릴 수 없습니다! 안내가 없이는 동굴을 찾아서 들어갈 수가 없을 겁니다!"

"뭐가 어쩌고 어째?"

수사과장의 주먹이 조 형사의 가슴을 툭 쳤다. 힘껏 친 것은 아니었지만, 상당히 아팠다. 조 형사는 뒤로 물러섰다. 과장이 몹시 화가 나 있는 것이 분명했다. 그러자 그때까지 가만히 침묵을 지키고 있던 서장이 그들 사이에 끼어들었다.

"어허, 왜들 이러는 거야? 서로 협조하지 않고…… 조 형사는 상관에게 대들지 말고……."

"죄송합니다, 서장님. 조 형사가 너무 비협조적으로 나와서 그만……."

수사과장이 서장에게 사과했다.

"서로 다 일리가 있는 말이야. 조 형사, 나한테도 말해 줄 수 없 겠나?"

"안됩니다. 다음에 말씀드리겠습니다."

"고집 한번 대단하군. 아, 좋아, 남자 고집이 그래야지. 남자는 주관이 뚜렷해야 해. 사살하지 않겠다고 약속하지. 위협사격만 가하고 절대 사살해서는 안 된다! 만부득이한 경우 부상 정도 입 히는 건 괜찮아!"

서장은 역시 관대했다.

"우리 쪽 희생이 클지도 모릅니다!"

수사과장이 펄쩍 뛰며 한사코 반대했다. 그러나 서장은 조 형 사를 지지했다.

"경찰이 희생당하는 건 당연한 일이야. 우리는 우리 자신을 보호하기 위해 여기 온 게 아니지 않나."

그 말에는 수사과장도 입을 다물어 버렸다.

처녀는 옷을 하나씩 벗기 시작했다. 벽에서는 관솔불이 타오 르고 있었다. 처녀는 먼저 윗옷들을 모두 벗었다. 파카를 벗고 청 바지를 벗었다. 티셔츠를 벗자 브래지어만 남았다.

우윳빛 살결이 불빛을 받아 눈부시게 빛났다. 브래지어를 벗 자 부푼 젖무덤이 부끄러운 듯 고개를 내밀었다. 봉긋하게 솟아 오른 하얀 유방은 어린 처녀의 신비함을 간직하고 있었다.

그녀는 마침내 아랫도리도 모두 벗었다.

나체의 그녀는 더할 수 없이 아름다워 보였다. 육체는 이미 성
숙되어, 이성의 손길을 기다리는 여인의 체취를 풍기고 있었다.
누가 있어 그녀를 보았다면 그 황홀한 몸매에 넋이 빠졌을 것이
다. 허리의 선은 더없이 유연해 보였고, 거기서 둔부로 이어지는
선은 아름다움의 극을 이루고 있었다. 쭉 뻗은 허벅지도 정말 멋
있었다.

그녀는 연못에 비친 자신의 모습을 신비한 듯 바라보다가 천
천히 물속으로 들어갔다. 연못의 깊이는 허리 높이였고 물은 그
렇게 차가운 편이 아니었다.

그녀는 물소리도 내지 않고 가만가만 몸을 씻었다. 그녀는 매
일 그렇게 목욕하고 있었다.

동굴 속의 연못에서 나체로 목욕하고 있는 처녀는 마치 전설
에 나오는 선녀 같았다.

인기척이 나더니 짐승의 가죽 털을 몸에 두른 아이가 나타났
다. 아이를 보자 처녀는 활짝 웃으며 두 팔을 벌렸다. 아이는 가죽
털을 벗어던지고 물속으로 뛰어들어 처녀의 품에 안겼다.

처녀와 아이는 한동안 물장구를 치고 깔깔거리며 놀았다. 그
러다가 그녀는 아이를 깨끗이 씻어 주었고, 아이는 기분이 좋은
지 가만히 눈을 감고 있었다.

목욕이 끝난 뒤 그들은 바위 위에 드러누워 노래를 불렀다. 아
이는 그녀가 가르쳐 준 동요들을 더듬거리며 불렀다. 생후 처음

배우는 탓인지 거의 음치에 가까운 소리를 냈지만 그래도 즐거운 표정이었다.

그들이 목욕을 끝내고 돌아갔을 때 야수는 칡넝쿨 껍질로 튼튼한 밧줄을 만들고 있었다. 지난 며칠 동안 그는 거기에만 정성을 쏟고 있었다. 허벅지에 입은 총상이 아물지 않고 있었기 때문에 그는 아직 걸음을 제대로 옮기지 못하고 있었다.

처녀는 야수 옆으로 조심스럽게 다가앉아 그의 일하는 모습을 잠자코 지켜보기 시작했다.

그녀는 야수가 왜 밧줄을 그렇게 많이 만드는지 알 수 없었다. 그것을 어디다 쓰려고 그러느냐고 묻고 싶었지만, 상대가 벙어리라 함부로 물어볼 수도 없는 노릇이었다. 손짓 발짓으로 물어본다 해도 대답해 줄 것 같지 않았다. 야수는 칡넝쿨을 하루쯤 물에 적셔 두었다가 껍질을 벗겨 밧줄을 만든 다음 다시 물을 뿌려 두곤 했다. 밧줄이 말라비틀어지지 않게 하기 위해서였다.

야수의 얼굴에는 그 어느 때보다도 긴장감이 서려 있었다. 처녀는 무엇인가 심상치 않은 일이 일어날 것만 같은 예감이 들었지만, 야수가 하는 대로 잠자코 지켜보고만 있었다.

밧줄은 무척이나 길었다. 야수는 그것 말고도 칡넝쿨로 큰 망까지 만들어 그 끝에다 밧줄을 붙들어 맸다.

비로소 처녀는 동굴에 위기가 닥쳐온 것을 어렴풋이 깨달았다. 그것은 밖으로부터의 위협인 듯했다. 야수의 전신에 긴장감이 감돌고 있는 것이 그것을 말해 주고 있었다.

무슨 일일까. 아까 호랑이의 울음소리와 함께 총소리가 무수히 들려왔었다. 밖에 심상치 않은 일이 벌어지고 있는 모양이었다. 토벌대가 닥친 것이 아닐까.

야수는 동굴 안에 있으면서도 밖에서 일어나고 있는 일들을 눈으로 보듯 환히 알고 있다. 신기에 가까운 육감이 그에게 모든 것을 가르쳐주는 것 같았다. 동굴 속에서 몇십 년을 살았으니 그럴 만도 하리라.

처녀는 아기를 잠재우기 위해 방으로 들어갔다.

아기와 함께 자리에 누웠지만 잠이 오지 않았다.

한참 후에 다시 밖으로 나가보았다. 야수는 여전히 밧줄을 만들고 있었다. 야수의 어깨에 가만히 머리를 기댔다. 굳어 있던 야수의 눈빛이 부드러워졌다. 야수는 팔을 뻗어 처녀의 어깨를 감싸 안았다. 그리고 고개를 끄덕였다. 처녀는 눈을 감았다. 야수는 일손을 놓고 처녀를 가만히 내려다보았다.

야수는 처녀를 건드리지 않았다. 그는 평생 여자를 범해 본 적이 한 번도 없었다. 따라서 그는 동정(童貞)이었다. 그는 남녀 간의 관계에 대해 아무것도 몰랐다. 처녀가 기대어 오면 딸처럼 잠들도록 다독여 주기만 했다.

처녀는 야수의 품에 안길 때가 제일 행복했다. 마치 따뜻한 아랫목에 누워 있는 기분이었다. 야수는 언제나 처녀가 안심하고 잠들 수 있도록 편안하게 해주었다.

처녀는 얼핏 잠이 들었다. 그때 꿈속에서 엄마가 나타났다. 엄마는 피투성이가 된 채 그녀를 부르고 있었다. 엄마는 불 속에서 뛰고 있었다. 활활 타오르는 불길 속에서 그녀를 부르며 울부짖고 있었다.

"아, 안 돼! 엄마! 엄마!"

처녀는 소리치며 벌떡 일어났다.

야수가 놀란 눈으로 그녀를 바라보고 있었다.

"꿈을 꾸었어요. 엄마가 불 속에서 저를 부르며 울부짖는 꿈이었어요."

야수는 고개를 끄덕이기만 했다. 무슨 말인지는 몰랐지만 대강 짐작은 갔다. 처녀의 눈에 눈물이 가득 고이더니 이윽고 방울져 흐르기 시작했다.

처녀는 피리를 들고 어둠으로 들어갔다.

물소리, 바람 소리, 빗소리가 들려왔다. 사방으로 뻗은 동굴의 한 가닥 끝 구멍이 난 곳에 언제나처럼 앉아 밖을 내다보았다. 아래는 천 길 낭떠러지다. 달이 없는 캄캄한 밤이라 아무것도 보이지 않았다.

이윽고 그녀는 피리에 입을 대고 불기 시작했다. 슬프고 처량한 곡이었다. 간장을 녹이는 것 같은 피리 소리가 어둠을 타고 멀리멀리 퍼져 갔다.

이 별

　불안한 밤이 지나고 날이 밝았다. 비는 여전히 추적추적 내리고 있었다.

　간단히 아침 식사를 마치고 난 타격대는 8시 정각에 행동을 개시했다. 먼저 동굴을 중심으로 반경 2백 미터에 포위망이 구축되었다. 그리고 3백 미터에도 포위망이 쳐졌다. 이중으로 철통같이 쳐진 셈이었다.

　"이만하면 제아무리 날고 기는 놈이라고 해도 옴짝달싹할 수 없겠지."

　"이젠 완벽합니다. 동굴 속에 야수가 정말 있다면 잡히는 건 시간문제입니다."

　"실수하지 않도록 단단히 주의를 주게."

　"알겠습니다."

서장과 수사과장의 주고받는 말을 들으면서 조 형사는 준비를 서둘렀다. 그는 결코 기분이 좋아질 수가 없었다. 지난 40년 동안 베일에 가려져 왔던 한 비극적인 인물이 이제 막 그 베일을 벗으려 하고 있었다. 주인공은 한사코 벗으려고 하지 않는데 속세의 속된 인간들이 강제로 벗기려 들고 있었다.

　바로 그 짓을 자신이 앞장서서 하고 있다는 데 대해 조 형사는 심한 죄의식을 느끼고 있었다. 그러면서도 그는 포기하려 들지 않고 있었다. 지금 와서 그만둘 수도 없는 일이었다. 가는 데까지 가 보자. 그는 흥분해서 자신에게 소리쳤다.

　타격대는 누가 제일 먼저 앞장서서 동굴 안에 들어갈 것이냐 하는 문제를 놓고 고민하지 않아도 되었다. 사실 그 문제가 나왔을 때 자기가 먼저 들어가겠다고 자진해서 나오는 사람은 아무도 없었다. 야수에 대한 공포가 모든 사람의 가슴속에 어느새 깊이 자리하고 있었기 때문에 위험을 자청하는 사람이 있을 리 없었던 것이다. 수사과장만 해도 정작 그 문제가 나왔을 때는 다른 일을 하며 딴청을 부리고 있었다.

　따라서 그 문제를 해결해 줄 수 있는 사람은 자연 조 형사로 지목되었다. 공개적으로 조 형사가 맡아야 한다고 말하는 사람은 없었지만, 서장 이하 모든 사람은 은연중 그가 앞장서서 나서 줄 것을 바라고 있는 눈치였고 또 그것을 당연한 것으로 생각하고 있는 것 같았다.

　한편 조 형사로서도 자신이 앞장서는 것을 당연한 것으로 받아들이고 있었다. 다른 사람들이 만류했다 해도 그는 듣지 않고 앞장설 각오와 준비가 되어 있었던 것이다.

"영감님, 수고 좀 하셔야겠습니다."

서장이 염 노인에게 정중히 부탁했다.

"알겠습니다. 하라는 대로 해야지요."

서장은 조 형사의 어깨를 두어 번 두들겼다.

"자네도 수고 좀 하게."

"염려 마십시오."

마침내 조 형사와 염 노인이 앞장서서 벼랑을 내려가고 그 뒤를 완전히 무장한 대원 10명이 따라붙었다. 동굴을 발견하면 신호탄을 터뜨리게 되어 있었다.

밧줄을 타고 5미터쯤 내려가자 마침내 수풀에 가려진 공간이 나타났다. 공간에 내려서서 조심스럽게 수풀을 헤치자 시커먼 굴이 입을 떡 벌리고 있었다. 조 형사는 소름이 쭉 끼쳤다. 염 노인은 부들부들 떨고 있었다.

즉시 신호탄이 발사되었다. 조 형사는 마이크를 입에 대고 동굴을 향해 외치기 시작했다.

"우리는 경찰이다! 오현미 양한테 알린다! 오현미 양! 동굴 속에 있으면 지금 당장 밖으로 나와라! 우리는 너를 구하러 왔다! 동굴 속에 있으면 무서워하지 말고 나와라! 아무 걱정하지 말고 나와라!"

조 형사는 초조하게 기다렸다. 한참 동안 기다렸지만, 안으로부터는 아무 반응이 없었다.

"오현미! 경찰이다! 안에 있으면 나와라!"

그는 다시 마이크로 외쳐 댔다. 목이 쉬도록 현미를 불러 댔다. 그러나 반응이 전혀 없었다. 조 형사는 망설이다가 마침내 작정하고 앞장서서 동굴 안으로 들어갔다. 그 뒤를 염 노인이, 이어서 대원들이 따라붙었다.

"절대로 사살하지 마십시오. 생포해야 합니다. 서장님도 허락하셨습니다."

조 형사가 거듭 부탁하자 대원들은 알았다는 듯 고개만 끄덕거렸다.

조 형사는 오른손에 권총을, 왼손에는 플래시를 들고 한 발 한발 조심스럽게 옮겨 놓았다. 동굴은 수 미터 들어간 곳에서 막혀 있었다. 플래시로 비쳐 보니 놀랍게도 거기에 통나무를 얽어서 만든 문이 있었다. 더구나 그 문은 만든 지 얼마 안 된 듯 나무에는 아직 습기가 남아 있었고 절단면에는 송진까지 배어 나와 있었다.

그 문 앞에서 조 형사는 처음으로 억누를 수 없는 공포를 느꼈다. 이제 동굴 안에 누가 있다는 것은 움직일 수 없는 엄연한 사실로 나타났다. 조 형사는 전율을 느꼈다. 대담한 그도 가슴이 마구 떨려 왔다. 너무 흥분한 나머지 호흡까지 거칠어지고 있었다.

사람을 피해 40여 년을 동굴 속에 숨어 홀로 살아온 사나이…… 그를 도대체 어떻게 이해해야 할까? 그는 어떤 모습을 하고 있을까? 그는 인간인가, 야수인가? 그는 무슨 생각을 하고 있을까? 자기를 잡으러 온 것을 알면 그는 어떻게 나올까?

조 형사는 염 노인을 바라보았다. 염 노인 역시 공포에 질려 부들부들 떨고 있었다. 몇 번 와 본 적이 있는 그가 왜 그리 떠는지 알 수 없었다.

"전…… 전……… 안 들어갈랍니다……."

염 노인은 고개를 저으며 뒷걸음질 쳤다. 조 형사는 노인의 팔을 움켜잡고 끌었다.

"도망치면 안 됩니다. 우리와 함께 가셔야 합니다."

"그…… 그 사람이 나를 보면 가만있지 않을 텐데……."

"염려 마세요. 바로 체포될 거니까요. 내가 앞장설 테니까 뒤따라오세요."

"까딱하면 큰일 날 건데…… 보통 놈이 아니라서……."

"그런 건 염려 말고…… 자, 갑시다."

조 형사가 팔을 잡아끌자 노인은 하는 수없이 따라왔다.

안으로 들어갈수록 동굴은 넓어지고 있었다. 천장도 높았다. 천연 동굴이었다. 위에서는 계속 물방울이 떨어지고 있었다. 갑자기 시커먼 것이 퍼덕거리며 날아다니는 바람에 그들은 소스라치게 놀랐다. 염 노인만이 놀라지 않았다.

"박쥐로군요. 옛날에도 있었는데……."

조 형사는 어릴 때 동네 뒷산에 있던 조그마한 동굴 속에서 박쥐를 본 적이 있었다.

"오랜만에 봤더니 이상하군요."

박쥐는 한 마리가 아니고 여러 마리였다.

조 형사는 앞장서서 걷다 말고 황홀한 듯 플래시를 비추어 벽과 천장을 바라보곤 했다. 그도 그럴 것이 동굴 내부는 안으로 들어갈수록 온통 형형색색의 돌로 어지럽게 층을 이루고 있어서 마치 환상의 세계에 들어온 듯 한 느낌이었다. 추울 줄 알았는데 뜻밖에 온도도 적당해서 사람이 숨어 지내기에는 안성맞춤이었다.

갑자기 길이 끊어지는 바람에 조 형사는 하마터면 밑으로 굴러 떨어질 뻔했다. 아래를 비춰 보니 연못이었다. 밑으로 내려가기 좋게 밧줄이 있었다. 줄을 타고 밑으로 내려갔다. 연못은 태고의 신비 속에 잠겨 있었다.

연못 옆으로 길이 나 있었다. 동굴은 다시 위로 뻗어 있었다. 역시 밧줄이 걸려 있었다. 밧줄을 타고 위로 올라갔다.

그러나 얼마 올라가지 못해 밧줄이 끊어지는 바람에 조 형사는 밑으로 굴러 떨어지고 말았다. 호되게 머리를 부딪친 그는 한참 동안 정신을 차릴 수가 없었다.

왜 줄이 끊어졌을까. 야수가 침입을 막으려고 일부러 그렇게 해 놓은 게 아닐까. 막 그런 생각을 하고 났을 때 돌연 야수의 포효하는 소리가 들려왔다.

"우우우!"

모든 플래시가 그쪽으로 집중되었다. 순간 그들은 약속이나 한 듯

"앗!"

하고 소리쳤다.

불빛에 드러난 것은 놀랍게도 그들이 그렇게도 두려워하던 야수의 모습이었다. 야수의 얼굴은 온통 눈처럼 하얀 털로 덮여 있었다. 귀를 덮고 있는 장발도 흰빛이었고 가슴까지 내려와 있는 수염도 하얗게 빛나고 있었다. 몸에는 원시인처럼 짐승 털가죽을 두르고 있었다. 그래서 팔다리는 맨살이 그대로 드러나 있었다.

야수는 머리 위로 어마어마하게 큰 바위 덩이를 쳐들고 있었다. 그리고 그것을 그들의 머리 위로 던지려 하고 있었다.

"앗! 위험하다! 피해!"

조 형사의 고함에 모두가 허둥지둥 물러섰다. 그와 동시에 바위 덩이가 밑으로 굴러떨어졌다. 당황하고 겁에 질린 대원들이 반사적으로 총을 쏘았다. 그 바람에 동굴 안은 귀청을 찢는 듯한 총소리로 한동안 시끄러웠다.

"총 쏘지 마! 죽으면 안 된다!"

조 형사는 악을 썼다. 총소리가 멎고 주위는 다시 조용해졌다. 그러나 이번에는 야수 쪽에서 총을 쏘기 시작했다. 몇 번 쏘다가 총소리가 그치고 느닷없이 여자의 울부짖는 소리가 들려왔다.

"할아버지! 아, 안 돼요! 쏘면 안 돼요!"

매우 위험했지만 조 형사는 플래시를 비춰 보았다. 등산복 차림의 소녀가 야수한테 매달려 총을 뺏으려고 하고 있었다. 불빛에 노출되자 소녀는 재빨리 어둠 속으로 모습을 감추어 버렸다.

"현미다! 오현미!"

조 형사는 자기도 모르게 소리쳤다.

"오현미! 나와라! 우리는 경찰이다! 우리는 너를 구하러 왔다! 빨리 나와라! 우리와 함께 돌아가자!"

플래시를 집중적으로 비춰 보았지만 왕 우도 현미도 보이지 않았다. 조 형사는 목이 쉬도록 불러댔다. 그러나 자신의 목소리만 공허하게 되돌아올 뿐 현미로부터는 아무런 응답이 없었다. 조 형사는 최후 수단으로 거짓말을 한번 해보기로 했다.

"오현미! 엄마가 보고 싶지 않니? 엄마가 어떻게 됐는지 알고 싶지 않니? 엄마가 지금 어디 있는지 알고 싶지 않니? 엄마가 마지막으로 너를 찾고 계신다! 엄마의 마지막 소원을 들어주고 싶지 않니?"

침묵이 흘렀다. 한참 후 그녀의 흐느끼는 울음소리가 들려왔다. 그 흐느낌이 점점 격해지더니 마침내 현미의 말소리가 들려왔다.

"우리…… 우리 엄마가…… 어떻게 됐다는 거예요? 지금 어디에 계세요?"

"엄마는 지금 병원에 입원해 계셔. 병원에서 현미만 찾고 계셔. 매우 위독한 상태야. 자, 그러고 있지 말고 빨리 나오라구! 우리하고 함께 엄마한테 가자구!"

"싫어! 싫어요! 거짓말하지 말아요! 왜 갑자기 아파요? 그럴 리가 없어요!"

"거짓말이 아니야! 정말이야! 우리가 왜 거짓말을 하겠어? 지금 엄마한테 가지 않으면 평생 두고두고 후회할 거야."

그녀를 구하고 싶은 생각에 그는 열심히 거짓말을 했다. 어쩔 수 없었다.

그녀는 마침내 그의 거짓말에 차츰 빠져들기 시작하는 것 같았다. 그의 말을 부정하지 않고 계속 흐느끼기만 하는 것이 어머니를 몹시 보고 싶어 하는 것 같았다.

"가고 싶어요! 그렇지만 갈 수가 없어요! 용서해 주세요! 용서해 주세요!"

"왜 갈 수 없다는 거야? 이유가 뭐야? 붙잡혀 있기 때문인가?"

조 형사는 갈 수 없다는 말에 놀랐다. 이유가 무엇이기에 이렇게 경찰이 데리러 왔는데도 갈 수 없다고 할까.

"붙잡혀 있는 게 아니에요. 그런 게 아니에요!"

"그럼 뭐야?"

"사정이 있어요."

"그 사정이 뭐야?"

"……."

대답이 없었다. 흐느낌이 점점 멀어지더니 이윽고 사라져 버렸다. 아무리 불러 보았지만, 현미의 목소리는 두 번 다시 들려오지 않았다.

"할 수 없다! 가서 붙잡아 오는 수밖에……."

조 형사는 무전기로 밖에다 보고했다. 서장은 야수를 사살하라고 명령했다. 그러나 조 형사는 서장의 명령을 따르지 않기로 작정했다.

한편, 현미는 가지 않겠다고 고집을 부리고 있었다. 그를 버리고 갈 수 없었다. 비 오듯이 눈물을 흘리며 야수를 붙들고 애걸하고 있었다.

"싫어요! 여기 있을래요! 갈려면 같이 가요. 혼자 가기는 싫어요! 싫어요! 저와 같이 내려가서 살아요!"

벙어리인 왕 우는 말을 못하고 손짓으로 경찰들을 따라가라고 했다. 안타까운 두 눈은 현미를 뚫어지게 바라보고만 있었다. 그의 눈에서도 닭똥 같은 굵은 눈물이 뚝뚝 떨어지고 있었다. 그는 무겁게 고개를 가로저었다. 그러면서 오른쪽 허벅지를 가리켰다. 총상을 입은 다리는 아직 아물지 않고 있어서 움직이기가 몹시 불편했다. 걸으려면 지팡이에 몸을 의지한 채 심하게 쩔룩거리지 않으면 안 되었다.

수색대는 점점 가까이 쫓아오고 있었다. 더는 머뭇거리고 있을 시간 여유가 없었다.

야수는 현미와 아이를 밀어냈다. 현미와 아이가 한꺼번에 울음을 터뜨렸다.

야수는 그들을 데리고 동굴의 한 가지 끝으로 갔다. 그곳은 현미가 자주 와서 피리를 불던 곳이었다. 밖을 내다볼 수 있는 조그만 구멍이 지금은 사람이 충분히 빠져나갈 수 있을 만큼 크게 뚫려 있었다. 야수가 그렇게 크게 만들어 놓은 것이었다. 그리고 그곳에는 칡넝쿨로 만든 튼튼한 밧줄이 잔뜩 쌓여 있었다. 야수는 현미에게 망으로 들어가라는 손짓을 했다. 아기에게도 손짓했다. 현미는 울면서 줄 끝에 달린 망으로 들어갔다. 그리고 아기를 꼭 끌어안았다.

야수는 현미와 아이를 한꺼번에 번쩍 안아 들었다. 현미와 아이는 망 속에서 몸부림치며 울어댔다. 야수는 그들을 품속에 안고 눈물을 흘리다가 마침내 결심한 듯 벼랑 쪽으로 다가섰다.

구멍을 통해 비바람이 몰려 들어오고 있었다. 아래는 깎아지른 벼랑이었다. 야수는 그들을 차마 벼랑 밑으로 내려보내지 못한 채 한참 동안 머뭇거리고 있었다. 뒤에서는 현미를 부르는 소리가 바싹 가까워지고 있었다.

야수는 갑자기 마음이 달라진 것 같았다. 차마 처녀와 아이를 벼랑 밑으로 내려보낼 수 없다고 생각한 것 같았다. 그들을 망 속에서 끌어내더니 망을 떼어내고 밧줄만 벼랑 밑으로 던져 버렸다. 마지막으로 처녀와 아이를 으스러지게 껴안아 준 다음 마침내 자기 혼자 밧줄을 타고 벼랑을 내려가기 시작했다. 현미는 굴밖으로 사라지는 야수를 바라보며 울음을 터뜨렸다. 아무것도 모르는 아이도 현미를 따라 울기 시작했다.

빗발은 더욱 굵어지고 있었다. 억수같이 쏟아지는 빗속에서 타격대원들은 이제나저제나 하고 야수가 나타나기를 기다리고 있었다. 그들의 총에는 실탄이 가득 장전되어 있었고, 명령만 떨어지면 언제라도 방아쇠를 당길 준비가 되어 있었다.

늙은 서장은 초조하게 시계를 들여다보았다. 8시에 시작된 작전이 11시가 지나도 아직 끝나지 않고 있었다. 동굴 안으로 들어간 수색조는 처음 몇 번은 연락을 보내오더니 그 뒤부터는 죽었는지 살았는지 감감소식이었다.

서장은 정년퇴직을 앞두고 이런 일이 일어난 것을 몹시 언짢게 생각하고 있었다. 부하들 가운데 희생이라도 생기면 정말 말년에 큰일이라고 생각했다. 생각 끝에 희생을 최소한으로 줄이는 방법은 이쪽에서 먼저 야수를 발견하는 즉시 사살해 버리는 길밖에 없다고 결론지었다.

이유는 충분히 있었다. 동굴에 들어간 수색조의 보고로는 야수가 바위와 총으로 그들을 죽이려 했다고 했다. 그만하면 정당방위로 야수를 사살한다고 해서 문제 될 것은 없을 것 같았다. 총을 들고 저항한다는 그 자체만으로도 얼마든지 사살할 수 있는 이유는 충분히 되었다.

그래서 서장은 마침내 체포가 어려우면 야수를 사살해도 좋다는 허락을 내렸다.

"수사과장!"

"예, 서장님!"

"아무래도 안 되겠소. 사고가 나면 큰일이니까. 체포가 어려우면 사살하시오."

"알겠습니다."

조 형사와 죽이지 않겠다고 약속한 것이 마음에 걸리긴 했지만, 그런 약속이야 상사의 처지에서 볼 때는 그다지 문제 될 것이 없는 무의미한 것이었다.

서장의 그러한 결정에 맞장구를 친 사람은 수사과장이었다. 당연한 일이라는 듯 그는 서장의 지시를 받아 곧장 부하들에게 전했는데 그 과정에서 좀 더 강경하게 말하는 것을 잊지 않았다. 즉 야수를 발견하는 즉시 사살하라고 말한 것이다. 수색대원들이야 명령에 따를 뿐이었다.

조 형사는 염 노인의 도움을 받아 굴의 한쪽 가로 나와 현미와 아이가 끌어안고 울고 있는 것을 발견했다. 그들 뒤로 나 있는 조그마한 구멍으로부터 밝은 빛이 들어오고 있었다. 또 다른 구멍이 있는 것이 신비스러웠다.

"오현미, 우리는 경찰이다. 너를 구해 주려고 왔으니 놀라지 마라."

조 형사는 부드러운 말로 현미를 달랬다. 놀라서 도망을 치다가 다치기라도 할까 봐 걱정되어서였다. 현미와 아이는 계속 울어댔다. 조 형사는 대원들에게 손짓해 총구를 돌리고 멈춰 서게 한 뒤, 현미에게 조심스럽게 다가갔다.

"자, 이제 돌아가자구. 이젠 모든 게 끝났어."

"……."

한동안 아무 소리 않고 엎드려 있던 현미가 울음을 그쳤다.

"알겠어요."

현미는 아이의 손을 잡고 일어섰다.

"할아버지는 어디로 갔지?"

현미는 구멍 쪽을 가리켰다. 조 형사는 그제야 구멍 밖으로 뻗어 있는 밧줄을 발견했다.

"아니, 저곳으로 나갔어?"

조 형사는 바닥에 엎드려 조심스럽게 구멍 밖으로 고개를 내밀었다. 눈이 부셔서 잠시 눈을 감았다가 떴다. 비가 내리는 우중충한 하늘과 숲이 우거진 깊은 계곡이 보였다. 다른 타격대원들은 보이지 않았다.

밧줄은 벼랑을 따라 내려뜨려져 있었다. 밧줄을 따라 아래로 내려가던 조 형사의 시선은 드디어 야수를 발견했다. 30미터쯤 아래쪽에서 밧줄에 매달린 야수가 벼랑 밑을 향해 한발 한발 내려가고 있었다.

조 형사는 돌아서서 대원들에게 말했다.

"그가 도망치고 있소. 빨리 나갑시다."

대원들도 구멍 밖으로 고개를 내밀고 도망치는 야수를 바라보았다.

"대단하군. 실수하면 천당행이야."

"필사의 탈출이로군. 과연 야수다워."

대원들은 돌아서 나가기 시작했다. 조 형사는 현미의 팔을 잡았다.

"자, 나가자구. 밖에 사람들이 많이 있지만 겁낼 것은 없어. 모두 현미 양을 구하러 왔으니까. 꼬마는 내가 안고 가지. 가자, 꼬마야."

조 형사는 그제야 아이에게 관심이 갔다. 웬 꼬마가 이 동굴에서 이들과 살고 있을까. 야수는 혼자 살았다고 했는데…… 현미가 데리고 왔을 리도 없고…….

현미는 몇 발자국 가다가 스르르 주저앉았다.

"현미!"

"누나!"

조 형사와 아이가 동시에 소리쳤다. 현미는 옆으로 쓰러졌다. 실신한 것이다.

"누나! 누나!"

아이는 다시 울기 시작했다. 조 형사는 대원 한 명을 불러 아이를 맡기고 현미를 등에 업었다. 염 노인이 절뚝거리며 맨 뒤에서 따라왔다. 노인은 몇 번이고 동굴 안을 뒤돌아보고 또 뒤돌아보고 했다.

11시 30분경 절벽 쪽을 응시하던 수색대원 하나가 뭔가 움직이고 있는 것 같다고 보고를 해 왔다. 수사과장은 벼랑을 잘 볼 수 있는 곳으로 이동해서 망원경으로 앞을 살폈다.

벼랑을 덮고 있는 수풀 사이로 분명히 무엇이 움직이고 있는 것이 보였다. 수사과장은 눈앞이 아찔해 왔다. 혹시 잘못 본 것이 아닌가 하고 생각하면서 눈을 비비고 나서 다시 한 번 바위와 수풀 사이를 찬찬히 바라보았다. 분명히 보였다. 야수였다. 순간 그는 발작적으로 소리쳤다.

"야수다! 야수가 나타났다!"

수사과장의 고함에 수색대원들이 뛰어왔다. 서장도 놀란 얼굴로 달려왔다.

"왜 그래? 무슨 일 있나?"

수사과장은 너무 흥분한 나머지 입만 연 채 말도 제대로 하지 못하고 있었다.

"서…… 서장님, 야수가 도망치고 있습니다."

"어디? 어디 있어?"

서장이 망원경을 눈에 대며 묻자 그는 손을 들어 벼랑 쪽을 가리켰다."

"저 저기…… 줄을 타고 내려가고 있습니다! 머리가 허옇습니다!"

서장은 수사과장이 가리키는 쪽을 바라보았다. 벼랑을 타고 내려가는 사람이 보였다.

"음, 틀림없군. 야수가 분명해."

수사과장이 수색대원들에게 고함을 질렀다.

"뭣들 하는 거야? 우물쭈물하지 말고 즉시 사살해! 놓치면 큰

일이다!"

그는 권총을 뽑아들고 먼저 한 방을 쏘았다. 수색대원들도 기다렸다는 듯이 방아쇠를 당겼다.

탕탕탕!

탕탕탕!

콩 볶듯 하는 요란스런 총소리에 숲 속에 숨어 있던 산새들이 놀라 일제히 날아오르는 것이 보였다. 갑자기 일어난 일에 서장은 적이 당황한 듯 한 표정을 지었다. 그래서는 안 된다는 듯 한 손을 쳐들었다가 도로 내려 버렸다. 부하들을 제지하기에는 너무 늦어 있었던 것이다.

그런데 그때 고함치는 소리가 들려왔다.

"안 돼! 쏘면 안 돼!"

모두가 소리 나는 쪽을 바라보니 굴속에 들어갔던 조 형사였다. 총소리가 멎고 적막이 찾아왔다. 모두가 벼랑을 올라오는 조 형사를 바라보고 있었다.

"왜 도망치는 사람 등에다 대고 총들을 쏘아 대는 겁니까?"

조 형사는 비틀비틀 걸어오고 있었다. 그의 등에는 여자가 업혀 있었다. 오현미였다. 그녀는 의식을 잃고 있었다. 뒤이어 나타난 수색대원의 등에는 아이가 업혀 있었다. 아이는 얼어붙은 눈으로 사람들을 바라보고 있었다.

왕 우는 벼랑 밑에 떨어져 죽어 있었다. 40년을 동굴 속에 숨어서 버티어 오던 사내가 끝내 사회로 돌아오지 못한 채 막판에 너무 허무하게 죽어 버린 것이다. 조 형사는 혹시나 숨이 붙어 있지 않을까 해서 맥을 짚어 보고 가슴에 귀를 대보았지만 이미 숨이 끊어진 지 오래였다.

"저하고 약속하셨죠? 사살하지 않겠다고 말입니다! 비겁하시군요! 이렇게 죽이고 나니까 기분이 어떠십니까? 호랑이라도 또 한 마리 잡은 기분인가요? 이 사람은 40년 동안 동굴 속에서 버티어 왔습니다! 초인적인 생명력으로 지금까지 끈질기게 버티어 왔습니다! 그 생명력에 저는 고개가 숙여집니다! 그렇게 버티어 온 생명을 차마 어떻게 끊습니까? 정말 잔인하기 짝이 없는 사람들이군요!"

"이봐, 서장님한테 그게 무슨 짓이야!"

수사과장이 눈을 부라리며 엄포를 놓았지만 조 형사는 상관하지 않고 대들고 있었다.

"제가 야수를 살려달라고 얼마나 부탁을 했습니까? 꼭 살려서 변모한 인간 사회의 모습을 보여주려 했는데…… 정말 너무했습니다!"

"어쩔 수 없었어."

"아, 난 괜찮아. 조 형사한테는 정말 미안하게 됐어. 내가 사과하지. 조 형사가 화를 낼 만도 하지. 약속을 지키지 못해 정말 미안하네."

서장은 노련한 사람이었다. 그리고 도량이 넓은 사람이었다.

조 형사의 분노를 무례한 짓으로 여기지 않고 오히려 당연한 것으로 받아들이고 있었다. 서장이 그렇게 나오지 조 형사로서도 더는 화를 낼 수가 없었다.

"자, 이렇게 된 거 어떻게 하겠나. 진정하고 수습이나 잘해 보도록 하자구. 이제 모든 게 끝난 거 아닌가. 현미도 찾았구…… 정말 이번에 수고가 많았어. 자네 공로가 제일 컸어. 자네 아니면 이런 일이 해결될 수 없지."

서장은 조 형사의 어깨를 두어 번 두들겨 주었다.

"아직도 문제가 남았습니다. 현미가 어떻게 나올지 모릅니다. 충격이 너무 커서 다시 전처럼 정상적인 생활을 할 수 있을는지 의문입니다."

"치료를 받으면서 쉬면 좋아지겠지."

작전이 끝났을 때는 어느새 비도 그치고 햇살이 눈부시게 쏟아지고 있었다. 총소리에 놀라 조용해졌던 산 속에 다시 새소리, 물소리, 바람 소리가 들려오고 있었다.

야수의 시체는 수색대원들의 손에 의해 양지바른 곳에 묻혔다. 그들은 정중하게 왕 우를 향해 경례한 다음 호랑이를 둘러메고 산에서 내려가기 시작했다. 조 형사는 왕 우의 무덤을 뒤돌아보고 뒤돌아보고 하면서 맨 마지막으로 그곳을 떠났다.

산에서 내려가는 동안 그는 서장에게 왕 우가 어떻게 해서 동굴 속에서 40년 동안을 숨어 지내게 되었는가를 그가 알고 있는 한 자세히 이야기해 주었다. 그의 이야기를 듣는 동안 서장은 시종일관 침통한 표정으로 입을 다물고 있었다.

산에서 내려온 현미는 곧장 병원에 입원했다. 건강을 검사하기 위해 경찰이 그녀를 입원시킨 것이다. 어머니가 불타 죽은 것을 알게 된 현미는 더욱 큰 충격을 받았다. 조 형사도 월례가 죽은 것을 알고는 현미에게 거짓말한 것을 후회했다.

그녀가 입원한 병원 주위는 구경꾼들이 많이 몰려들었다. 같이 산에 올라간 친구들의 부모는 현미를 원망하며 자식들 이름을 불렀다. 현미가 그들 자식을 죽였다는 것이었다. 민호의 부모는 현미를 죽이겠다고 펄펄 뛰었다.

각 신문사 기자들은 벌떼처럼 몰려들어 열띤 취재 경쟁을 벌이고 있었다. 병원 앞에는 텔레비전 중계차까지 와 있었다. 그러나 현미는 굳게 입을 다물고 있었다. 아무리 기자들이 캐물어도 벙어리가 된 듯 입을 열지 않았다.

조 형사는 그대로 내버려뒀다가는 아무래도 현미가 미쳐버릴 것만 같았다. 그래서 서장의 허락을 얻어 아무도 몰래 그녀를 어느 별장으로 데리고 갔다. 섬진강 가에 자리 잡고 있는 그 별장은 마을로부터 멀리 떨어져 있어 사람들한테 시달리지 않고 조용하게 지내기에는 안성맞춤이었다.

조 형사는 현미로부터 잠시도 눈을 떼지 않고 지냈다. 아주머니 한 명을 붙여 밥도 해주고 보살피도록 했다. 그녀는 친구들 5명이 모두 죽고 어머니가 자살한 사실 때문에 더욱 괴로워하는 것 같았다.

일주일 후 그녀는 마침내 굳게 다물고 있던 입을 열었다.

"저는 그 할아버지가 아니었으면 벌써 죽었을 거예요. 제가 산에서 길을 잃고 쓰러져 있을 때 저를 구해 준 사람이 바로 그분 이었어요. 눈을 떠보니 동굴 속이었고, 그분과 아이가 있었어요. 처음에는 무서웠지만, 시간이 흐르다 보니 하나도 무섭지가 않았 어요. 할아버지는 정말 좋은 분이었어요. 저는 속세의 악머구리 같은 생활보다도 그 동굴 생활이 더 좋았어요. 저는 그들을 두고 떠날 수가 없었어요. 너무 정이 들어 버렸던 거예요. 그밖에 집으 로 내려갈 수 없는 이유가 또 있었어요. 남의 집 외아들이 저 때문 에 절벽에서 떨어져 죽었는데, 어떻게 저만 살아서 돌아갈 수 있 겠어요."

조 형사는 이해할 수 있겠다는 듯 고개를 끄덕거렸다.

"저 애는 어떻게 된 아이지?"

"자세히는 몰라요. 제가 거기에 가기 전에 호랑이한테 물려 왔다나 봐요. 할아버지께서 말씀을 못하시니 자세한 건 알 수가 없었어요."

아기가 호랑이한테 물려 왔다면 장재인의 손자, 다시 말해 억 구의 아들이 아닐까. 조 형사는 그런 생각이 들었지만 확인할 길 은 없었다.

한 달쯤 지나자 현미는 조금 안정이 되는 것 같았다. 식사도 잘하고 잠도 잘 잤으며 강가로 산책하러 나갔다. 이젠 괜찮겠다

싶어 조 형사는 학교에 다시 다니겠느냐고 물어보았다. 현미는 대답하지 않았다. 고개만 저을 뿐이었다.

그로부터 보름쯤 지난 어느 날 오현미는 종적을 감추었다. 자기를 찾지 말아 달라는 쪽지를 남겨 두고 어디론가 떠나 버린 것이다. 조 형사는 그녀의 요구대로 그녀를 찾지 않았다. 찾아봤자 불가능할 것 같았다. 도저히 찾을 수 없는 먼 곳으로 가 버린 것 같았다.

조 형사는 차돌이를 자기 아들처럼 데려다 길렀다. 호적에 아들로 입적시키고 2년 후에는 학교에도 보냈다.

<끝>

작가의 말

청소년기 독자를 상대로 한 작품을 쓰게 될 때 작가(作家)는 으레 일정한 정석에 빠지게 되는 경향이 있다. 나는 그러한 작품 들을 허다하게 보아 왔다. 작가에게 있어서 그것은 반드시 피해 야 할, 아니 극복하고 넘어가야 할 위험이라고 볼 수 있는데, 대부 분의 작가가 그 같은 위험을 자초하는 이유는 첫째 청소년기 독 자들의 수준을 너무 얕잡아 보고 있고, 둘째 그들의 사고와 행동 을 사춘기적 윤리관의 틀 속에 묶어 두고 작품을 쓰기 때문이라 고 보아진다.

사실 청소년 독자들은 세계 문학을 소화할 수 있을 만큼 수준 이 높으며, 그래서 독서의 세계에서는 사춘기적 윤리관에서 완전 히 벗어나 자유롭게 인간의 세계에 접근할 수 있다.

그래서 나는 처음부터 일정한 정석에서 탈피해야 한다는 생 각을 하고 이 작품을 쓰게 된 것이다. 색다른 소재로 지금까지와 는 다른 각도에서 과거와 현재를 이어 보려고 애를 써 보았는데,

시간에 쫓기고 편집자의 빗발치는 독촉 때문에 그만 황망히 붓을 놓게 되었었다.

그것이 1981년 1월의 일이었다. 그런데 이 작품은 세상에 나온 지 얼마 후 발행사가 문을 닫게 되어 서점에서 사라졌다. 이 작품이 그처럼 사장된 것은 매우 애석한 일이었다. 특별히 심혈을 기울여 쓴 작품이라 더욱 아쉬웠는지 모른다.

그리고 10여 년이 지난 지금 기회가 찾아와 복간을 결심하게 되었다. 그래서 본 작품을 다시 읽어보니 아무래도 내용이 부실한 것 같아 개작하기로 결심, 새로 살을 덧붙일 것은 덧붙이고 뺄 것은 빼어 성형된 모습으로 다시 내놓게 되었다.

하지만 여전히 불만은 남는다. 창작에서 완전함이란 없기 때문에, 이 불만은 작가의 숙명인지도 모른다.

1990년 12월 부산에서

● 김성종 추리소설

『최후의 증인』 −상·하 | 김성종 장편추리소설
한국일보 창간 20주년기념 공모 당선작! 살인혐의로 20년간 억울하게
옥살이를 한 황바우의 출옥과 동시에 일어나는 살인사건! 사건을 뒤쫓
는 오병호 형사의 집념으로 20년 동안 뒤엉킨 사건의 전모가 백일하에
드러난다.

『제 5 열』 −상·중·하 | 김성종 장편추리소설
일간스포츠에 연재한 최고의 인기소설! 대통령선거를 기화로 국제 킬러
를 고용, 국가를 송두리째 삼키려는 범죄 집단의 음모를 수사진이 적나라
하게 파헤친다. 종래의 추리물과는 그 궤를 달리한 최초의 하드보일드
추리소설 !

『부랑의 강』 − 김성종 장편추리소설
여대생과 외로운 중년신사가 벌인 불륜의 사랑이 몰고온 엽기적인 살인
사건! 살인범으로 몰린 아버지의 무죄를 확신하고 이 사건에 뛰어든 딸
의 집요한 추적의 정통 추리극! 사건의 종점에서 부딪치게 되는 악마의
얼굴은 과연?

『일곱개의 장미송이』 − 김성종 장편추리소설
임신 3개월 된 아내가 일곱 명에 의해 유린당하자 평범하고 왜소하고 얌
전하던 남편이 복수의 집념을 불태운다. 아내의 유언에 따라 범인을 하
나씩 찾아내어 잔인하게 죽이고 영전에 장미꽃을 한 송이씩 바치는 처절
한 복수극 !

『백색인간』 −상·하 | 김성종 장편추리소설
허영의 노예가 되어 신데렐라의 꿈을 쫓는 미녀의 끈질긴 집념과 방탕,
그리고 그녀를 죽도록 사랑하며 혼자 그녀를 독차지하려는 이상 성격을
가진 청년의 단말마적인 광란! 그리고 명수사관이 벌이는 사각의 심리
추리극 !

『제5의 사나이』 −상·중·하 | 김성종 장편추리소설
국제 마약조직이 분실한 2천만 달러의 헤로인 6kg! 배신자들을 처치하
고 헤로인을 찾기 위해 홍콩으로부터 날아온 국제킬러 제5의 사나이! 킬
러가 자행하는 냉혹한 살인극과 경찰이 벌이는 숨가쁜 추적의 하드보일
드 추리극 !

『반역의 벽』 – 상·하 | 김성종 장편추리소설

한국이 개발한 신무기 레이저 X, —핵무기를 순식간에 녹여버릴 수 있는 X의 가공할 위력! 이를 빼내려는 국제 스파이의 음모와 배신, 이들의 음모를 저지하려는 수사관들의 눈부신 활약. 국내 최초의 산업스파이 소설!

『아름다운 밀회』 – 상·하 | 김성종 장편추리소설

신혼여행 도중 실종된 미모의 신부로 인해 갑자기 용의자가 되어버린 신랑! 그가 벌이는 도피와 추적! 미녀의 뒤에 있던 치정과 재산을 둘러싼 악마들의 모습을 밝혀낸 수사극의 결정판! 김성종 추리소설의 새로운 지평!

『경부선특급 살인사건』 – 상·(중·하 집필중) | 김성종 장편추리소설

그들은 연휴를 맞아 경부선 특급열차에 오른다. 밤열차에서 시작되는 불륜의 여로는 남자의 실종으로 일순간에 무너져 버린다. 실종이 몰고 온 그 모호하고 안타까운 미스테리는 "열차속에서의 연속살인"으로 이어지는데……

『라인 X』 – 상·중·하 | 김성종 장편추리소설

교황을 살해하려는 KGB의 지령에 따라 잠입한 스파이 라인-X, 킬러의 총부리가 교황을 위협하는 절대절명의 순간 이를 제압하는 한국 경찰과 신출귀몰하는 라인—X와의 생사를 건 한판 승부를 묘사한 국제적 추리소설!

『어느 창녀의 죽음』 – 김성종 단편집

작가 김성종의 탄탄한 필력을 유감없이 보여주는 주옥같은 단편집! 신춘문예 당선작 「경찰관」 및 「김교수 님의 죽음」, 「소년의 꿈」, 「사형집행」 등을 수록. 문학적 흥미와 감동으로 독자를 매료하는 김성종 추리소설의 백미

『죽음의 도시』 – 김성종 SF단편집

김성종 SF단편소설집! 김성종이 예견한 기상천외한 미래사회의 청사진! 「마지막 전화」, 「회전목마」, 「돌아온 사자」, 「이상한 죽음」, 「소년의 고향」 등 SF 걸작들! 새로운 문학장르를 개척하려는 김성종의 끊임없는 실험정신!

『여자는 죽어야 한다』 ─ 상·하 | 김성종 장편추리소설

김성종이 시도한 실험적 추리소설! 독자는 특별한 예고살인 속으로 여행을 시작한다. 「오늘밤 여자 한 명을 죽이겠다. 여자는 한쪽 귀가 없을 것이다. 잘해 봐!!」 살인 예고장을 보는 순간 독자들은 숨가쁜 긴장속으로 빠져든다.

『한국 국민에게 고함』 ─ 상·중·하 | 김성종 장편추리소설

자연을 보존하려는 어느 산악인이 추악한 한국 국민들에게 보내는 對국민 경고장! 「한국 국민에게 고함!」─이 경고를 받아들이지 않으면 테러를 감행할 수밖에 없다! 가공할 폭탄테러에 전율하는 시민들과 이를 추적하는 수사진의 필사적인 노력 !

『국제열차 살인사건』 ─ 1·2·3 | 김성종 장편추리소설

이탈리아 밀라노에서 눈덮인 알프스산맥을 넘어 스위스 취리히에 이르는 낭만의 기나긴 여로─그 여로 위를 달리는 국제열차에서 벌어지는 하드보일드 살인사건! 한 사나이의 父情과 분노가 엮어내는 눈물겨운 복수의 드라마 !

『슬픈 살인』 ─ 1·2·3·4 | 김성종 장편추리소설

부산 해운대를 무대로 펼쳐지는 김성종의 새롭고 야심찬 대하 추리소설! 뜨거운 여름 바닷가를 중심으로 벌어지는 젊은이들의 애욕과 애증의 파노라마가 몰고온 엽기인 연쇄 살인사건! 범인과 수사진이 벌이는 추리극의 백미 !

『불타는 여인』 ─ 상·하 | 김성종 장편추리소설

불처럼 화려한 여인의 육체에 공포의 AIDS가! 무서운 AIDS를 접목시켜 공포의 연쇄 살인을 연출해낸 김성종 최신 장편추리소설─현대여성의 비극적 자화상을 경탄할만한 솜씨로 묘파해낸 우리시대의 새로운 인간드라마 !

『제3의 사나이』 ─ 상·하 | 김성종 장편추리소설

대통령 출마를 선언한 대재벌 회장의 과거! 일본에 의해 지배당할 운명에 처한 한국경제를 구하기 위해 독재자에게 도전장을 낸 그의 약점을 쥐고 협박을 해오는 검은 그림자! 그들을 무자비하게 칼로 살해한 제3의 사나이는?

『죽음을 부르는 소녀』 - 김성종 장편추리소설
지리산에 올랐다가 시체로 발견된 5명의 친구들과 실종된 무당의 딸 현미, 대규모 구조대의 수색작업이 수포로 돌아가자 조준기 형사는 혼자 현미를 찾아나선다. 지리산에 살고 있는 호랑이와 인간 야수. 험산 준령 속에 파묻혀 있던 몇십 년 묵은 비밀과 현미의 행방은?

『홍콩에서 온 여인』 - 상·하 | 김성종 장편추리소설
군부의 지원을 받아 쿠테타를 성공시킨 염광림의 개혁조치에 불안을 느낀 극우보수 세력은 홍콩의 범죄조직을 끌어들여 염광림을 제거하려 한다. 킬러의 뒤를 끈질기게 추적한 오병호 경감은 마침내 이들의 계획을 저지한다.

『버림받은 여자』 - 상·하 | 김성종 장편추리소설
밝은 보름달 아래 피냄새를 쫓아 여자사냥에 나선 식인개— 전설로만 전해오던 그 개는 실제로 존재하는가? 한 남자의 아내와 애인이 맹수에게 물어뜯겨 살해된 시체로 발견되었다. 그녀들은 왜 그렇게 잔인하게 살해되었을까?

『코리언 X파일』 - 상·하 | 김성종 장편추리소설
21세기를 향해 첫발을 내딛는 김성종 추리문학의 진수! 한반도의 운명을 좌우할 X파일을 찾아라! 한·중·일 3국의 비밀기관원들이 X—파일을 둘러싸고 벌이는 상상을 초월하는 음모와 배신이 연속되는 문학적 흥미와 감동!

『형사 오병호』 - 김성종 장편추리소설
고층호텔에서 추락한 외국인에 이어 연쇄적으로 발생하는 살인사건! 배후에 도사린 일단의 국제 테러리스트! 그들의 국제적인 음모를 분쇄하기 위해 목숨을 걸고 사지에 뛰어든 형사 오병오의 숨막히는 스릴과 불타는 투혼!

『서울의 황혼』 - 김성종 장편추리소설
도심의 20층 호텔에서 벌거숭이로 떨어져 죽은 여배우 오애라— 그 뒤에 도사리고 있는 비밀요정의 정체! 그리고 마약·인신매매·밀항·국제매음조직 등 깊고 우울한 함정을 날카로운 시각으로 추라한 김성종 장편추리소설!

『세 얼굴을 가진 사나이』 ─ 상·하 | 김성종 장편추리소설
질주하는 스포츠카가 한 여인을 치고 뺑소니를 친다. 우연히 현장을 지나
던 트럭 운전사 삼배는 분노에 찬 눈빛을 보내고, 여인을 트럭에 싣고 병
원에 입원시킨다. 여인과 삼배를 들러싼 얽히고 설킨 사건의 전개는 과연
어떻게 마무리될 것인가?

『얼어붙은 시간』 ─ 김성종 장편추리소설
임신한 어린 소녀가 사창가로 흘러들어 갔다. 그녀의 어린 남동생은 골
목에서 손님을 불러들인다. 그리고 어느 날 그 사창가 쓰레기 더미 속에
서 중년남자의 시체가 발견되는데‥‥‥ 강한 휴머니즘을 바탕에 둔 비극
미의 극치 !

『나는 살고싶다』 ─ 김성종 장편추리소설
성불능 남편에게 이혼을 요구하던 아내의 죽음 때문에 살인 누명을 쓰고
옥살이를 하던 최태오의 탈옥! 죽음의 의식 속에서 더욱 강렬해지는 삶의
욕구, 피와 살이 튀기는 성의 고통과 환희속에서 그는 집요하게 범인을
추적한다.

『끝없는 복수』 ─ 상·(하권 집필중) | 김성종 장편추리소설
대학입시 준비에 여념이 없는 여학생을 감히 납치 폭행 살해한 악마들
의 단말마적 폭력극! 하나밖에 없는 어린 딸을 살해한 자들을 찾아나선
눈물겨운 아버지의 피어린 복수극이 전편을 끝없는 긴장속으로 몰아넣
는다.

『미로의 저쪽』 ─ 상·하 | 김성종 장편추리소설
인생의 모든 것을 상실한 여인 몃月, 네 명의 악한을 상대로 「복수」에 생
의 최후를 건다. 연약한 여인이 벌이는 복수극은 처절하리만큼 비정하고
완벽하다. 독신 형사와 연하의 대학생이 등장하여 극적인 전환을 이루는
추리소설 !

『안개 속에 지다』 ─ 상·하 | 김성종 장편추리소설
세균학의 세계적 권위자인 유한백 박사가 의문의 살해를 당하고 잇달아
두 처녀가 피살된다. 미술을 전공한 미모의 외동딸 보화는 자신까지 능욕
한 범인의 몽타주를 그리는데 성공하고 아버지가 남긴 막대한 재산으로
남자들을 고용, 범인의 주적에 나서는데‥‥‥

『Z의 비밀』 - 김성종 장편추리소설

일본의 「적군파」, 서독의 「바더마인호프단」, 이탈리아의 「붉은여단」, 팔레스타인의 「검은 9월단」 …… 세계의 도시 게릴라들이 모두 한국에 잠입했다. 암호명 Z의 비밀을 밝혀라! 그들의 국제적인 테러를 사전에 분쇄하려는 한국 수사진과의 한판 승부!

『최후의 밀서』 - 김성종 장편추리소설

다섯 살 된 아이의 유괴사건, 그 아이가 어느 재벌 2세의 사생아임이 밝혀지면서 기업에 얽힌 악마 같은 드라마는 시종 숨가쁜 호흡을 토해낸다. 유괴범을 집요하게 추적하는 형사 앞에 마침내 얼굴을 드러낸 X! 그는 과연?

『비련의 화인(火印)』 - 김성종 장편추리소설

귀여운 외동딸 청미가 이루지 못한 사랑의 붉은 도장(火因)이 몸에 찍힌 채 탄생한다. 8년 후 청미는 하교길에서 깜쪽같이 사라지고 얼마 후 열차 속에서 시체로 발견되는데 …… 청미의 유괴를 둘러싸고 벌이는 갈등 속에 범인으로 떠오르는 전혀 뜻밖의 인물!

『피아노 살인』 - 김성종 장편추리소설

밤마다 흐느끼듯 들려오는 쇼팽의 야상곡 소리는 6개월 시한부 인생을 살고 있는 여인이 벌거벗은 몸으로 목졸린 채 피살되면서 사라진다. 범인은 아래층에 사는 대학교수 안동구로 지목되었다. 욕망이라는 정신분열적 성격을 다룬 김성종의 또 다른 실험적 포스드모더니즘!

『고독과 굴욕』 - 김성종 단편집

뛰어난 상상력, 치밀한 구성, 다양한 패턴으로 독서가를 휩쓸고 있는 김성종 소설집! 역사의 뒤쪽에 가려진 사건 "고독과 굴욕", "심온달궁", "창", "바다의 죽음", "눈물", "이슬", "회색의 벼랑", "코스모스", "바다", "빛과 어둠" 등 주옥 같은 단편소설!

『제3의 정사(情死)』 - 김성종 장편추리소설

여대생과의 제3의 정사, 그 속에 감추어진 끈적끈적한 욕망. 그러나 그녀의 뒤에 무서운 음모가 도사리고 있을 줄이야 …… 그를 괴롭히는 무서운 사팔뜨기의 정체는? 작가 김성종 특유의 하드보일드식 터치의 냉혹과 비정!

『서울의 만가(輓歌)』 - 상·하 | 김성종 장편추리소설
피의 오르가즘이 전율하는 김성종 추리소설의 백미 ! 사랑과 증오, 결박과 도피로서 새끼처럼 꼬여가는 삶의 의미를, 그리고 감추어진 진실을 밝혀내기 위해 사람을 죽여야 하는 도시의 밤을 사자의 비명에 의지하여 경험케 한다.

『비밀의 연인』 - 상·하 | 김성종 장편추리소설
애욕의 거리를 휩싸는 살인의 전주곡, 목격자 없는 사건의 용의자는? 여자인 자신조차도 모르던 야누스적 심리구조와 20대 여성들의 이중적 사랑방식을 적나라하게 파헤친 걸작 ! 절망의 벼랑에서 부르는 슬픈 사랑의 광시곡 !

『붉은 대지』 - 1·2·3·4·5 | 김성종 장편추리소설
독재자를 죽이려다 사형대의 이슬로 사라진 대학생 유병수, 아들의 복수를 위해 포스트박 암살을 계획하는 유인하 교수, 그를 돕는 하미주와 국가비밀조직 '센터'의 책임자 '대물', 이들이 펼치는 사랑과 배신, 복수의 대로망 !

『가을의 유서』 - 1·2·3·4 | 김성종 장편추리소설
우리 현대사에 대한 뼈아픈 후회와 반성으로부터 시작된 이 소설은 현대사의 한가운데를 불꽃 같은 생명력으로 헤쳐나왔던 어느 민초의 가족사를 그리고 있다. 온몸으로 부딪치며 갈구하는 그들의 자유를 향한 몸부림 !

『돌아온 사자(死者)』 - 김성종 단편집
뛰어난 상상력, 치밀한 구성, 다양한 패턴으로 독서가를 쉽쓸고 있는 김성종소설집 ! 「소년의 꿈」, "어느 창녀의 죽음", "고족과 굴욕", "회색의 벼랑", "마지막 전화", "이상한 죽음", "김 교수님의 죽음」등 주옥 같은 단편소설 !

『봄은 오지 않을 것이다』 - 1·2·3 | 김성종 장편추리소설
9.11 테러사건을 세계 최초로 그 근본부터 극명하게 파헤친 놀랍고 섬뜩한 추리소설 ! 한국인의 피가 흐르는 '슬픈게이' - 그 비극적 탄생에서 테러리스트가 되어 비행기를 몰고 세계무역센터에 돌진하기까지의 그 비정하고 잔혹한 스토리 !

『안개의 사나이』 - | 김성종 장편추리소설
안개낀 새벽, 해운대 달맞이 언덕에서 유명 정치인을 살해하고 깜쪽같이
사라져버린 킬러 안개 사나이 ! 중국 남경에서 비행기 추락사고로 사망
하여 장례식을 치른 사나이. 그러나 그는 살아서 김해 공항을 통해 집으
로 돌아온다. 전화 한 통화가 단서를 제공한 김성종 최근 추리소설 !

金 聖 鍾

중국 제남 시에서 출생, 고향인 구례에서 성장기를 보냈다.
구례 농고와 연세대학교 정외과를 졸업한 후 주로 언론 매체에서 종사하다가
전업 작가로 변신했다.
1969년 朝鮮日報 신춘문예 단편소설「경찰관」당선.
1971년 現代文學 소설「우리가 소년이었을 때」추천 완료.
1974년 韓國日報 공모 장편소설「최후의 증인」당선.
장편 대하소설「여명의 눈동자」(전10권)는 TV 드라마로 방영.
장편 추리소설로는「최후의 증인」,「제5열」등 100여 권의 책을 발표했다.

이 책은 1990년 도서출판 수목에서 최초 발행되었습니다

죽음은 부르는 소녀

초판발행————2012년 1월 20일
초판 1쇄———— 2012 년 1월 20일
저자————————金 聖 鍾
발행인————————金 範洙

발행처————도서출판 바른책
등록일자————서기 2007년 12월 31일 (제324-25100-2007-21호)
주소————————서울 강동구 천호동 451 산경 5층 B-502호
사업자등록번호————————212-91-34101
전화————————02-483-2115
팩스————————02-473-0481
E.mail————rakihel@hanmail.net

ⓒ 2012 Kim Sung Jong. Printed in Korea

ISBN 978-89-960955-4-5   03810

정가 : 12,000원

총판 :   남도출판사

전화 : 02-488-2923
팩스 : 02-473-0481

이 도서의 국립중앙도서관 출판시도서목록(CIP)은 e-CIP홈페이지(hhttp://www.nl.go.kr/ecip)와 국가자료
공동목록시스템(http://www.nl.go.kr/kolisnet)에서 이용하실 수 있습니다.(CIP제어번호:CIP2012000106)